七尾与史

歯科女探偵《シカジョ》

実業之日本社

実業之日本社文庫

目次

症例A　追われる女優　9
症例B　密室クリニックの謎　62
症例C　歯型に残された記憶　222
解説　関根亨　365

主要登場人物

〈錦織デンタルオフィス〉

月城《つきしろ》この葉《は》……名推理のドクター
高橋彩女《たかはしあやめ》……歯科衛生士
古河《ふるかわ》たまき……受付担当
古手川淳子《こてがわじゅんこ》……歯科技工士
錦織早苗《にしきおりさなえ》……院長

〈患者、その他関係者〉

緒川優子《おがわゆうこ》……女優
戸塚修平《とつかしゅうへい》……優子のマネージャー
古谷陽炎《ふるやかげろう》……得体の知れない自由業

飯田橋輝明《いいだばしてるあき》……心療内科医
唐津光司《からつこうじ》……軽薄な会社員
汐田《しおた》まつげん……映画監督
殿方博史《とのかたひろし》……歯科材料業者
平嶺太蔵《ひらみねたいぞう》……原宿署刑事

中神香織《なかがみかおり》……脚本家
高円寺《こうえんじ》さゆり……女優、故人
月城葉太郎《ようたろう》……この葉の父、歯科医、故人
月城華英《はなえ》……この葉の伯母

錦織デンタルオフィス見取図

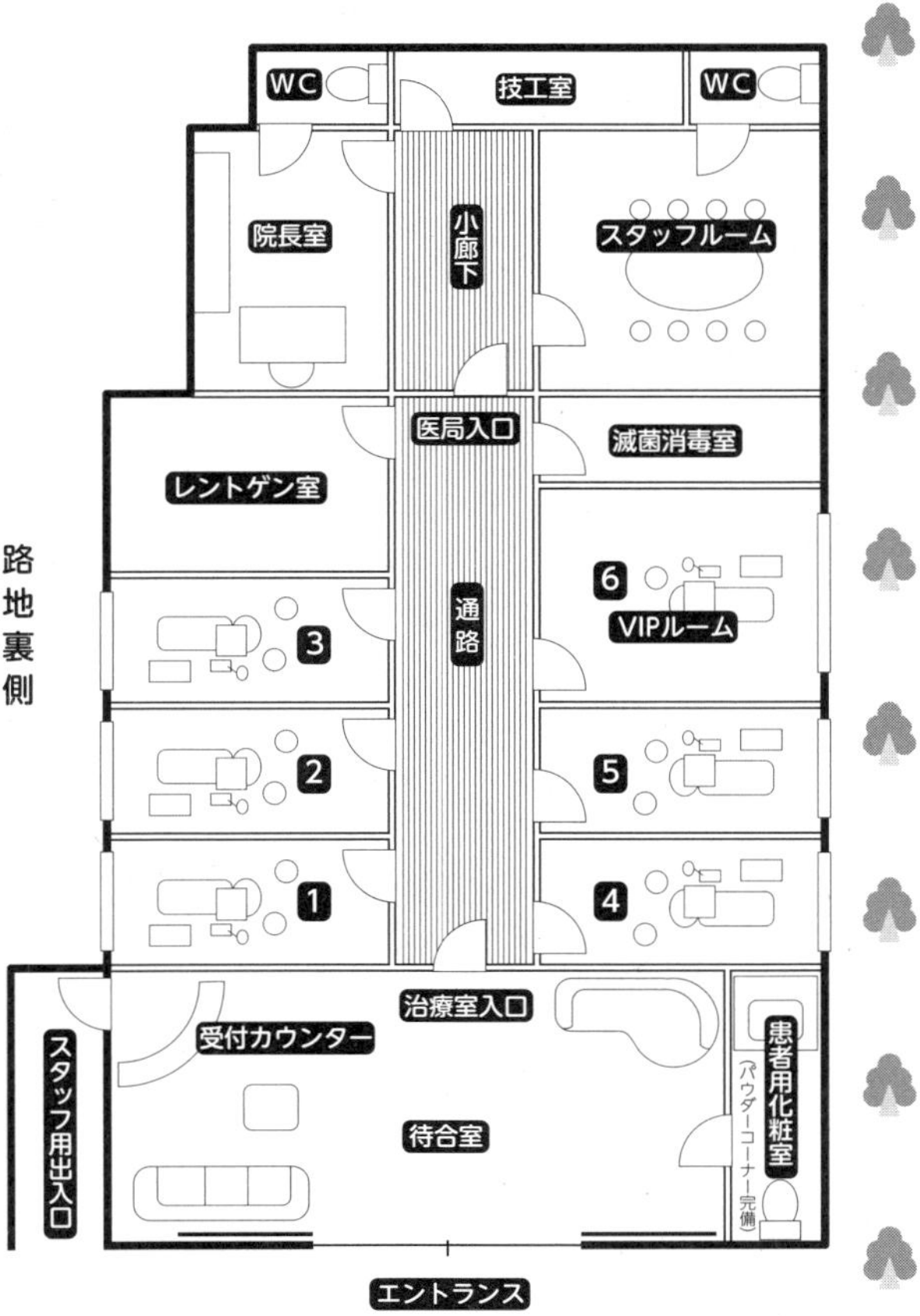

歯科女《シカジョ》探偵

症例A　追われる女優

「おはようございます」

錦織早苗《にしきおりさなえ》が声をかけると、横一列に並んだ白衣姿の女性たちは背筋を伸ばして「おはようございます」とお辞儀をする。高橋彩女《たかはしあやめ》は先日、皆で受けた一流ホテルのマナー講習を思い出して、相手の目をきちんと見てから四十五度の角度で、頭だけではなく上半身全体を下げる。

「高橋さん」

「はい！」

彩女は慌《あわ》てて顔を上げる。早苗がそんな彼女を見てほんのりと口角を上げた。相手に安堵《あんど》をもたらす頼もしい、そして華《はな》やかな笑顔。四十五歳になるという長身はどことなく宝塚出身の人気女優を思わせる。姉御肌の上司という役回りが多い女優だが、早苗自身もまさにそんなキャラクターである。

彼女はここ「錦織デンタルオフィス」の経営者であり院長だ。イタリアのデザイナーが手がけたという体にフィットする歯科医師用の白衣。襟元《えりもと》が菱形《ひしがた》にカットされた少し変わったデザイン。腿《もも》にフィットする皺《しわ》一つない白いズボンは彼女の足長《そくちょう》を強調している。

ハキハキとした口調。毎日ジムで鍛《きた》えているそうで筋肉質で男性的な体つきだ。迫力があってケンカも強そう。カッコいいなと彩女は思う。

そんな早苗は未婚である。

「ここ」

早苗が自分の襟元を人差し指でトントンと叩いた。彩女は意味が分からず小首を傾《かし》げた。

「アルジネートがついているわよ」

「すいません」

彼女は自分の襟元を引っぱって、ピンク色のそれを指でこすりながら言った。アルジネートとは歯の型を取るための歯科材料である。粉末と水を混ぜると粘土のようになるが数分でゴムのように固まる。固まる前に患者の歯にそれを押しつけて型を取る。ちなみに歯の型を取ることを歯科用語で「印象《いんしょう》」という。印象をとる際、粘土状のアルジネートが服に付着するとそのまま固まってこびりついてしまうのだ。

「『すいません』じゃなくて『すみません』でしょう」

「あ、ああ、すい……じゃなくて、すみません！」

　彩女は顔を赤らめた。

　彼女の右隣に立っている古河《ふるかわ》たまきがクスリと笑う。彼女はここの受付嬢であり、静岡県出身の元「ミスみかん娘」である。みかん娘のイメージどおり素朴で可愛らしい顔立ちだ。実家はみかん農家だという。四歳年下のたまきの腰を彩女は肘《ひじ》で突く。

　彩女の左隣に立っている女性は古手川淳子《こてがわじゅんこ》。三十三歳にもなって不思議ちゃんと呼ばれているだけあってぼんやりとした表情を向けている。思えば彼女の化粧した顔を一度も見たことがない。彼女曰く、スッピンは地球環境に優しいそうだ。もっともナチュラル美人の彼女に化粧は不要である。そんな古手川は義歯や差し歯を作製する歯科技工士だ。ぱっと見、そうは思えないが早苗が認めるほどのスゴ腕である。当院の技工物のほぼすべてを彼女一人が手がけている。

「今日は皆さんに注意しておかなくてはならないことがあります」

　早苗が肩にかかる髪を後ろで束ねながら言った。

「最近、ニュースにもなっているから知っていると思うけど、ツイッターやフェイスブックをはじめとするＳＮＳの問題ね」

ＳＮＳとはソーシャル・ネットワーキング・サービスの略だ。メッセージや画像を手軽にネット上に発信することができるシステムである。彩女もツイッターのアカウントを持っていてスマートフォンで書き込んでいる。

「もはや言うまでもないことだと思うけど、患者様の個人情報の扱いには細心の注意をお願いします」

彩女は早苗の言いたいことがすぐに理解できた。

最近、若者たちが職場やバイト先の内情や顧客のプライバシーを暴露して問題になるトラブルが多発している。人気アイドルが利用したあとのホテルの部屋の様子を従業員が撮影してその画像をアップしたり、お忍びでやってきた芸能人カップルの様子をレストランのバイト学生などが報告したり。

「今日の午後、女優の緒川優子《おがわゆうこ》さんがみえます」

早苗が誇らしげに胸を張った

スタッフ一同がどよめいた。緒川優子といえば大物人気女優である。歌舞伎役者と結婚して子供を授かるも数年前に離婚。女手一つで子供を育てながら女優業に専念する。女の情念を表情や所作だけで表現する演技派女優の彼女は、年を重ねるごとに美しさと色気を増している。

その生き方は多くの女性たちの支持や共感を集めている。女性誌の雑誌の表紙を飾ることも多く、化粧品などのテレビコマーシャルでも見かけることが多い。もちろん彩女も大ファンだ。あんな生き方ができたら女性として本当にステキだと思う。

「他院で施術した下顎臼歯《かがくきゅうし》のセラミックが痛むそうです」

あれほど美しい女優だけに口の中もパーフェクトだと思っていたが、奥歯とはいえ補綴物《ほてつ》が入っているとは意外だった。案外、顔やスタイルより口の中の美容と健康を保つ方がずっとずっと難しいのかもしれない。もっとも腕のいい歯科医師と技工士が手がければ、歯科衛生士である彩女でも本物の歯と見分けがつかないことがある。

ここ錦織デンタルオフィスは表参道《おもてさんどう》ヒルズのすぐ近くに建つ、ガラス張りのファッションビルに入居している。一階がオープンテラスのカフェ、二階が高級ブランドのブティックで歯科医院は三階にある。院内スタッフは院長含めて十人。中規模クラスの歯科医院である。

患者は治療ユニットに腰掛けるとケヤキ並木を行き交う人々を眺《なが》めることができるわけだが、治療中はそんな余裕もないだろう。

表参道という立地もあって虫歯や歯周病などの疾患治療よりも、ホワイトニングや歯科矯正《きょうせい》など審美《しんび》歯科治療を求める患者が多い。そのほとんどは保険外、いわゆる自費診療であるので治療費はそれなりに高額になる。そんなこともあってローンでの分割払いも扱っている。

自費診療中心でないとこの医院を維持していくことは難しい。以前、知り合いからここの一ヶ月のテナント家賃を聞いたことがあるのだがその金額に驚いた。一等地だから高いことは分かっていたが想像以上だった。たしかに相応の売り上げをあげなければそれだけの家賃を払うのは大変だろう。

もっともこの医院は流行《はや》っているのでその心配はない。予約は数ヶ月先まで埋まっている。

「分かっていると思うけど、私たちには患者様の個人情報に関して守秘義務があります。治療内容はもちろん、その患者様が来院したという履歴《りれき》も口外してはなりません。間違っても患者様のプライバシーをネットに書き込む行為だけは絶対にしないでください」

美形の独身歯科医師として早苗は何度かテレビでも取り上げられたことがある。そんなこともあってテレビ局とはパイプがあるのだろう。患者に芸能関係者が多い。先日も国民的アイドルグループのメンバーの一人がホワイトニング治療を受けに来ていた。診療補助を歯科衛生士である彩女が担当したのだが、人気のアイドルをあんな間近で見られるなんて滅多にない。それも恋人にだって見せないであろう口の中である。

「月城《つきしろ》先生。緒川優子さんはあなたにお願いするわ」

早苗が左端に立っている女性に言った。

月城この葉《は》。

この医院にはドクターが二人いる。一人は院長、そしてもう一人が彼女だ。ここはドクターも衛生士も受付も技工士もすべて女性で固めている。それは経営者であり院長である早苗の方針であり、当院の大きな特色でもある。それが来院動機になっている患者も少なくない。

さらにいえば受付のたまき以外、歯科大学の最高学府といわれる国立東都医科歯科大学系列のＯＧである。ここに勤務する六人の歯科衛生士も、技工士である古川淳子も東医歯大に併設された専門学校を卒業している。学生時代、バリバリの体育会系だった院長は同窓意識が強いらしい。他大学の卒業生は頑《かたく》なに受け入れようとしない。

「かしこまりました」

この葉はしっとりした声で返事をするとお辞儀をした。

その様子はなんとも優美に思えた。彼女も院長と同じドクター専用の白衣を纏《まと》っている。院長と比べると華奢《きゃしゃ》であるが胸は立体的に突き出ている。実物を見たことがないが推定Ｆカップ。女の彩女でも一度は触れてみたいと思うほどのボリュームだ。

そして早苗とタイプは違うにしてもかなりの美形である。二重瞼《まぶた》のつぶらな鳶色《とび》の瞳《ひとみ》は大きく、見つめられると引き込まれそうだ。早苗が羨《うらや》むほどに色白の肌は蠟《ろう》を塗ったように滑《なめ》らかだ。対照的に漆黒《しっこく》の長い髪は今はまとめられてドクター用のキャップの中に収まっている。キャップと留め具を外せば艶《つや》やかな黒髪がスルリと落ちてくる。豪快な姉御肌の早苗に対して、この葉は清楚《せいそ》で上品で物静かなイメージがある。

そんな彼女は先月三十路《みそじ》を迎えたと言っていた。緒川優子と同年齢だ。当院に勤続して五年。そのくらいで開業していくドクターも少なくないので、一通りの技術をマスターしているキャリアである。

実際、彼女の技術は衛生士である彩女から見てもハイレベルだ。特に審美性に対するセンスは院長である早苗を凌駕《りょうが》しているのではないかと思うほどだ。彼女が手がける患者は一通りの治療が終了すると、笑顔が格段に美しくなる。他人に口元を見せながら笑えるという自信が彼女たちを輝かせているのだ。そんなこの葉に院長は全幅《ぜんぷく》の信頼を置いている。だからこそ、大物女優を任せられるのだ。実際、この葉はこれまでにも多くの芸能人たちの治療を手がけている。

「高橋さん」

この葉の端正な横顔に見惚《みと》れていると早苗に名前を呼ばれた。彩女は姿勢を正して歯切れの良い返事をする。

「あなたが月城先生の補助についてあげて」

「かしこまりました」

彩女は頭を下げながら心の中でガッツポーズをする。大ファンである女優の診療補助を担当できるなんて夢のようだ。彼女の美貌と健康を守る役目の一端を担えるのだ。

本当は友人たちに自慢したいところだが守秘義務を破れない。郊外や地方の歯科医院で勤務している同級生たちはきっと羨ましがるだろう。

ここは表参道。

ハイソなブランドショップにカフェにレストラン。

街もお店も人も洗練されていて華やかである。

そんな雰囲気に憧《あこが》れて、歯科衛生士専門学校を卒業した彩女は勤務先にここを選んだ。

高度なスキルを求められるだけに、研修や勉強会など積極的に参加して研鑽《けんさん》を積んできた。その甲斐あって患者やドクターの要求に応えられるだけの技能は身についたと自負している。あとはそのクオリティをブラッシュアップしていくだけである。他のスタッフもこの医院で働いていることを誇りに思っているはずだ。

この葉と目が合う。彼女はほんのりと微笑《ほほえ》むと白衣の上から胸に指を当てた。乳白色の首筋にちらりと光るチェーン。指先はペンダントの飾りに触れている。それは着衣に隠れて見えないが彼女がときどきする仕草である。そしてその飾りを一度も見たことがない。

＊＊＊＊＊＊＊＊

錦織デンタルオフィスには六つの治療個室がある。パーティションではなくそれぞれ壁で完全に仕切られた個室であり、治療中も完璧なプライバシーを保てるようになっている。

待合室はゆったりと開放感あふれるスペースが確保され、白を基調とした舶来のソファやテーブルが並んでいる。天井からのスポットライトと間接照明の織りなす陰影の加減が絶妙で、高級感だけではなく安心感すらもたらしている。

照明を含む家具の選択や配置も、院長の知り合いでもある著名なインテリアコーディネーターが手がけているだけあって、瀟洒《しょうしゃ》なホテルの落ち着いたロビーを彷彿させる。

空気清浄機は常時作動しており、マイナスイオンあふれるきれいな空気で室内が満たされている。北欧の作曲家によるヒーリングミュージックが静かに流れて、ふかふかのソファに腰掛けているだけで気持ちが安らいでいく。歯科治療による緊張を強いられる患者にとって待合室は気持ちのケアを施す重要な空間だ。

当院のモットーは「治療は待合室から始まっている」である。

もちろん化粧室にだって心遣いが施されている。治療にあたって女性には化粧を落としてもらうようお願いしている。器具に口紅などが付着することがあるからだ。そんな彼女たちが気持ちよく化粧直しができるようバスルームには広めのパウダーコーナーが設置されている。

待合室から治療室に入る扉を抜けると、天井も床も壁も白で統一された清潔感のある通路が一直線に伸びている。突き当たりに見える焦げ茶色のドアが医局への入り口で「ＳＴＡＦＦ　ＯＮＬＹ」の札が下がっている。患者は内部を窺《うかが》うことはできないがその扉を開くと、さらに短い通路が伸びており三つのドアがある。右にスタッフルーム、左に院長室、突き当たりが技工室だ。

医局の手前は左にレントゲン室、右に滅菌《めっきん》消毒室の入り口扉がそれぞれ向き合っている。

レントゲン室には歯科用レントゲン撮影機の他に歯科用ＣＴが設置されている。

CTは頭頸部《とうけい》を3D的に撮影する機器でインプラントや歯科矯正などに利用される。インプラントを植立する際に神経や血管の位置、顎骨《がっこつ》の幅や厚さや形状など三次元的な情報が必要不可欠だ。一般的な歯科用レントゲンは二次元画像であるため奥行きが確認できない。それらを把握しないで治療を施せば大きな事故につながることがある。

これらの撮影機器はすべてデジタルで、現像処理が不要である。モニタに表示させて拡大縮小したりコントラストを調整したりと診断に当たって見やすいように画像処理ができる。しかし本体を含めランニングコストもかなり高価である。それゆえCTを設置している歯科医院は全国的にも多くないそうだ。

滅菌消毒室はその名の通り、使用した器具機材の滅菌消毒を施す小部屋だ。当院は器具の洗浄はもちろん、患者のうがいやドクターやスタッフの手洗いまで電解殺菌水を使用している。それによって院内感染を防ぐことができる。もちろんオートクレーブ（高圧蒸気滅菌器）をはじめとする器械も最新式である。パーフェクトな滅菌消毒だと自信を持ってアピールできる。

開院は午前十時。今日も朝一番から六つの個室は患者で埋まっているし、待合室を覗けば二人ほどソファで順番を待っている。

緒川優子の治療に呼吸を合わせる意味もあって、この葉の診療補助の担当を午前中も彩女がすることになった。

待合室から奥に向かって六つ並ぶ個室の扉には1から6の番号が入っている。待合室側から左に1から3、右に4から6の個室が向き合った形で並んでいる。この葉と二人で、扉に「1」と数字の打たれた個室に入る。

キャビネットの上に置かれたカルテには古谷《ふるや》陽炎《かげろう》、三十一歳とある。今日一番の患者である。

彼の細身の体はドイツ製の治療ユニットに収まっている。薔薇《ばら》の咲き乱れる派手なデザインのシャツに、細く長いジーンズの足を組んで前を向いていた。

「こんにちは」

背後からこの葉が声をかけると彼はわずかに微笑みながら「よろしく」と返事をした。肌は透けるように白く、瞳も青みがかった薄茶色で全体的に色素の薄いイメージだ。整った目鼻立ちは欧米人の気配をほのかに窺わせる。名前は日本名だがハーフかクォーターかもしれない。

職業欄には「自由業」とある。ファッションモデルや俳優など芸能関係だろうか。本名であるが陽炎という名前も見た目と同様どことなく浮世離れしている。メンズファッション雑誌の表紙を飾っても違和感ない美形なのだがどことなく近づきがたい雰囲気がある。それは冷え冷えとした瞳のせいかもしれないなと彩女は思った。

「前回は小さな虫歯だったので簡単な治療で済みましたが、今日の奥歯は歯と歯の間で、さらに象牙質《ぞうげ》まで到達していますので少し深いですよ」

この葉はタブレット端末に表示されたレントゲン画像を指し示しながら言った。

「いつの間にこんなに進行してしまったんだろう。毎日ちゃんと磨《みが》いているのに」

陽炎はここ数ヶ月の間に何度か通院しているようだが、彩女が担当するのは今回が初めてだ。

「歯と歯の間は虫歯になりやすく、一度なってしまうと気づかずに進行してしまいますから」

彼と目が合ったので彩女はうなずきながら説明した。

「小さくても金属は嫌《いや》だな。口を開いたときに光って見えるのはどうもね」

青年は肩をすくめた。彼がそれをすると演技じみて見える。

「それでしたらセラミックまたはハイブリッドの詰め物をおすすめします」

この葉はタブレット端末でそれらの詰め物の画像を表示させる。この大きさの修復物になると保険治療では金属しか選択肢がない。彼女はセラミックとハイブリッド（セラミックとレジンの混合物）の特性を説明した。審美性に優れていても耐久性に劣ったりまたその逆だったりと、それぞれに長所短所がある。陽炎は変色がなく審美性に優れたセラミックを選択した。

「今日は前回よりも深めに削ることになりそうですが、かまいませんか」

この葉は手洗いをしたあとにグローブをはめると彼に言った。帽子にマスク、そしてメガネ。彼女の顔の大部分が覆《おお》われてしまっているのに美人であることは隠せない。ただいつもの柔和な雰囲気はどことなく怜悧《れいり》なものに変わっている。治療に向き合う緊張感がそれを醸し出しているのだろう。

「ああ、やっちゃってくれ」

彩女がスイッチを押すと背もたれが倒れるのと同時にフットレストが持ち上がりフラットに近くなる。最新式のユニットはモーターが改良されていて不安を煽《あお》る音や振動がほとんどない。

「このままでは多少痛みがあると思いますから麻酔をしましょうか」

「痛いのは嫌だな」

陽炎は一瞬だけ泣き笑いの表情をする。

「高橋さん、シンマの準備をお願いします」

シンマとは浸潤麻酔《しんじゅんますい》の略語である。簡単に言えば注射による麻酔である。

「かしこまりました」

彩女はキャビネットからピストルの形をした器械を取り出す。銃口に当たる部位に注射針を取り付けて銃筒《じゅうとう》の空洞に薬液の入ったカートリッジをセットした。その間にこの葉は患部にキシロカインスプレーを吹き付けている。注射前の麻酔、いわゆる表面麻酔だ。

「変わった器械だね」

陽炎がピストルを指さして言った。

「電動注射器です。薬液の注入速度や圧力がマイクロコンピューターによってコントロールされていているので痛みをかなり軽減することができるんですよ」

「注射にまでマイコンとは。この病院はなにからなにまで最新式だね」

「それではアーンしてくださいね」

彩女はクスリと笑いそうになる。院長は「お口を開けてください」と言うが、この葉は「アーン」である。彼女の落ち着いたしっとりした声と台詞《せりふ》のギャップに脱力しそうになる。

電動注射器による麻酔を施して数分おくと陽炎は「口の中が痺《しび》れてきたような感じがする」と言った。

この葉がエアタービンの先にダイヤモンドバーを取り付ける。エアタービンとは名前のとおり圧縮空気（エアー）を送ることで内部の風車（タービン）が高速回転する、いわゆる歯医者のドリルである。エナメル質は人体の中でもっとも硬い。切《せっ》削《さく》するにはダイヤモンドの硬度が必要というわけだ。彩女はバキュームを取り出した。シューと空気を吸い込む音がする。

「アーンしてください」

陽炎は一度深呼吸してから口を開けた。口の中を見て初めて気づいたのだが上顎《じょうがく》の犬歯が妙に尖《とが》っている。白い肌と色素の薄い瞳、そして血の気のいい唇《くちびる》。彩女は本物の吸血鬼ではないかと思ったが、すぐに頭を振り払った。

集中、集中！

彩女は視線を愁訴《しゅうそ》である部位に向けた。

右上顎第一臼歯と第二臼歯との間に穴が空いている。この葉はバーの尖端を虫歯の穴に当てるとフットペダルを踏んだ。チュィーンと空を引き裂くような音とともにドリル状のバーは高速回転を始める。それによって虫歯によって脆《もろ》くなった歯質がみるみるうちに削除されていく。ほのかに焼け焦げたような臭いがする。患部は摩擦《まさつ》熱が発生するのでタービンからの注水で冷却する。水はあっという間に口の中に溜《た》まってしまうので彩女がバキュームで吸い取るわけだが、吸い込み口を当てる位置や角度など臨機応変に対応しなければ上手くいかない。たかがバキュームとはいえ案外熟練のいる技術なのだ。未熟だったころは何度も患者をむせ返らせてしまった。

「大丈夫ですか」

この葉が声をかけると陽炎は指で丸印を作った。虫歯はかなり深く、歯髄《しずい》組織(歯の神経)付近に到達している。麻酔が効いているようで彼は眉《まゆ》一つ動かさない。口を開いたまま大人しくされるがままだ。

ある程度穴を広げるとこの葉はエアタービンを止める。穴の内部はボロボロになった軟化象牙質が広がっていた。この葉はエキスカベーターという尖端《せんたん》が極小のスプーン状になった金属製の手用器具で注意深く残りの軟化物を取り除いていく。この深さになると神経が近いので、ダメージを与えないよう慎重なタッチが必要らしい。

「高橋さん、覆髄《ふくずい》剤の用意をして」

「はい」

彩女はキャビネットから薬品を取り出す。板チョコレートを一回り大きくしたサイズの、練板《れんばん》と呼ばれる分厚いガラスの板の上に粉末と液を載せる。それらをスパチュラ(金属製のヘラ)で混和させると泥状になり、さらに続けていけば粘土状に近くなる。この葉は尖端が平頭形の金属製の充塡《じゅうてん》器具ですくい取ると、慎重な手つきで削った穴に詰め込んだ。

「おつかれさまでした。今日は悪い部分を除去して歯の神経の炎症を鎮《しず》めるお薬を詰めてあります。痛みが出なかったらセラミックを作っていきたいと思います」

この葉はマスクを取るとにっこりと微笑んだ。男性の患者はこの笑顔でいちころだ。

この葉は院長以上にファンが多いのだ。治療中に彼らの顔に当たるこの葉の巨乳も大きなポイントであるのは間違いない。

「先生」

陽炎はうがいをすませてユニットから立ち上がるとカルテに記載しているこの葉に声をかけた。

彼はこの葉よりも年齢が一つ上だがずっと若く……いや、むしろ幼く見える。思わず見惚れてしまいそうな美青年であるのだが、なにかが欠落している。精巧に作られたセルロイド人形のように体温が感じられない。

「治療はまだしばらくかかりそう？」

「いえ、それほどにはならないと思いますよ」

「ゆっくりやってもらっていいよ。先生の治療は気持ちいいしさ」

歯科治療を美容院みたいに気持ちいいと言う患者は初めてだ。

「先生。俺、他にも異常とかないの」

「奥歯のすり減り方が陽炎さんの年齢を考えると大きいような気がしますね。心当たりがありますか」

「なにかと歯を嚙《か》みしめる癖《くせ》がある。最初は趣味で始めたんだけど、プロになるとなにかとストレスだね」

「ストレスのかかるお仕事なんですか」

その容姿から芸能関係かと思ったが違うのだろうか。ストレスからくる歯ぎしりは歯の質をすり減らしてしまう。エナメル質がはげ落ちて象牙質、さらにひどくなると歯髄付近まで到達することがある。

「人には言えない仕事さ」

陽炎は口角をつり上げると右手でバイバイしながら個室を出て行った。

「イケメンさんだけど変わった患者様ですね」

彩女はカルテ記載を続けているこの葉に言った。

「ええ。面白い人ね。人に言えない仕事ってなんだろ？」

「さあ……」

彩女は首を捻る。

「殺し屋とか」

「先生、真面目に言ってるんですか」

この葉はメガネを指先で持ち上げる。その表情は至って真顔だ。

「住所は渋谷でしょ。あの辺りならいそうじゃない」

「いますかねぇ。そもそも殺し屋って趣味で始めるものなんですか」

「そういう人だっているんじゃない」

「年収どのくらいなんだろ」

「きっとピンキリよ。恋人にしたら楽しそうだけど結婚相手には選びたくないわね」

我ながらシュールな会話だと思いながら、彩女は使用済みの治療器具の片づけを始める。この葉は表情を変えずに話すので冗談なのかそうでないのか今ひとつ判別がつかない。そこが彼女の取っつきにくいというか、からみにくいところなのかなと思う。彼女との会話はいつだってこんな案配である。

彩女とこの葉は同じ年にこの歯科医院に入ってきた。ここに来て五年。この葉とは毎日のように顔を合わせているが、彩女は彼女のことをあまり知らなかった。元々この医院のスタッフ同士、仕事以外で深いつき合いをすることがないようだ。この葉に関しては特にその傾向が強いように思える。

かといって彩女たちを避《さ》けているというわけでもなく、話しかければ気さくに応えてくれる。どこの歯科医院にもありがちなドクターとスタッフの微妙な距離感であろうか。休憩時間も彼女は医局の片隅で静かに読書をしているのでこちらとしても声をかけづらい。だからあまりプライベートな話をする機会がなかった。

「月城先生は結婚願望なんてあるんですか」

結婚という言葉がこの葉の口から出たので思いきって立ち入ったことを聞いてみる。

「もちろんあるわよ」

「先生はモテるから相手を選び放題ですよね」

先ほどの青年も会話のやりとりから明らかに彼女に特別な感情を向けている。

「そんなことないよ」

この葉は小さな顔をフルフルと振ってチラリと微笑んだ。唇の隙間《すきま》からかすかに乳白色の前歯が見える。

「つき合っている人とかいるんですか」

「今はフリーよ。私って男の人とつき合っても長続きしないの。最近も別れたばかり」

「それは意外だわ。先生ほどの女性なら男性も手放したくないと思うんですけど」

彩女は少し驚いた。この葉は若手起業家やエリート会社員のような高収入でカッコいい男性と交際しているイメージだった。まさか彼氏なしだなんて。

「私、分かっちゃうのよね」

彼女はため息交じりに言った。

「分かっちゃうってなにがですか」

「ウワキ」

「へっ!?」

彩女は素っ頓狂《とんきょう》な声を上げた。ウワキって浮気？

「許せないんだ、不誠実な男って」

「そ、そうなんですか……」

「男ってどうして浮気ばかりする生き物なのかしら。呼吸をするように浮気をするよね」

この葉は右肩と一緒に右眉を上げた。

「しない男性もいるんじゃないですか」

「そんな男性がこの世に存在するのなら会ってみたいわ。私はその人と結婚する」

「マジですか」

「ええ、マジよ」

微妙に現実と離れた会話だが相変わらず彼女は真顔で話す。笑うべきポイントを見失ってしまう。

「きっと先生は勘が鋭いんですよ。診療でもそうですもん」

たしかに彼女は一を聞いて十を知るというか、先を見通すような洞察力の持ち主だ。患者の愁訴を聞いて口の中を見るだけで、診断だけでなく悩みや隠し事など心の内面を言い当ててしまうことがある。それは決して超能力とか予言みたいなオカルトではなく、彼女はわずかなヒントや手がかりからまるでシャーロック・ホームズのように推理してしまうのだ……ということは陽炎という患者が殺し屋であるのも本当かもしれない。

「まさかね」

彩女は手洗いしたミラーやピンセットを超音波洗浄機に入れて作動させた。

今日の診療はまだ始まったばかり。とりあえずランチまで頑張ろう。

彩女は気持ちを引き締めた。

＊＊＊＊＊＊＊＊

時計は二時を回っていた。

待合室のソファには女性が一人きりで腰掛けていた。他の患者は彼女の来院に合わせてすでに各個室に誘導してある。受付のたまきがなるべく他人と顔を合わせなくて済むよう融通したのだ。

アルファベットのロゴの入ったTシャツにデニムのジャケット、ジーンズのパンツ。目元には大きめのサングラス、頭には〈ＣＡ４ＬＡ《カシラ》〉とブランド名の入ったキャップを目深《まぶか》に被《かぶ》っている。目立たないようにしているのに華やかさを隠しきれないのはさすがに大物女優といったところか。緊張しているのか、彼女は少し身を固くした様子で俯《うつむ》いていた。

「緒川優子さん」

彩女は治療室への入り口から彼女に声をかけた。緒川は顔を上げると彩女の方を向いて安堵したような笑みを広げた。

うわあ、本物だ！

彩女は言葉を呑み込む。

テレビや映画、雑誌の表紙の中でしか緒川優子の姿を見ることはなかった。それが目の前にいて彩女に微笑みかけている。演技ではない素の彼女、今はここの患者である。

マネージャーが同行してくるものだと思っていたが、彼女は一人で来院しているようだ。

「ステキな病院ね。まるでエステサロンみたい」

そう言ってクスリと笑う。

「６番へどうぞ」

彩女は緒川を滅菌消毒室手前にある6番の個室に案内した。ここは他の個室より少し広めにとってありクラシックモダンを基調として、内装も豪華になっている。また患者の座る治療ユニットもハイグレードで、他の個室は合成皮革だが、ここだけは重厚感のある本革シートだ。つまり6番はセレブ向けのＶＩＰルームというわけである。

「うわぁ、ゴージャスね」

中に入ると月城この葉が立って患者を待っていた。

「初めまして。緒川さんの治療を担当させていただきます月城と申します」

彼女は緒川に向かってきれいなお辞儀をする。その様子は高級ホテルのコンシェルジュの優雅さと気品を感じさせた。

「こちらこそよろしくね。女性の先生だと安心できるわ」

緒川はサングラスと帽子を外しながら言った。彩女はそれらを受け取る際に彼女を見た。シミもシワもないきめ細かい白肌は内面から発光しているように見える。まるで名匠が彫り出したような完璧な横顔のラインに思わず見入ってしまう。やはり女優の美しさは別格だと実感する。

緒川はシートに腰を下ろした。か細い体がドイツ製の重厚なユニットに収まる。

「私、緒川さんの大ファンです。『謎解きリリコ』は毎週欠かさず観てますよ」

この葉の言う『謎解きリリコ』は高視聴率をマークしているミステリドラマである。ヒロインであり名探偵であるリリコ役はもちろん緒川優子が演じている。彩女も毎週楽しみにしているドラマだ。

その本人が目の前にいる。スマホで撮影してツイッターに流したくなる気持ちも分からないではない。気をつけないとうっかり友人に自慢してしまいそうだ。

「ありがとう。そう言ってもらえると励《はげ》みになるわ。あなたもテレビに出てみたらどうかしら。美形の現役歯科医師として絵になると思う。よかったら私の方からプロデューサーに話をしてあげてもいい」

「私にテレビなんて無理です。遠慮します」

この葉は突き出た胸の前で両手を左右にヒラヒラさせた。たしかにこの葉は相当の美形だが、緒川を前にすると華やかさに欠ける気がする。女優である彼女の美しさは徹底的に作り込まれていながら、それを感じさせない絶妙さがある。仮に演技力を伴ったこの葉がヒロインを演じたとしても、緒川のようにはならないだろう。

「あの……ブラインドを閉めていただけるかしら」

緒川は前方の窓を指さしながら言った。他の個室より大きめの窓は表参道を見渡せる。

「ごめんなさい。人目が気になるの」

「ええ、すみません」

この葉が謝ったので彩女は急いで窓に駆《か》け寄ってブラインドを閉めた。部屋の中がうっすらと暗くなる。緒川は不安げに室内を見回した。どことなく落ち着かない表情だ。

「私がここに来ていることは内緒にしたいの」

「ご安心ください。当院は患者様のプライバシーを何より重視しております。緒川さんが来院されていることは当院のスタッフしか知りませんし、絶対に外部に知らされることはありません」

人気女優だけに街を歩いても通行人の注目に晒《さら》される。注目を集めてナンボの仕事だといっても、常に誰かに見られているというのはたしかに気持ちいいものではないだろう。だからこそ他の患者と接触しないよう受付が配慮したのだ。

「今日はお一人で来られたんですね。てっきりマネージャーや付き人の方とご一緒かと思ってました」

彩女が言うと緒川はうんざりしたように首を振った。

「子供じゃないんだから歯医者さんくらい一人で来たいわ。どこに行くにもついて来られたんじゃ、息が詰まっちゃう……」

そのとき部屋の外の方で声が聞こえた。誰かが怒鳴っているような声だ。彩女は扉を開けて通路に顔を出す。声は待合室の方から聞こえてくる。

どういうわけか緒川が身をすくめている。

どうしたのだろう？

「ちょっと見てきます」

彩女は頭を下げると個室を出た。そのまま通路を進んで待合室に出ると小洒落たジャケット姿の男性が、片手にスマホを握ったまま受付嬢の古河たまきと言い合っている。

「ですから緒川様という方は来院されてません」

「そんなはずはない。たしかにこのビルの中にいるはずだ。一階と二階にはいなかった。そうなるとあとはここしかない」

そう言ってメールチェックのためかスマホの画面を一瞥した。

「そんなこと言われても困ります！　お引き取りください」

たまきはしつこく詰め寄ってくる男性を必死になって取りなしている。

「どうされたんですか」

彩女は二人の間に割って入った。

「私は緒川優子のマネージャーで戸塚修平《とつかしゅうへい》といいます。彼女に連絡を取りたいと、さっきからこの人に言ってるのに相手にしてもらえないんですよ」

戸塚は気色ばんだ様子で言った。

「ですからその方は来院されてません！」

たまきが口調を強める。事前に緒川の方から、相手が誰であっても彼女の来院を伝えないよう念を押されているので、たまきはそれを守っている。

「ここにいなければどこにいると言うんだ。一階と二階は確実に捜したんだぞ」

「そんなこと知りませんよ」

たまきが苦笑を浮かべながら首を横に振った。

「どうしてその方がこのビルの中にいると分かるんですか」

今度は彩女が質問をした。戸塚は四十代前半といったところか。メタボ体型の彼は一瞬口ごもったが、

「緒川が入っていく姿を見たからだよ」

と答えた。そして早口でさらに続ける。

「そもそも今日は他の歯科医院で歯の治療を受ける予定だったんだ。だからここに来たのは間違いない。本当はいるんだろ。彼女に会わせてくれ」

どうやら緒川優子の顔を見るまで引き下がるつもりはないらしい。それどころか治療室の中にまで踏み込んできそうな勢いだ。それだけは絶対にさせるわけにはいかない。それからもたまきと二人で説得を試みたが、押し問答となった。

「警察を呼びますよ」

突然、早苗が治療室の扉から姿を見せた。騒ぎ声を聞きつけて通路奥の院長室から出てきたのだ。男性より長身で白衣姿の彼女は颯爽《さっそう》と登場した。

「な、なんだ、あんたは⁉」

早苗の迫力に怯んだのか彼は半歩後ずさった。

「院長の錦織早苗です。そのような患者様はうちにはおみえになっておりませんし、仮に来院されていたとしても患者様のプライバシーに対する守秘義務が私たちにはあります。そのことはたとえあなたが肉親であったとしてもお伝えすることができません。それにあなたのなさっていることは当院に対する業務妨害に他なりません。すぐ近くにある警察署の署長さんは私の知り合いです。これ以上、騒がれるならそちらに連絡させていただくことになりますよ」

彼女は丁寧《ていねい》で落ち着いた、しかし力強い口調で男性に告げた。彼はふうっとため息をつくと肩を落とした。

「警察沙汰は困ります。ただ、もし彼女がここにいるのなら、すぐ私に連絡をするよう伝えてください。緊急なんです。どうかお願いします」

「何度も言いますが、そのような患者様は来院されておりません」

早苗は先ほどより声と表情を柔らかくしている。

「本当に困るんだよなあ。少し目を離したすきにすぐに姿をくらませちまう。分刻みのスケジュールなんだ。勝手な行動をされるとみんなが迷惑する」

彼は独り言のように愚痴をこぼした。

「有名女優のマネージャーさんも大変なんですね」

彩女は少しだけ彼のことが気の毒になってきた。過密スケジュールで自分勝手なことをされたら、たしかに困るだろう。その追及はマネージャーに向けられるに違いない。メールチェックだろうか。男性はスマホを取り出して画面を見ている。

「今日のところはお引き取りください」

早苗が言うと、男性は「申し訳ありませんでした」と一礼をして玄関を出て行った。彩女とたまきは彼がエレベーターに乗って階下に降りたことを確認した。

「皆さん、本当にご迷惑をおかけしました」

彩女が待合室に戻ると、治療室からこの葉と一緒に出てきた緒川が一同に頭を下げていた。

「いいえ。お気になさらないでください。患者様のプライバシーを守ることは私たち医療人として当然の義務ですから。それでは月城先生と高橋さん、あとはよろしくね」

院長は優しい笑顔で緒川にお辞儀をすると彼女を治療室に促した。彩女は緒川を再び6番まで案内する。

「ああ、本当に嫌になっちゃう。どうしてここにいるって分かっちゃうのかしら。気味が悪いわ」

彼女はシートに腰掛けるなり両腕をさすった。

「緒川さんがこのビルに入っていくのを見たからだと言ってましたよ」

彩女は戸塚の話を大まかに説明した。

「ビルに入っていくのを見た？　それはあり得ないわ。私は戸塚をまいてすぐにタクシーに乗り込んでここに駆けつけたのよ。タクシーの中から血相変えて私を捜し回ってる彼の姿を見たの。こちらにはまるで気づいてなかった。そんな彼があの後すぐに追いついたなんて絶対にあり得ないわ」

緒川は「絶対に」を強調した。戸塚は一年前から彼女のマネージャーに配属されたという。緒川の芸能事務所は所属するタレントや女優の生活管理に厳しいらしい。ましてや彼女は事務所の看板といえる女優なのでなおさら徹底されていた。戸塚は彼女が起きている時間はべったりと張りついて離れない。彼女の行動をずっと監視しているという。

「私がどこに逃げ隠れしようとターミネーターのように追ってくるの。そして必ず見つけ出すわ。今日もそうだったでしょ」

緒川は苦笑を浮かべた。

「発信器がつけられているとか。今はケータイやスマホなんかにも所在を特定するサービスやアプリがありますよ。相手にこっそりと仕込むんです」

彩女は人差し指を立てる。

「私もそう考えたわよ。一度、ケータイもバッグ類も家に置いたまま隠れたことがあるわ。着ているシャツもボトムも靴も買ったばかりの新品。だからどんなに小さな発信器でも仕掛けることは絶対に不可能だった。もちろん変装もバッチリきめた。それでも彼は一時間足らずで私の所在を突き止めたわ。超能力としか思えない」

緒川はチェアの上で頭を抱えている。

「本当は他の歯科医院にかかる予定だったんですか」

彩女は先ほどのやりとりで気にかかっていたことを尋ねた。

「ええ。銀座にある西園寺《さいおんじ》デンタルクリニックってご存じかしら」

「西園寺先生は私と同じ東医歯大出身の先輩です。審美歯科治療では有名な先生ですよ」

と、この葉が応える。彩女もその歯科医院は知っていた。芸能事務所と太いパイプでつながっているようで、多くの芸能人を手がけている。しかし金儲《もう》け主義で、患者の口元の見栄えを良くするためとはいえ、かなり乱暴な治療をすると聞いたことがある。

「そちらでなにかトラブルがあったんですか」

　彩女が尋ねると緒川の表情が曇った。

「トラブルとは違うわ。実は新作映画の主演オファーがきているの。破格の予算がついた数年に一度の大作よ。だけど監督が私の前歯が役のイメージと少し違うって言うの。歯並びや歯茎《ぐき》の感じをイメージ通りに変えてほしいって」

「役作りのためとはいえ大変ですね」

「問題はそこよ。私も役のためなら多少の犠牲は厭《いと》わないわ。女相撲取りを演じたときは体重を三十キロも増量させたし、白血病患者のときは坊主頭にもなったわ。でも今回はそんなレベルじゃないの。上の前歯を全部抜いて入れ歯にしようという話なの」

「ええっ!?　抜歯《ばっし》ですか！」

　彩女は思わず声を上げてしまった。緒川はうんざりした顔でうなずく。映画には一流のスタッフや俳優が結集するという。芸能事務所としては所属女優になんとしてでもヒロインの役を射止めさせたいところだ。ライバルに持って行かれるわけにはいかないだろう。

「クランクインの時期を考えると矯正したり、歯茎の手術をしている猶予はないと西園寺先生はおっしゃるの。間に合わせるには歯を抜いて入れ歯にするしかないと」

歯科矯正や歯肉形成手術は小規模なケースであっても、歯を削って詰めるだけの処置とは違うのでそれなりに治療回数も時間もかかる。そのスケジュールではたしかに厳しい。はめ外しの入れ歯にすれば歯並びや歯茎の形態も短期間で先方の要求通りに変えることができる。

「役作りのためとはいえ健康な前歯を抜歯するなんて乱暴すぎますね」

あってはならないことだと思う。

「うちの事務所は私にそれをやらせるつもりなの」

「ひどい……」

この葉が口元を手で押さえている。

「でも私はそんなことをするつもりはない。両親から授《さず》かった大切な歯なんだもの。守らなくちゃいけないと思うの」

「そうですよ。ひとつひとつは小さいですが、歯も心臓や胃や肝臓と同じ、人の生命や健康に直結する大切な臓器です。そして失えば二度と戻ってきません。役作りのためとはいえ、抜歯だなんて絶対に間違ってます。歯科医師として、人間として許されることではありません。断固反対です！」

この葉は緒川の前に立つと力強い口調で言った。普段はクールなイメージだが、今の彼女はホットである。歯を大切にしない人間たちに対する怒りが彼女を奮《ふる》い立たせているのだ。

「それで姿をくらませたんですね」

彩女は口調に同情を交えた。自分が緒川の立場だったらやはりそうする。

「それなのにどうして居場所がばれちゃうのかしら。他に尾行がついていたとも思えないし」

来院に当たって周囲を警戒しながらタクシーを何度か乗り換えたという。尾行らしい人物は見当たらなかったようだ。

「とにかく診療に入りましょうか。今日は奥歯の痛みが気になっているそうですね」

この葉は待合室で事前に記入してもらっていた問診票に目を通しながら言った。

「ええ。三ヶ月ほど前に治療したところなんですが鈍痛がするの。右下の奥歯二本よ」

「その治療も西園寺先生ですか」

「そうよ。うちの事務所は歯科医院まで指定してくるわ。あそこ以外で治療を受けないよう強く言われてるの」

「そんなことまで……。本当に管理が厳しいんですね」

誰もが羨むような華やかな生活を送っていると思っていたが、実際は窮屈《きゅうくつ》極まりない毎日なのだ。彩女は緒川のことが気の毒になってきた。自分だったらとても耐えられないだろう。

「学生のころに治療した奥歯二本が大きくかけてしまったからセラミックの差し歯を作ってもらったの。もともと神経を処置したところだから治療中の痛みはなかったわ。だけど今になってときどきジンジンするようになったの」

「治療直後は問題なかったんですね」

「痛みはなかった。ただ異物感というのかな。口の中にいつもあめ玉が入っているような違和感よ。慣れるまで時間がかかったわね」

この葉がボタンを押すと背もたれが倒れてフットレストが上がってくる。フラットに近い状態にして緒川の口の中を検査する。

愁訴の部位である右下奥歯二本。

大きくかけた歯質を金属やレジンで補強して歯の形態をしたセラミックを被せてあるのだろう。奥歯だし色調が自然なので外から見ても差し歯だと気づかない。こうやって強い光を当てながらミラーで観察して初めて分かる。二本のセラミック冠は連結しているようだ。ミラーで軽く叩くと鈍い音がした。緒川は違和感が少しあると応えた。

この葉は目を細めながらミラーを動かして二本の奥歯をいろんな角度から観察している。

「西園寺先生はなんとおっしゃっていたのですか」

この葉は緒川にうがいをさせてから尋ねた。

「歯茎の状態が変化するからそれに合わせて、一年後に被せ物を作り直すかもしれないと言われたわ」

たしかに歯周病で歯茎が下がったりするとそういうこともあるかもしれない。それでも高価なセラミックを一年で作り直しとは早いような気がする。それも先方の治療方針なのだろうか。

「視診だけでは判断ができないので、レントゲンを撮ってみましょう」

この葉に促されて緒川はレントゲン室に移動する。ドクター自身がレントゲンをセッティングして撮影ボタンを押した。従来の現像の必要なレントゲンに比べて被《ひ》曝《ばく》量も軽減できる。

緒川が治療ユニットに戻るころにはタブレット端末に顎骨全体を映したパノラマレントゲン写真が表示された。この葉は画面上で指を滑らせている。画像を拡大したりコントラストを調整したりしているのだろう。デジタルなので診断に必要な画像処理も簡単だ。

「ペルを起こしてますね」

「ペル？」

緒川は小さな顔を傾けた。

「歯根膜炎《しこん》のことです。一番奥の根っこの先っぽ、つまり根尖部《こんせんぶ》に小さな膿《うみ》の袋ができたりします。ほら丸く黒い影が見えるでしょう」

この葉は緒川にタブレットの画像を見せて患部を指さした。根尖部に米粒大の透過像が見える。これが膿の袋である。内圧が高まると周囲を圧迫して歯が痛んだり浮いた感じがしたりする。

「本当だ。これが症状の原因なの」

「そうです。まずはセラミック冠を外して根の内部から消毒する必要あります。病巣が消えたら再び同じ被せ物を作製してセットするわけです」

この葉はタブレットを患者説明用アプリに切り替えると今後の術式を説明した。言葉だけよりも画像で見てもらう方が患者も理解しやすい。

「つまり抜かなくて済むのね」

「もちろんです。残せる歯は全力を尽くして残す。歯科医師の使命ですから」

「お金儲けのためだけに健康な歯を抜こうとするどこかの歯医者さんとはえらい違いだ

わ」

今日初めて緒川は笑顔を見せた。女の彩女でも心を持って行かれそうな美しい笑顔だった。

やっぱり女優ってすごい！

「ついでに謎が解けちゃったかもしれません」

この葉はタブレットを眺めながら言った。

「は？」

緒川が目を白黒させる。彩女も同じだ。

「とりあえず今すぐ治療に入りましょう」

この葉は患者に向かってにっこりと微笑むとマスクで口元を覆った。

＊＊＊＊＊＊＊＊

彩女と緒川優子の二人は渋谷道玄坂にあるビル三階のカフェにいた。ランチ時はとうに過ぎているので彼女たちの他に客は入ってない。

緒川はキャップを目深に被りサングラスをしている。そのせいか注文を取りに来た若いウェイトレスは目の前の客が人気女優であることに気づいてない様子だ。

二人は飲み物を注文して窓の外を眺めた。ビルの真向かいにはフレンチレストランがある。二階建ての建物は小ぶりだが煉瓦《れんが》造りの瀟洒な外観だ。そこは緒川の行きつけの店であり、彼女はオーナーとも顔見知りだという。

夜の部は六時からなのでこの時間、店は閉まっている。それなのに二階の窓際の席には女性の姿があった。客は彼女だけで他にはいない。彩女たちの視線はその女性に向けられている。

「月城先生はなにをするつもりなの」

緒川が一人でフレンチレストランの席に着いている女性客、この葉を眺めながら言った。

「戸塚さんを待ち伏せしてます」

彩女が答えた。

「戸塚!?　どういうことなの」

緒川は彩女の方を向いて目を丸くする。

「ちょっとした謎解きですよ……って実は私も詳しく知らされてないんです。とにかく先生を見ててください」

彩女はスマホをテーブルの上に、自分たちから離した状態で置いた。

あれから緒川の治療を終えると、おそらく表口で待ち伏せをしているであろう戸塚を警戒して、三人は裏口から建物を出た。九月半ばを過ぎたのにまだまだ夏の余熱が燻《くすぶ》っている。

裏口の外は路地になっており、彩女たちは用心しながらその場を離れた。そしてタクシーを拾って渋谷にあるこの店までやって来たのだ。その間、戸塚の姿は見当たらなかった。

どうしてこの店だったのか。

この葉は、他に客がおらず二人きりで話ができる店を知らないかと緒川に尋ねた。そして複数の店が入居するビルではなく単独の店が好ましいと付け加えた。そこで彼女が提示したのが件のフレンチレストランだ。そのオーナーに連絡を入れて小一時間ほど店を貸し切りにしてほしいと願い出た。緒川優子の願いだけに先方は快諾してくれたというわけである。今しばらく、レストランの入り口にはスタッフが待機していて、この葉と戸塚以外の客は入れないようになっている。

この葉は彩女たちに向かいのカフェからここを眺めていてくれと言った。彩女は訝《いぶか》しがる緒川を連れてこのカフェの窓際の席を陣取ったというわけである。

「ねえ、戸塚が追っているのは先生ではなくて私よ。彼はあそこではなくここにやって来るわ」

緒川は自分のテーブルを指さして言った。

「いいえ。戸塚さんはここには現れません。おそらくあのレストランにやって来るはず……って月城先生がおっしゃってました」

「どうしてそうなる……」

「ほら、来ましたよ」

緒川の言葉を遮《さえぎ》って彩女は店の方を指さした。

男性が入り口に立つスタッフに手を挙げながら店の中に入っていった。片手にはスマホを握っている。しばらく一階にいる店員に声をかけたりしてウロウロしていたが、二階に上がるとさりげなくこの葉の席に近づいた。小洒落たジャケット姿でメタボ体型の中年。はたして戸塚だった。

「どうして先生のところへ……」

緒川は驚きを隠せない様子だ。

『あ、あの……』

彩女のスマホから戸塚の声が聞こえてくる。

『なんでしょう』

今度はこの葉の声。

彩女とこの葉のスマホはここに来てからずっと通話状態にしてあるので、この葉と戸塚のやりとりを聞くことができるようになっている。もちろん彼女の指示だ。

『女優の緒川優子を見かけませんでしたか。この建物の中にいるはずなんですが』

戸塚はそう言って片手に持ったスマホを一瞥した。

『あなたは？』

『ああ、失礼、私は彼女のマネージャーです』

彩女は二人が初対面だったことを思い出した。

「どうして戸塚はここじゃなくて先生のところに？」

思わずといった様子で緒川が声を上げる。彩女は急いで口にチャックするジェスチャーをした。スマホの通話がオンになったままなのでこちらの声も相手に聞こえてしまう。緒川は慌てて小刻みにうなずいた。

『女優さん？　さあ。見かけませんでしたね』

この葉の声がスピーカーから聞こえてくる。

『そんなはずはない。たしかにこの中にいるはずなんです』

『どうしてそう言い切れるんですか』

今度はこの葉が戸塚に尋ねている。

『どうしてって……入っていくところを見たからです』

『それは嘘《うそ》ですね。なぜならここに彼女はいないからです』

『ど、どういう意味ですか』

戸塚の口調が気色ばんだ。

『自己紹介が遅れました。私は錦織デンタルオフィスでドクターをしています月城と申します。緒川さんの担当医です』

『えっ……』

素性を明かすと戸塚は声を上ずらせた。この葉はすかさずスマホを耳に当てた。

『緒川さん。今からこの方に今日の治療内容をお話ししますけどいいですか？』

彩女のスマホを通してこの葉が呼びかける。緒川は通話マイクに口を近づけた。

「ええ……。かまわないけど」

『通話の相手は緒川なんですか!?』

戸塚の声が聞こえてくる。

この葉はそれには応えず彼に向き直った。治療内容も患者の個人情報だ。それを他人に伝えるなら本人の許可をとる必要がある。この葉は医院の方針を遵守《じゅんしゅ》している。

『先ほど、彼女の奥歯に入ったセラミックの被せ物を外しました。歯根膜炎を起こしていたのです。セラミックの内部はレジンセメントといわれる硬い材料で歯質が補強されていました。しかしそのセメントの中にですね、こんな物が埋まってました』

彼女は戸塚に向かって手のひらを向けた。その上にはなにかが載せられているようだがここからでは見えない。

『高橋さん。緒川さんと一緒にここに来てちょうだい』

この葉の指示を受けて、彩女と緒川は立ち上がると精算を済ませて向かいのフレンチレストランへ向かった。緒川はいまだに狐につままれたような顔をしている。

「先生、どういうことなの？　どうして戸塚は私ではなくあなたのところに現れたの」

店の二階に到着するなり緒川は戸塚を押しのけてこの葉に問い質《ただ》した。

「最初にあなたの奥歯を検査したとき、おかしいなと思いました。素人ではなかなか気づかないかもしれませんが、セラミックの被せ物が、歯の解剖学の観点から大きさも形態も不自然なんです。あなたはあめ玉が口に入っているような異物感があったとおっしゃってましたがおそらくそれが原因です。被せ物は元の歯より大きさも膨らみもわずかに大きい。さらに二本は連結されてました。歯を支える歯槽骨や歯根の状態からして連結する必要性が窺えない。西園寺先生はどうしてそんな処置をしたのだろう。そんなことを考えていたらピンときたんです。それを確かめるためにすぐにレントゲンを撮ってみました」

この葉はバッグからタブレットを取り出した。そして緒川の顎全体を写したパノラマレントゲン写真を表示させる。

「セラミック材は多少なりともエックス線を透過するんです。ですからほら、うっすらと被せ物の中身が見えるでしょう」

「中に見える白いものはなんですか」

「欠けてしまった歯の質を補強するセメントです。西園寺先生が使っているのはエックス線が透過しにくい材料みたいですね。だから白く写っています」

石や金属のようにエックス線が透過しないものは真っ白に写る。だから金属の被せ物の内部はレントゲン写真でも窺い知れない。

「だけどこのセメントはエックス線がまったく透過しないというわけではありません。わずかにでも透過すればその中身が写ります。この状態では分かりにくいですがコントラストを調整することで見えることがあります」

この葉が画面に触れると画像が変化した。

「ああ！　うっすらと見えるわ」

真っ白に近かったセメントの色が薄くなって半透明になり、その内部に薄暗い輪郭が浮かんでくる。それぞれの奥歯の内部、正確には歯質を補強するセメントの中には、一つずつ小さな物体が埋まっており、その二つは白い線でつながっている。この線は被せ物の内部を通っていた。

「この影はなんなの？」

首を傾げる緒川にこの葉は手のひらに載《の》せたものを見せた。戸塚は険しい顔で舌打ちをしている。

「これがあなたの奥歯の中に仕込まれていたんです」

それは米粒を思わせる小さな小さな電子部品だった。小指の先に載ってしまいそうなほどだ。二つの電子部品がこれまた細く短いコードでつながっている。

「ひとつはＩＣチップ、そしてもう一つは超小型のボタン電池みたいです。もしこれが電池ならコードを通じて本体に電力を供給していると思われます」

「だからこれはなんなのよ!?」

緒川が眉をひそめながら言った。

「私も見たことがありません。少なくとも歯科治療に関係するものではないことは確かです。歯の中に電子部品を埋め込む治療なんて聞いたことがありませんから。でも緒川さんの一連の話からこの部品がなんなのか推測することはできます。だからこうやって確かめているのです」

この葉は立ち上がると戸塚を見据えた。

「緒川さんは超能力だとおっしゃってましたが、あなたは私どもの医院にしろ、このお店にしろ、彼女のいる建物までしか特定できてない。何階のどの部屋にいるかまでは分からないようですね」

「なんのことだ」

「あなたが今、手に持っているスマホ。マップ画面が表示されてますけど」

彼女はすかさず戸塚の右手からスマホを奪い取った。

「なにをするんだ！」

戸塚が奪い返そうとするタイミングでこの葉はそれを彩女の方に投げた。彩女はキャッチして緒川と一緒に画面を覗き込む。そこにはレストランの周辺地図が表示されていた。マップの真ん中はこのレストランの建物でそこには赤いマークが点滅している。

「それだと建物内部や階数までは分からないようですね。だからいつもあなたは建物の中をくまなく捜し回らなくてはならない。大きいビルだと大変でしょ」

戸塚が表情を硬くする。

「先生、これって……」

彩女もこの部品がなんであるのか察することができた。

「戸塚さん。あなたが捜しているのは緒川さんでしょう。なのにこうやって私のところに現れた。それは私がこれを持っているからですね」

この葉は小さな電子部品を手のひらの上で転がした。

「おそらく発信器でしょう。違いますか」

彼女が二つの部品をつなぐコードを引きちぎるとスマホの画面から点滅していた赤いマークがサッと消えた。

戸塚の方を見ると彼は青ざめた顔で口元をふるわせていた。

「本当なの？　戸塚」

観念したのか彼はゆっくりと首肯すると、小さな声で、

「すみません」

と言った。そして事の真相を語り出した。

緒川優子は所属事務所にとって稼ぎ頭である。スキャンダル騒動を起こされたらやっかいだ。四六時中、徹底的に管理するよう社長に厳命されたという。すぐに姿をくらまして連絡が取れなくなる緒川の態度に悩んだ戸塚は知り合いのツテで超小型発信器を入手した。アメリカのＣＩＡが開発してエージェントが実際に使っていたモデルだという。アングラマーケットで流通していて、特別なコネがないと手に入らないらしい。

「奥歯に仕込んだのはもちろん西園寺先生ですね」

戸塚は黙《だま》ってうなずいた。

女優の健康な歯を抜こうとしたのだ。金さえ払えばそのくらいのことはするだろ

う。彩女はそんな歯医者がいることが信じられなかった。

「奥の歯には電池、手前の歯には本体が埋め込まれてました。緒川さんの奥歯は平均より少し小さめなので、ＩＣチップがわずかに歯の質からはみ出してしまう。だからその上から被せるセラミックの大きさも形も不自然になったのです。さらに二つはコードでつながれている。そのコードを隠すために二つのセラミックは連結されてその内部に通されてました。西園寺先生もこれを仕込むのは苦労したことでしょう。あと、一年後に被せ物を作り替えるのは電池を交換するためですね」

こんな小さな電池なのに一年ももつらしい。アメリカのスパイが使っているだけにすごい技術が投入されているのだろう。

「さらに言えば、私が他の歯科医院にかかるのを禁じたのは埋め込んだ発信器が見つかるのを防ぐためよ。そうなんでしょ、戸塚っ！」

緒川は細い片腕で彼の胸ぐらをつかみ上げると激しく揺さぶった。

「そうです！　そうです！　許してくださいぃぃぃ」

彼女が手を離すと戸塚は苦しそうに咳をまき散らした。見かけによらず腕力があるらしい。

それから緒川は戸塚のネクタイを引っぱって所属事務所に連れて行こうとした。

「社長とあの歯医者に土下座をさせてやるわ！」

彼女の鼻息は荒かった。そして今後の治療はこの葉にお願いしたいと言った。この葉が快諾すると緒川はニコリと笑って、

「先生、『謎解きリリコ』のファンだって言ってくれたよね」

と言った。この葉はコクリとうなずく。

「月城先生はリリコなんかよりずっと名探偵よ。歯医者さんにしておくのはもったいないわ。あっ、私の歯は先生に診てもらいたいから歯医者は辞《や》めないで」

緒川は戸塚のネクタイを引っぱったままウィンクをした。彼は「緒川をよろしくお願いします」と泣き笑いの顔で頭を下げた。さすが人気女優だ。そんなワンシーンですら絵になる。

彩女はこの葉と顔を見合わせて肩をすくめた。

症例B　密室クリニックの謎

高橋彩女はカフェオレをすすりながら窓を眺めていた。雲一つない青空に霊峰の逞《たくま》しくも繊細《せんさい》な稜線《りょうせん》がくっきりと浮かび上がり、足下には河口湖《かわぐちこ》が広がっている。湖面は陽光を反射させせながら小さな粒がキラキラと輝いていた。九月下旬に入ったというのに汗ばむ陽気だ。頰を撫《な》でるそよ風が心地よい。

「昨日の『謎解きリリコ』で緒川優子が今の君の席に腰掛けていたね」

テーブルを挟んで向き合う飯田橋輝明《いいだばしてるあき》が彩女に言った。昨夜のドラマは彩女も観た。湖畔に佇むこのカフェがロケに使われていたのだ。リリコは彩女と同じようにカフェオレをすすりながら富士山を眺《なが》めていた。平日にもかかわらず客が多い。人気ドラマで使われた店というのもあるが、富士山が世界遺産に登録されていることも大きいだろう。

ヒロインである緒川優子は彩女の勤務する錦織デンタルオフィスの患者である。

担当医は月城この葉先生。実は昨日も診療補助として彼女の担当についたばかりである。しかし彩女はそのことを口にしない。患者に関することは治療内容のみならず来院歴にいたるまで守秘義務があるからだ。

ああ、言いたい。自慢しちゃいたい！

彩女はそんな思いをグッと呑み込んだ。

自分はプロフェッショナルの歯科衛生士なのだ。

「うん？　彩女ちゃん、なにか言いたげだね」

飯田橋はカップをテーブルに置くと彩女の瞳を覗き込むように言った。眉目秀麗《びもくしゅうれい》とはいわないがシャープで知的な顔立ちの男性である。縁なしメガネを通して切れ長の瞳が少し心配そうな様子で彩女を見つめている。

「もしかして先週の日曜日のことを怒ってるの」

「別に怒ってなんかいないよ。しょうがないじゃない、体調が優れなかったんでしょ」

「ああ、ノロウィルス。妹にも迷惑掛けちゃったよ」

「今は大丈夫なの」

「うん。おかげさまで」

その前の週の土日もデートの約束をしてあったのに発熱したとキャンセルが入っ

た。さらにしばらくは学会など仕事の関係で土日の都合がつきそうにないというから、今日は休みをつかって富士五湖の日帰りドライブにやって来たというわけである。

「お医者さんなんだからもうちょっと健康管理した方がいいんじゃない。医者の不養生《ふようじょう》よ」

「滅相もない。もう若くないいんだよ」

飯田橋は頭を掻《か》きながら苦笑した。

「若くないってまだ三十五でしょ。うちの院長先生なんてあなたより十歳も年上だけどパワフルよ」

飯田橋は渋谷の桜丘町《さくらがおかちょう》でクリニックを経営する心療内科のドクターだ。彩女も覗いたことがあるが古めの雑居ビルの二階にあるこぢんまりとしたクリニックだった。勤務先は渋谷だが自宅は郊外にあって二つ年下の妹と一緒に住んでいるという。

「彩女ちゃんは二十五歳だったっけ」

「女性に年齢の話をしないの」

先月――八月に誕生日を迎えた。思えばその日も彼の都合が悪くて祝ってもらえなかった。その代わりプレゼントにカルティエの腕時計を買ってもらったけど。

「君も僕の年齢になると分かるよ。三十すぎると一気に衰《おとろ》えていくからね。徹夜なんて本当にできなくなった」

「そんなものかなあ」

　彩女は歳《とし》をとるということに実感が持てないでいる。学生時代の自分と比べても成長もしない代わりに衰えてもいない気がする。三十を超えたらそんなオバサンみたいなことを言うようになるのかしら。

「今度、映画にでも行こうか。なにが観たい？」

「うん……あ、でも」

「どうしたの」

「ディズニーやピクサーのアニメって男の人は苦手だよね。ファミリー向けで子供っぽいし」

　昔から彩女はその手のアニメが好きである。しかし学生時代に交際していた男性たちはあまり観たがらなかったので女友達と観に行くことが多かった。

「そんなことないよ。僕も結構観ているんだよ」

　そう言って彼はそれらの映画のことを語った。『ファインディング・ニモ』『モンスターズ・インク』『トイ・ストーリー』等々。

「へえ、結構観ているんだね。意外」

「そうかな。絵もきれいだし観ていて楽しいよ」

彼は右頬《ほお》を人差し指で掻きながら言った。彩女はそんな彼の仕草が可愛らしいと思った。精神科医の理知的なイメージとのギャップも好ましく思える。

飯田橋との出会いは学生時代の友人と参加した街コンだった。彼も知り合いのドクターと一緒に参加していた。街コンとは街ぐるみで開催される大型の合同コンパだ。ここ数年、都内でも各所で企画されるようになった。彩女が参加したのは恵比寿エリア。企画に協賛するいくつかの飲食店を回っているうち、ある居酒屋で彼の隣の席に座った。十歳も年上だが、いろいろと話をしてみると同年代の男性にない落ち着いた雰囲気が心地よかった。彩女と同じく医療に携わっていることから共感できることも多く会話が弾んだ。その日は互いにメールアドレスを交換して別れたが、次の日には彼からメールが届いて食事に誘われた。

「今日で三ヶ月」

「うん? なにが」

「もぉ。つきあい始めてに決まってるじゃない」

「そっか。早いものだな。どうりで歳をとるわけだ」

彼がやれやれと首を回して音を鳴らす。なにかと「もう若くないですよ」のアピールをしたがる。

それにしても三ヶ月。なんとなくノリでつき合ってみたけどまだ恋人という実感が持てないでいる。本当にこの人のことが好きなのかも分からない。このままつき合っていって彼のことをいろいろ知れば好きになっていくのだろうか。彩女にとって今までの恋愛もそんな感じだった。

「お母様の様子はどうなの」

「相変わらずさ」

　飯田橋の母親は彼の自宅からすぐ近くにある実家で暮らしているそうだ。しかし病弱で寝込んでいることが多いという。彼と彼の妹が手分けして介護に当たっていると話した。そのことでデートをドタキャンされることが多いが、そういう事情であれば致し方がない。相手が十歳も年上の大人なら尚更のこと。先月の彩女の誕生日も彼の母親の容態が悪化したとかでお流れになったのだ。

「そろそろ出ようか」

　二人は席を立ち上がる。会計カウンターに置かれたフォトフレームには店長と思われる男性と緒川優子のツーショット写真が収まっている。飯田橋が会計を済ませると、二人は駐車場に停めてある真っ赤なゴルフに乗り込んだ。彼の愛車である。洗車したばかりらしく車体はピカピカで車内もゴミ一つ落ちてない。それほど几帳《きちょう》面《めん》な性格だとは思えないが車だけはきれいにしている。運転席の彼はメガネを外すとハンカチで念入りにレンズを拭いた。一日に何度も目にする姿である。

「あなたって視力はいくつなの」

「悪いよぉ。両眼とも小数点第二位レベルだ。メガネがないとこの位置からでも君の顔が判別できない」

「そんなに悪いの。そこから私の顔が分からないなんて信じられない」

彩女は両眼とも一・五なのでメガネいらずだ。

「視力のいい君が羨《うらや》ましいよ」

「あなたはお医者さんになるために一生懸命勉強してきたでしょう。私は勉強嫌いでさぼってばかりいたから。だから目がいいの」

「なるほど。そういうことか」

それから湖畔沿いの道路をゆったりと走りながら富士山と湖の風景を楽しんだ。

「ちょっと寄りたいところがあるんだけどいいかな」

「ええ。いいわよ」

彼は商店街に立ち寄ると花屋さんで花束を見繕ってもらった。それをトランクに入れて車に乗り込む。

「もしかしてお墓参り?」

「ご明察」

彼は湖沿いから山側に進路を変えて、そこからしばらく走ったところにある小高い丘の上の駐車場に車を停めた。ここから湖を見下ろせる。看板には「富士見丘霊園」とある。柵《さく》で囲まれた霊園は大小さまざまな墓石が整然と並べられて墓地独特の厳《おごそ》かな静謐《せいひつ》が広がっていた。彼は花束を抱えながら墓石で挟まれた小道をさらに進んでいく。やがて中ほどにある墓石の前で立ち止まった。まだ新しいようで石は磨《みが》き込まれた鏡のようにツルツルしていた。竿石《さおいし》の正面には「坂本《さかもと》家之墓」、側面には喜三郎《きさぶろう》、八重子《やえこ》、雅美《まさみ》と三人の名前が刻まれている。

飯田橋は買ってきた花を供えながら水を掛けた。そして手を合わせる。彩女も彼に倣《なら》った。

「お知り合いの方なの」

「元患者かな。一回しか診てないけど」

「病気で亡くなられたの？」

「そうじゃないんだけどね……」

飯田橋は言葉を濁《にご》して真っ青な空を見上げながらため息をついた。それはどこか哀《かな》しげに聞こえた。

彼は以前、治療中の患者が自殺してしまうことが間々あると言っていた。一回しか診たことのない患者の墓参りならそういうことなのかもしれない。それなら踏み込まない方がいいと思いそれ以上は聞かないでおいた。

「ごめん。ドライブの続きをしよう」

しばらく複雑そうな表情で墓石を眺めていた彼だが、彩女の肩をそっと撫でると駐車場に向かって歩き出した。彩女は小走りで彼の後をついていく。

「それはそうと、左の奥歯。月城先生のおかげですっかり痛みがとれたよ」

歩きながら彼は左頬をさすってみせた。

「それはよかった。先生は衛生士の私から見ても上手だから」

「ありがとう。いい歯医者さんを紹介してくれて助かったよ」

「紹介って私の職場じゃない」

車に乗り込みながら二人は笑った。

初めてのデートの最中に彼は左顎を手で押さえながら歯が痛いと言い出した。そこで彩女はすぐに自分の職場に予約を入れたのだ。担当医は月城この葉で、彩女は補助を任された。医者のくせに歯科治療が苦手な彼も彩女がそばについていてくれると心強いと言った。そのくせ予約時間には遅れてきたりするけど。

左奥歯は虫歯で大きく穴があいていた。一目見て急性歯髄《しずい》炎だと分かる。大きな虫歯にかかったことのない彩女には分からないが、ここまで進行すると夜も眠れないほどに痛むらしい。この葉は飯田橋に麻酔をかけると歯の神経を除去する処置を施した。この処置を歯科用語で抜髄《ばつずい》という。

「次の予約は明日ね」

「あんな美人な先生に会えるんだ。苦手なはずの歯医者なのに明日が楽しみだよ」

彼はキーを回してエンジンを始動させる。そろそろ帰路に就く時間だ。

「マジで浮気は許さないからね」

彩女は拳骨を振り上げて笑った。

でも、もしこの葉が恋敵《こいがたき》になったとしたら……とてもかなわないだろうなあと思った。

＊＊＊＊＊＊＊＊＊

次の日。午後二時。３番個室。

飯田橋はいつものように小説を読みながら治療ユニットのシートに腰掛けている。表紙を見るとアガサ・クリスティだった。

「いやあ、先生。すっかり楽になりました。先日までは時々、疼《うず》いたりしてたんですが」

彼は部屋に入ってきたこの葉を見ると表情を緩《ゆる》ませながら声をかけた。

「それはよかったですね、飯田橋先生」

「前々から言おうと思っていたんですが、僕のことを先生なんて呼ばないでくださいよ。ここでは患者なんですから。僕の方は先生と呼びますけどね」

医療の世界ではドクター同士でも互いに「先生」と呼び合う風潮がある。しかし彼はそれを快く思っていない。自分はそんな偉い人間ではないし、そう呼ばれることでなんとなく世間から疎外されているような気分になるからだと言う。

「分かりました。それでは飯田橋さんでいいですね」

同じドクターとしてその気持が分かるのか、マスクで口元を覆った彼女は目尻を下げながら言った。彩女は彼女に飯田橋と交際していることを話してある。昼休みにも他のスタッフにのろけ話をしたことがあるが、それも部屋の片隅で読書をしていた彼女の耳に入っているはずだ。

「歯が痛いと仕事にも集中できませんからね。カウンセリングの最中に患者から『大丈夫ですか』と心配される始末です。医者が患者から心配されたら終わりですよ」

彼は相手が美女だと饒舌《じょうぜつ》になる。彩女は少しムッとした。

「今日は中のお薬を交換しますから。アーンしてくださいね」

この葉が言うと飯田橋はおしゃべりを止めて口を開けた。この葉はエアタービン、彩女はバキュームを持ち上げる。処置自体は簡単なのでものの数分で終了する。神経はすでに除去されているので彼も痛みを感じていないようだ。

「右下の奥歯はインプラントなんですよ」

飯田橋はうがいをすると自分の右頬を指さしながら言った。そんなことを告げなくともレントゲンに写っているので彩女たちも把握している。インプラントとは抜歯などで欠損した歯の隙間を埋めるために顎骨《がっこつ》に直接、金属製の人工歯を埋め込む治療である。はめ外しの義歯と違って違和感が少なく、審美性にも優れているので希望する患者も多い。しかし保険が利かないのでかなりの高額治療となる。

「これは……いつごろ処置されましたか」

この葉がマスクを取りながら尋ねる。飯田橋曰く、その瞬間が色っぽいそうだ。

「四年くらい前かな。歯医者が嫌いだったから虫歯をずっと放置してたら、顎が大きく腫《は》れ上がっちゃって大変だったんですよ。結局、抜歯してインプラントを入れることになったんです」

そこまで放置していたとは、彼は本当に歯医者が苦手のようだ。患者でもそれが原因で歯を失う人は少なくない。歯科治療恐怖症という病名もあるくらいだ。インプラントは歯科治療としてはそれなりに大がかりな外科的処置を伴うので放置は本末転倒である。

「四年前……ということは岩手《いわて》県の川尻《かわじり》先生ですか」

飯田橋が目を丸くしながらこの葉を見上げた。

「え、ええ……よく分かりましたね。二年ほど前まで岩手県内の病院に勤務していたんですよ。川尻先生の歯科医院があったところです」

それは本人から聞いていたが、この葉には話していない。それなのにどうして彼女はインプラントが岩手県のドクターによるものだと分かったのだろう。

「インプラントはさまざまな流派があります。それによって術式や材料が違うんですよ。飯田橋さんの奥歯のインプラントはスウェーデンのブルーム社製のものです。このメーカーのインプラントは四年前当時、日本に導入されたばかりなので扱っているドクターも限られます。川尻洋二郎《ようじろう》先生がブルーム社インプラントの第一人者でした。私も先生の講演を聴きに行ったことがあります」

この葉曰く、ブルーム社製のインプラントは価格も高いこともあってそれほど普及していないので症例も少なく、滅多に見ることがないそうだ。

「なるほどね。それにしても口の中を一目見ただけで術者《じゅつしゃ》を当ててしまうなんてすごいなあ」

これには彩女も感心した。前々から洞察力や勘の鋭いドクターだと思ってはいたが相変わらずである。

「飯田橋さんだってドクターですからそういうことがあるでしょう」

「いやあ、僕は心療内科専門でして。手術や処置とは無縁なんですよ。もう何年も注射すら打ったことがありません。そういうのはナースに任せてますからね。だから難《むずか》しい処置をされる先生のことを尊敬します」

　彼は初めて会った街コンで「血が苦手なのに親が医者だったので同じ道に進んだ」と言っていた。だから血を見なくても済む心療内科医の道を選んだという。

「歯科なんてせいぜい小手術《しょうしゅじゅつ》ですから。生命に直結する心臓や脳を扱う医科の外科に比べればとてもとても」

　この葉は首をフルフルと振りながら言った。

「それはそうと川尻先生の歯科医院はA市でしたよね」

　続けて彼女が言うと飯田橋は突然表情を曇らせた。

「ええ。先生はあの津波で……」

「そうでしたか」

　この葉が黙禱《もくとう》を捧《ささ》げるように目を閉じて顔をわずかに俯《うつむ》かせた。彼女はそのドクターの死を知らなかったようだ。

　A市といえばかの震災による津波で大打撃を受けた街である。瓦礫《がれき》で埋め尽くされたその光景はテレビで何度も流されたので彩女も知っている。そこに広がっているのは絶望だけだった。津波は建物だけではなく住民たちの心まで砕いてしまったのではないかと思うほどだ。

「飯田橋さんもあの日はA市に？」

彼はうなずくと目を細めて虚空《こくう》を見つめた。

「僕の勤務していた病院は高台に建っていたので津波は免れました。病室から街や人が大波に呑《の》まれて破壊されていく様子をただただ眺めているしかありませんでした。地獄絵図でしたね」

飯田橋はそう言って肩をすくめた。以前、彩女もそのときの様子を訊《き》こうとしたが、彼なりに辛い思い出なのだろう。多くを語ろうとしなかった。それ以来、彩女も話題に出さないようにしている。

「それで東京にやって来たのですか」

「本当は残って復興の力になりたかったんですが……。とはいえ故郷ではないし、東京の病院に移るよう理事長から辞令が出ましたからね」

彼の実家は横浜にある。当時はある医療法人の運営する病院に勤務していた。それから彼は東京の病院に半年ほど勤務したが、そこを退職して渋谷に自分のクリニックを開設したというわけだ。

「まあ、それで高橋さんとの出会いにつながったわけですからね」

この葉が口角をほんのりと上げた。

「ちょ、ちょっと先生、止めてくださいよ」

彩女は慌てて言った。しかしこの葉の口元は微笑を含んでいるが瞳の色はなんとなく冷めている。どことなく哀しげな笑顔だ。

「飯田橋さん、今日の治療はこれで終わりです。お疲れさまでした」

彼女はその表情のまままきれいなお辞儀をする。彼は「ありがとうございました」と頭を下げると名残惜しそうに治療室を出て行った。

彩女はこの葉の哀しそうな笑顔が気になった。

＊＊＊＊＊＊＊＊＊

彩女は治療器具を片づけるとすぐに次の患者の治療に向かった。受付の予約表を見るとこの時間は立て込んでいてすべての個室は患者で埋まっているし、待合室でも数人待っている。今日は夕方までこの忙しさが続きそうだ。

1番個室に入る。カルテの患者名欄には「古谷陽炎」と記載されている。患者はシートに腰掛けてスマートフォンをいじっていた。彼は待合室でも治療室でも待ち時間はいつもスマホを眺めている。といってもそれは彼に限らず、そういう患者が多い。ちなみにスマホは傘《かさ》に次ぐ多さの、患者の忘れ物だ。

「お待たせしました」

「急がなくてもいいよ、先生」

彼はスマホをポケットにしまうと妙に色素の薄い瞳をこの葉に向けた。体にピタッと張りついた薄ピンク色のシャツは、細身ながら胸や腹部の筋肉の稜線をくっきりと浮かび上がらせている。その上から薄手で茶色のジャケットを洒脱《しゃだつ》に着こなしていた。ユニットの上で細長い足を窮屈そうに組んでいる。

シミひとつない滑らかな白い肌、中性的に整った目鼻立ち。やはり俳優かモデルだと思う。この葉は殺し屋さんと言っていたっけ。たしかにそれも似合いそうだ。いや、なにを演じてもサマになるだろう、この手のイケメンさんは。

「先生はどうして歯医者になろうと思ったの」

陽炎がキャビネット備え付けのシンクで手洗いをしているこの葉に声をかけた。

「実家が歯科医院だったんです」

彼女は消毒液のスプレーを手に吹きかけながら応えた。

「だった？」

陽炎が聞き返す。

「父は事故でずっと前に亡くなりましたから」

この葉の父親は、彼女や院長と同じ東医歯大出身の高名なドクターだと聞いたことがある。

「そっか。悪いこと聞いちゃったみたいだな」

「いいえ。気にしないでください」

彼女はどこか哀しげな笑みを浮かべながら言った。彩女は彼女の父親が亡くなっているのも知っている。

「ところで先生は本当に歯医者さんになりたくてなったの」

「どういうことですか」

「いや、ただなんとなく気になっただけさ」

唐突で失礼な質問だなと思いつつ、彩女はそれを顔に出さないように陽炎を見た。他意はないようだ。彼は相変わらずクールな表情のまま、この葉を見つめている。

「ピアニストになりたかったんです、ホントはね……」

「そうだったんですか!?」

彩女は思わず聞き返してしまった。有名な歯科医院の娘だからなんの迷いもなく歯科医師の道を選んだのだと思っていた。

「ええ。私は幼いときからずっとピアノと一緒に過ごしてきたの。高校を卒業して音大にいくつもりだったんだけど、やっぱり歯医者になろうと思い直して歯科大に進んだわ」

彼女は帽子を被ったりマスクで口を覆ったりと治療の準備をしながら淡々と話す。

「ピアニストになる夢をご両親が反対されたんですか」

ピアニスト。たしかに物静かで清楚な彼女のイメージにピタリと合う。

「いいえ、そういうわけじゃないわ。特に父はピアニストの夢を応援してくれていた。自分の医院の継承にさほどこだわりがなかったみたい」

「だったらどうしてなんですか」

と彩女が訊いた。

「歯科医師になろうと決めたのはあくまで自分の意志。誰かに強制されたわけじゃないわ」

この葉はマスクをかけた。口元を覆われているので表情が読めない。

「もしかして歯医者になろうと思ったのは、先生のお父さんの死と関係あるんじゃないの」

陽炎の言葉に彼女の動きが止まった。瞳が一瞬だけ鋭利な光を放ったように見えた。

「どうしてそう思うの、古谷さん」

「陽炎でいいよ」

彼はこの葉に向かって右の手のひらを差し出しながら言った。

「では陽炎さん」

「なんとなくさ。ホント、根拠なんてないんだけど」

彼はこの葉から視線を外すと、その話題に興味をなくしたように窓の外に顔を向けながら、背もたれに背中をつけてヘッドレストに頭を置いた。

「なんだか意味深な物言いですね」

彩女はユニットに近づいて彼に言った。

「先生は納得してないんじゃないかと思ってさ」

「なににですか」

彩女は彼の言いたいことが分からず問い質すような口調になってしまった。

「事故だって言ってたでしょ、先生のお父さん」

「それがなにか？」

「ああ、もういいよ。俺の勝手な勘ぐりだからさ。気にしないでくれ。先生、変なこと聞いちゃってすまない」

陽炎はこの葉に顔を向けるとペコリと頭を下げた。

「いいんですよ。陽炎さんのおっしゃってることは必ずしも間違ってないですから」

彼女はマスクで口元を覆ったまま小さくうなずいた。

「それでは治療に入りましょう。高橋さん、印象の準備をお願いね」

「かしこまりました」

今日の予定は印象（歯の型取り）である。彩女はキャビネットから印象材を盛りつけるトレーを取り出した。

月城先生はお父さんの事故に納得していないから歯科医師になったってこと？

彩女は準備を続けながら今の二人のやりとりに思いを巡らせた。しかしそれがどういうことなのか考えが及ばなかった。

「月城先生」

その間、彼がこの葉に声をかけた。

「なんでしょう」

「十八番《おはこ》はなんなの」

「十八番？」

彼女はタービンにダイアモンドバーを取り付けていた手を止めて彼を見た。

「さっき言ってたじゃん。ピアニストになりたかったって」

「あ、ああ……。ショパンです。ピアノ協奏曲第一番」

「あれは俺も好きな曲だよ。特に第二楽章がいい。朝靄《もや》漂うヨーロッパの静かな湖畔を歩いているような気分になる」

その曲は知らなかったがきっと美しい旋律なのだろう。

「先生のピアノ、一度でいいから聞きたいな」

そう言って陽炎はニコリと微笑んだ。

＊＊＊＊＊＊＊

陽炎は治療を終えると受付で次の予約を取って帰っていった。

あれからこの葉の父親について話が出なかった。この葉にとって父親の死はなにより辛い記憶に違いない。事故に納得していないという陽炎とそれを認めるこの葉のやりとりに興味が惹《ひ》かれたが、さすがにその話を持ち出すのはためらわれる。変なことを聞いたと謝る陽炎に対してこの葉は、彼の言ったことは必ずしも間違いでないと言った。それがなにかを言い当てているとすれば、陽炎はこの葉と同じく鋭い勘と洞察力の持ち主ということなのだろうか。

滅菌消毒室。さほど大きくない室内にはオートクレーブ（高圧蒸気滅菌器）やケミクレーブ（化学蒸気圧滅菌器）、ガス滅菌器などが並ぶ。器具によって熱がかけられない物、錆びやすい物があるのでこれらの滅菌器を使い分ける必要がある。またこの部屋は器具や材料の保管庫としても使われている。

彩女はトレーの上にミラー、探針《たんしん》、エキスカベーターといった歯科治療に多用される金属製の小器具を載せる。それを持って2番個室に入る。すでにたまきが案内していたので患者はシートに腰掛けてスマホをいじりながら待っていた。

唐津光司《からつこうじ》、三十五歳男性。飯田橋と同じ年齢だ。問診票の職業欄には会社員とある。仕事の合間なのかスーツ姿だった。中肉中背、分厚いメガネと暑苦しい顔立ちが特徴である。

「こんにちは唐津さん」

彩女が声をかけると彼はスマホの画面をサッと裏返すと慌ててポケットにしまった。

「なんですかぁ、今のは。人には見せられないサイトですか」

彩女は意地悪な口調で彼のポケットを指さした。

「そ、そんなんじゃないよ。為替《かわせ》をチェックしていたんだよ、うん。ロンドン市場は今日もユーロ安だなあ」

唐津はメガネの黒いフレームをいじりながら取り繕うように言った。一瞬チラッとしか見えなかったがなにかの動画のようだった。

もしかしてアダルト系？

これ以上詮索するのもどうかと思い止めにしておいた。そんな彼は独身である。

「お荷物は荷物入れに入れておきますね」

彩女は床に置いてあるナップサックを持ち上げて籐《とう》のボックスに入れた。

「いやあ、彩女ちゃん。今日もかわいいね」

とってつけたような褒《ほ》め文句。口調も軽薄そのものである。馴《な》れ馴れしくちゃん付けで呼ぶのは止めてもらいたい。

「そういえば口紅変えた？　とても似合ってるよ」

「仕事中は口紅なんてしませんから」

「じゃあ、ナマ唇？　いやあ、セクシーだなあ」

本当に適当だ。先日は「引き込まれそうな瞳」と言われた。

「それはどうも」

彩女はユニットのテーブルの上にトレーを置きながら棒読み口調で返事した。

唐津光司がここに通院を始めてからおよそ三ヶ月。他の患者と同じように週に一回ペースで来院してくる。

「こんにちは」

「おお、待ってました、月城先生」

この葉が入ってくると唐津は嬉しそうに頬を緩《ゆる》めた。

「先週の検査では異常はなかったはずですが、あれからなにかありましたか」

検査では虫歯は一本もなく歯周病の進行もマイナスだった。レントゲンでも異常が見つからなかった。治療の必要性はなかったはずだ。

「右下の奥の歯がしみる気がするんですよねぇ。あれから虫歯になってないですかね」

「一週間足らずで痛みが出るほどには進行しないですよ。ちょっとアーンしてください」

「はい、アーンですね。先生がそうおっしゃるのなら、アーン」

彩女は天井をあおいだ。口ひとつ開くにもいちいちうるさい、鬱陶《うっとう》しい、暑苦しい。

ああ、やだやだ。

もちろんそんな思いはおくびにも出さない。そこはプロフェッショナルである。この葉はユニット備え付けのエアシリンジを取り出すと患部にシュッと圧縮された空気を吹きかけた。

「どうですか」

「ちょっとしみたような気がしますね。やっぱり虫歯ですか」

彼は右頬に手を当てながら言った。

「いいえ。見た目に異常はありません。前も言ったように知覚過敏症かと思います」

知覚過敏症とは虫歯でもないのに冷気や食べ物による酸味などちょっとした刺激で痛みを伴う症状である。ブラッシングなどで歯質がすり減ったりすると起こりやすい。多くは一過性であるが患者によっては痛みが強い場合もある。

「はあ。やはり知覚過敏症ですか……」

唐津はため息をついた。その仕草がわざとらしい。ちなみに彼に知覚過敏症の診断がつくのは今日で五回目だ。

「それでは今日も治療薬を塗布しておきましょうか」

「お願いします」

と唐津が言うとこの葉は彩女に「準備をお願い」と目で合図を寄こしてきた。彩女はうなずくと知覚過敏症治療薬とプラズマ照射器を用意する。すぐにこの葉は処置を始めた。処置といっても患部に薬を塗ってプラズマ光を照射するだけだ。そうすることで薬がかたまって患部に薄い膜《まく》をつくり外部からの刺激をガードする。最近は薬剤が進歩したのか簡単な処置でてきめんの効果を得られる。強度の知覚過敏症で悩んでいた患者であればその効果に驚いてしまうほどだ。

「うがいをしてみてください」

この葉にうながされて唐津は備え付けのコップの水で口をゆすぐ。

「どうです？　しみますか」

「なんだかしみなくなりましたね。ただねぇ……」

　彼は口の中に人差し指を突っ込んで奥の方を触っている。

「どうしました？」

「なんだか奥の歯茎がジクジクするような感じがします。家でもブラッシングをすると出血することがあるんですよ」

　そう言って顔をしかめる。実に演技っぽい。

「軽度のかるーい歯肉炎でしょうね。念のため診ておきますか」

　この葉は「かるーい」を妙に強調している。

「それは次回でいいですよ。今日はとりあえずしみたところが解決して満足です」

「そうですか」

　この葉はミラーをトレーの上に戻しながら言った。

「僕、先生に言われてから一日三回、一回につき五分以上ブラッシングを続けているんですよ。ブラシの先を歯と歯茎の境目に当てて小さく振動させるバス法ですよね」

　唐津は歯をみがく仕草をしながら言った。バス法は歯周病患者に指導する磨き方である。

「歯周病は日本人の多くが罹《かか》っている病気ですからそのまま継続させてください」

「歯医者さんもいろいろと大変ですね。いろいろと癖の強い患者さんがいるでしょう」

——あなたがね！

彩女は言葉を呑み込んだ。

唐津は治療の必要性なんてないくせになにかと理由をつけては通院を続けている。当院はこの葉目的に通ってくる男性患者が少なくない。治療中、あの巨乳を顔面に押しつけられればそうなってしまうのも分からないではないが、毎日毎日甘い物を食べ続けた状態で歯をまったく磨かず、無理やり虫歯を作って通ってくる強者《つわもの》もいる。

この唐津も「しみる気がする」だの「歯茎が腫れたような気がする」だの微妙な症状を訴えては通院してくる。実際は虫歯も歯肉炎もまったく認められない。明らかにこの葉目的だ。今回も「歯茎のジクジク」を次回に引っぱろうとしている。

「歯医者さんといえば『愛と平成の色男』という映画を知ってます？」

彼はくだけた様子でこの葉に言った。

「いいえ。観たことがありません」

「石田純一《いしだじゅんいち》が演じる歯医者さんが主人公なんですよ。バブル期の映画だから内容もバブリーでしてね。ここみたいにきれいな医院で患者もスタッフも全員美女！　主人公は昼は歯医者、夜はサックス奏者なんですよ。プライベートでは外車なんて乗り回しちゃったりしてね。あれ観たら絶対、歯医者になりたくなりますよ。僕は金も頭もないからダメですけどね。そういえば先生は東医歯大なんですってね。すごいなあ！　才色兼備って先生のことじゃないですか。ねえ、彩女ちゃん」

「は、はあ……」

彼は身振り手振りを交えてベラベラとしゃべる。

だからちゃん付けで呼ぶなっつうの！

＊＊＊＊＊＊＊＊

ああ、疲れる。

毎度のこととはいえあれから唐津の一方的な雑談が十五分も続いた。

滅菌消毒室で器具を洗浄していると院長の錦織早苗が受付の古河たまきを連れて中に入ってきた。

「古河さん。あなた、古谷さんに予約表ノートを見せながら予約を取っていたでしょう」

長身の早苗は腰に手を当てながら厳しい顔でたまきを見下ろしていた。

「え、ええ……。あの患者様はいつも混雑状況を確認しながら予約を取っていかれるので、ノートをお見せしたんです」

「来院予定日も患者様の立派な個人情報ですよ。それを他の方に見せることは守秘義務違反になります」

早苗に指摘されてたまきは「あっ」と口を手で押さえた。

「予約表ノートを見せれば当院の患者様がいつどんなペースで来院されているのか知られてしまう。それを不都合だと考える患者様もいるかもしれないでしょう。予約表も問診票もカルテやレントゲン写真と同じよ。他人に見せてはならないものです」

当院は緒川優子をはじめ芸能人の患者も少なくない。彼らはプライベートでのセキュリティにも気を遣っている。

「すみませんでした」

たまきは申し訳なさそうな顔で頭を下げた。

「あなたの笑顔を気に入って来院してくださる方がたくさんいるの。よろしく頼みますよ」

早苗は目つきと頬を緩めるとたまきの肩をポンと叩いて部屋を出て行った。厳しく叱《しか》っても最後にはきちんとフォローを入れる。だからスタッフたちはいつまでも落ち込んだ気持を引きずらないで仕事に打ち込める。こんな院長だからついていこうと思えるのだ。

残されたたまきと目が合う。彩女が「ファイト」とガッツポーズを送ると彼女は笑顔を浮かべてうなずいた。そして気を引き締めるように頬をパンパンとはたくと受付に戻って行った。

それからも患者は途切れることなく、閉院時刻である夜七時まで休む暇《ひま》がほとんどなかった。最終の患者の診療が終わってから滅菌消毒や掃除にかかると終わるのは八時近くになってしまう。一人の患者に対して複数の器具を使うので、それらをすべて洗浄して滅菌消毒するのはなかなかの労働だ。

一通り終わってスタッフ全員が待合室に集まる。

「今日はいつにも増して忙しく大変な一日でしたね。みなさん、ご苦労様でした。明日もよろしくお願いします」

前に立った早苗が締めくくるとスタッフ一同、姿勢を正して「お疲れさまでした」と一礼する。早苗が院長室に戻るとスタッフたちの空気がふわりと緩む。

「たまき、お疲れ～」

彩女はたまきに声をかける。院長から受けた注意を引きずっていないようで笑顔を見せた。

「これだけ混雑すると受付が大変だったでしょ。予約の配分も難しくなるし」

「うん。さすがにこんなに患者様が増えると予約状況の管理が大変よ」

たまきがうなずく。

予約といっても空いた日時に入れていけばいいというわけではない。二人いるドクターの片方に同時刻に担当する患者を集中させては効率が悪くなり待ち時間も増えてしまう。またインプラントや埋伏歯《まいふくし》（親知らず）の抜歯など処置に時間のかかる患者は余裕をもってその時間帯を空けておかなければならない。患者の都合、処置にどれだけ時間がかかるかをきちんと把握した上で予約を入れなければ円滑に進めることができなくなる。

「それより唐津さんが大変だったわ」

たまきがため息をついた。

「だろうねえ……」

「絵に描いたようなお調子者だから。それに月城先生のことをいろいろと聞いてくるの。住んでいるエリアとか恋人はいるのかとか」

「私も何度も聞かれたよ。と思ったらナンパもされたこともあるし」

「彩女もぉ？　あたしもだよ」

唐津は初診時からあんな様子だ。本命はこの葉のくせに医院のスタッフに声をかけまくっている。この医院は美形が揃っているので患者から声をかけられたという話をよく聞くが、唐津ほど節操のない患者はいない。

「ナンパされるんだったら古谷さんがいいよ」

たまきが少しだけ頬を赤らめながら言った。

「古谷って陽炎さん？　たしかにかっこいいけどちょっと冷たそうだな」

「そこがいいんじゃない。クールでシャープな人が好き」

以前聞いた彼女の好きな芸能人からすればたしかに陽炎はマッチしている。

「唐津さんとは真逆だよね。唐津さんは暑苦しいし鬱陶しいし」

「ホントにそうね。でも古谷さんも唐津さんも同じ患者様だから区別はしないわ」

たまきが自分の胸を叩きながら言った。

「おっと、プロだね」

彩女は親指を立てた。

たまきの言うとおりだ。治療内容で部屋のグレードが違うなど患者に対する待遇への多少の差別化はあるが、スタッフの対応は平等であるべきである。

「ねえ、古河さん」

技工士の古手川淳子が声をかけてきた。不思議ちゃんと呼ばれる彼女の大きな瞳はどことなくぼんやりしている。

「あ、古手川さん、お疲れさまです」

「岸本伸子《きしもとのぶこ》さんの反応はどうだった？　なにか言ってた？」

「岸本さんは今日上顎三から三のブリッジを入れた方ですよね。すっごく喜んでましたよ。ただちょっと一番が大きく見えるような気がするともおっしゃってましたけど」

上顎三から三とは上の左右の犬歯（三番）をつなぐブリッジで、一番とは中切歯《ちゅうせっし》のことである。

「そっか……。二番を少し大きくしとけばよかったかなあ」

そう言って淳子はばつの悪そうな顔をした。

「あ、でも、きれいになってよかったって満足してましたよ。形も色調も自然で、これだと本物の歯と区別がつかないって。それにあたしから見ても一番はそれほど大きいように見えませんでしたよ」

彼女の反応を見て慌ててたまきがフォローを入れる。それからも淳子は患者の反応について詳しく尋ねた。

「ありがとう。私もまだまだね」

彼女はたまきの肩をサッと撫でて離れていった。

「古手川さん、いつもあたしにああやって患者様の反応を聞いてくるの」

「先生や私たちじゃなくて」

「先生の前では本音を話さない患者様が多いから。不満やクレームがあってもそのときには告げずに受付に持ってくるの」

「そ、そうなんだ……」

たしかにそうなのかもしれない。思えば治療中に不満や不平をあからさまに口にする患者はごく稀《まれ》だ。身を任せているドクターや衛生士たちの機嫌を損ねたくないという思いがあるのかもしれない。

「帰るときに『ありがとうございました』と言っても本心ではそう思ってない患者様もいるってことね」

彩女は少し肩を落とした。しかし気を引き締めなければならないという思いもこみ上げてくる。患者の「ありがとうございます」の言葉に慢心してはいけない。

「そういう意味で淳子さんはプロ意識が高いと思う。患者様の本音を聞くって直接治療や技工に携わってないあたしでも辛いもの。本人にとってはなおさらよ。ミスや失敗から逃げないで真摯《しんし》に向き合うって当たり前のことだけど精神的にはきついことだよ」

たまきの言葉が耳に痛い。

「私のことも受付でいろいろ言われてるのかな」

「まあ、中には言う人もいるわね。聞きたい？」

たまきが意地悪な顔をする。

「うーん、今日はいいや。なんか疲れちゃったしさ」

「彩女のことをかわいいって言ってる人もいるよ」

「マジ!?　誰、誰？」

「唐……」

「あ、言わなくていいから」

彩女はピシャリと手のひらを立てて遮った。

「あなたたち、コントやってるみたいね」

突然、背後から声をかけられた。振り返るとこの葉が立っていた。

「うちの患者様は先生のファンだらけだと話していたんです」

たまきが調子のいいことを言う。

「私なんてもうオバサンよ。オバサンなんかよりあなたたちみたいに若くてピチピチした女の子がいいに決まってるじゃない」

「えー、だってあたしたち先生みたいなフェロモンばりばりの色気がないですもん」

たまきが両手で胸の形をかたどって体をくねらせながら言うと、この葉は苦笑を浮かべた。

「ねえ、先生。たまには飲みにつき合ってくださいよ。明日、お休みじゃないですか。今から行きましょうよぉ」

たまきが甘えた声でこの葉の肘に手を回して引っぱる。

「そうね。たまには飲もうかしら」

「え、本当に!?」

たまきは期待していなかったようで目を丸くした。今までにも何度かこの葉を飲みに誘ったことがあるがいつも断られていたのだ。この葉は院長が声をかける医院の飲み会にも滅多に参加しない。

「高橋さんにも話があるし」

この葉は彩女の方を向いて言った。

「私にですか」

彩女は自分自身を指さした。

「もしかしてお説教ですか」

たまきが愉快そうに言う。

「ううん、そうじゃない。とりあえず古河さん、あなたがお店を決めて。今夜は私がおごるわ。女子会よ」

「やったあ！」

たまきはガッツポーズを取って喜んだが、彩女はこの葉の話が気になった。

＊＊＊＊＊＊＊＊＊

南青山三丁目《みなみあおやま》。表参道の裏通りに佇《たたず》む建物は一軒家を改造したイタリアンレストランだという。真っ青な空と地中海に映える、映画に出てきそうなヨーロッパ漆喰《しっくい》の白塗りの壁《かべ》に赤茶色の煉瓦屋根。一階には中庭風のテラス席が設けてあり、暗がりの中でキャンドルの灯りに浮かんだ客たちが料理やワインを楽しんでいた。

「どうです？　いいお店でしょう」

たまきは彩女たちを案内しながら楽しげに言った。

彼女が店員に声をかけると、彩女たち三人は二階の席に通された。外壁と同じく漆喰の白壁に数々のアンティーク家具がレイアウトされていた。イタリアの民家を思わせる粋な内装だ。南青山という立地もあって客たちのファッションも小洒落ている。大きめの丸テーブルには皺《しわ》一つない真っ白なクロスが掛けられて、その上にきれいに畳まれたナプキン、磨き抜かれたナイフやフォーク、ワイングラスが並べられていた。

「裏通りにこんなステキなお店があったのね。知らなかったわ」

　この葉が店内を見回しながら感心した。

「ちょっとした隠れ家的なレストランですね。この辺りはこういうお店が結構ありますから」

　たまきは得意気に言う。彼女はグルメだ。医院のスタッフたちも彼女から情報を仕入れている。もちろん彩女もだ。

「でもちょっと値段が高いんですよ。月城先生、本当にいいんですか」

「もちろんよ。たまには美味しいものを食べたいじゃない。遠慮なんかしないで」

「やったー」

　この葉の太っ腹にたまきも彩女も万歳した。この葉は胸元にフリルのついた青のブラウスに秋らしいオレンジ色のスカートだ。首筋を通る、ペンダントの細長いシルバーのチェーンがフリルの中まで伸びていた。普段の白衣姿よりも親近感がある。こんな彼女を見れば男性の患者たちもさらに惹かれてしまうだろう。

「今日はお疲れさまでした」

　この葉の音頭でまずはワインで乾杯した。それぞれが思い思いのメニューを注文する。間もなくするとテーブルの上は見た目にも鮮やかで美味しそうな料理で彩られた。たまきの瞳がキラキラと輝いている。

「あら、先生、かわいい」

アルコールのせいだろうか。この葉の純白だった頬にほんのりと赤みが浮かんでいる。二重瞼の瞳はぼんやりと潤んでいていつにも増して艶《つや》やかだ。女の彩女でも見惚れてしまう。

「でも先生、うれしいです」

たまきも顔を真っ赤にして言った。アルコールには強い彼女だが、飲むと顔に出てしまうタイプだ。

「なにが？」

「こうやってあたしたちの飲みにつき合ってくれるなんてちょっと意外でした」

彩女も感激だった。ここの料理も文句なしに美味しい。

「私はみんなとワイワイ集まるのが苦手だから。つき合いが悪いって思われているでしょうね」

「そんなことないですよ。先生はどちらかといえば……孤高のイメージかな」

「孤高なんてとんでもない。こう見えて案外、寂しがり屋さんよ」

「とてもそうは見えませんよ」

たまきが赤くなった頬にグラスを当てながら言った。

「そういえば古河さん、今日、院長に叱られていたでしょう」

この葉はワイングラスを片手に尋ねた。

「ええ。予約表ノートを患者さんに見せちゃったんですよ。『来院予定日も患者様の立派な個人情報です』って怒られちゃいました」

たまきは演技がかったような院長の声真似を交えた。この葉がクスリと笑う。

「まあ、でも院長のおっしゃることは正しいわ。どうして予約表なんて見せたの」

「空いてる時間を確認したいという患者様がときたまいるんですよ。口頭で伝えるよりノートを見てもらった方が早いですから……ってこれがいけなかったんですけどね」

たまきは今までにもそうやってノートを見せていたことがあるという。それが今回、院長の目に留まってしまったというわけだ。

「あのイケメンの古谷さんなんかは毎回ノートを見て次の予約を取っていきますよ。あの人、クールなふりをしているけど先生に気があるんですよ。いつもなるべく空いている時間を選んでいきますから。そうやって先生と過ごす時間を少しでも多く確保しようとしているんですよ」

彼のことがお気に入りのたまきは少しだけ悔しそうに言う。

彩女は今日のこの葉と陽炎のやりとりを思い出した。この葉が本当は歯科医師ではなくてピアニストになりたかったこと。しかしその夢を諦めて歯科医師になったのは父親の死に納得ができなかったから？　いったいどういうことなのだろう。

「そういえば唐津さんもそうですよ」

彩女が思いを巡らしていると突然たまきが指を鳴らした。

「唐津さんが？」

「はい。唐津さんも予約表を見ながら予約を取っていきます。もっとも、月城先生とゆっくりお話がしたいからなるべく空いている時間がいいってはっきり言いますけどね」

それを聞いてこの葉が苦笑いをする。唐津は鬱陶しいけど憎めないキャラである。

「それはそうと先生、私に話があるって言ってましたよね」

彩女は店に入ってから気になっていることを切り出した。

「ええ、そうね……」

この葉が言葉を濁しながらワインを口に含んだ。

「はっきり言ってくださいよ」

気になったので急かしてみる。

「飯田橋さんのことなんだけど」

「彼がどうかしましたか」

「あなたは彼のことをどう思っているの?」

「どうって……」

彩女は腕を組んで天井を見上げた。プロペラ状のシーリングファンが回転している。

飯田橋とはつきあい始めて三ヶ月。何度か抱かれたこともあるけども、気持ちまではまだのめり込んでいない気がする。会っていない時間の彼に強い興味が湧かないというか……電話が掛かってくれば嬉しいし、会えば楽しいけれど今ひとつ心がときめかない。買ったばかりのパソコンで慣れない扱いに慎重になっているような、そんな感じだ——って彼をパソコンに例えて考えること自体、どうかと思うが。

「飯田橋さんとはどんなところでデートするの?」

この葉が顎に指をつけて尋ねてくる。

「私の部屋が多いです。あとはカラオケとかホテルですね」

「ホテル?」

この葉が目を丸くしたので彩女は胸の前で手のひらを左右にヒラヒラさせた。

「ホテルといってもそんないかがわしいホテルじゃないですよ。外資系のちょっとリッチでラグジュアリーなシティホテルですから。彼はホテル好きなんです」

先日もコンラッド東京に泊ったばかりだ。その前はザ・リッツ・カールトンだった。普段なかなか泊れるホテルではないので刺激的ではある。

「食事とか飲みとかはどんなお店に行くの」

「結構いいところに連れて行ってくれますよ。最近だとワルキューレとか……」

彩女はいくつか店名をあげてみた。グルメのたまきが「いいなあ」と羨ましがる。

「お店を決めるのは彼なの？」

続けてこの葉が尋ねてくる。

「そうですよ。彼もたまきと同じグルメなのでいろんなお店を知っているんです」

「やっぱり席は個室？」

「ええ。その方が会話も食事もゆっくり楽しめるからと」

少し軽薄な感じのする飯田橋だがデートのセッティングは完璧だ。お金の心配もしなくていいのも助かる。もちろん彼の開業医というステータスや経済力に惹かれたわけではないけど。

「デートはいつするの」

「主に仕事帰りのことが多いですね。もちろん土日もありますけど、ここ最近はドタキャンでした」

彼がノロウィルスに罹った話をするとたまきが無邪気に笑った。しかしこの葉は硬い表情だ。この話を始めてからそうである。

「先生、彼のことでなにかあるんですか」

質問ばかり続くので彩女は痺《しび》れを切らせた。

「あなた気づいているかしら」

「なにがですか？」

「彼の香りよ」

「香り？」

「ええ。マスクは呼吸と嗅覚《きゅうかく》を抑制してしまうけど、外すと一時的に敏感になるでしょう」

「そうですね」

マスクを外すと無意識のうちに息を吸い込む。そのときにさまざまな臭いが入り込んでくる。

「飯田橋さんのシャツよ。あれはダムニーの香りだわ」

「ダムニーって柔軟剤ですか」

ダムニーは香り付き柔軟剤のブランドである。品質は高いが価格もそれなりにするので彩女は使ったことがない。

「あれはバニラローズの香りよ。私も以前使っていたから分かるの。今はプレミアヴァイオレットに変えたけど」

さすがは高給取りだけある。それはともかく彼のシャツの香りには気づかなかった。

鈍感なのかな、私……。

「それがどうかしましたか」

デートから急に柔軟剤。話が読めない。

「率直に言っちゃうけど、飯田橋さんは独身でないと思う」

彩女は「ええっ!?」と言おうとしたが喉が固まってしまったように声が出せなかった。

いきなりなにを言い出すの、月城先生！

「彼は予約時間に遅れてきたり、診察券を忘れてきたりする。性格的に几帳面とは思えない。そんな男性は洗濯に柔軟剤は使わないわ」

「彼は妹さんと同居してます」

「それは本当に妹さん？　女性と暮らしている男性はどんなに気をつけていても女性の匂いが漏れてしまう。だけど妹と同居ということにしておけばボロが出てもクリアできる」

ああ、と彩女は声を漏らした。同居人が妹であることを一秒も疑ったことがないし、奥さんだなんて発想すらなかった。几帳面な性格でない彼の車はいつもきれいに清掃されていた。あれも髪の毛や落としたアクセサリーなど女性の痕跡《こんせき》を残さないためだったのか。

「あなたは彼の映画の趣味を話していたわね。『ファインディング・ニモ』とか『トイ・ストーリー』とか。でも彼の愛読書は違うでしょう」

飯田橋は待合の時間をつぶすために医院に小説を持ってきていた。それらはミステリやサスペンスが多い。明らかに映画の好みと矛盾する。

「ファミリー向けの映画に詳しいということは子供がいるのかもしれないわ。それに既婚男性って休日は家族サービスで空けられない。もしかすると連絡がつかないこともあったんじゃない？」

心当たりがある。休日は電話がつながらないことが多い。本人は充電が切れたとか自宅の一部が電波の関係で圏外だと言っていた。先週の日曜日はノロウィルスでその前は発熱だ。彩女はバッグからスケジュール帳を取り出して開いてみる。たしかに土日や休日に彼と会ってない。平日に会えているのでそのことはあまり気にしてなかった。

「介護の必要なお母様がいらっしゃると言っていたわね」

「はい。自宅の近くに住んでいて妹さんと二人で介護……あっ、そうか。都合の悪いときはそれを理由にすればいいんだ」

実際に容態が急に悪化したという理由で彩女の誕生日がドタキャンされた。考えてみれば介護が必要なら同居して面倒みるべきなのに、わざわざ兄妹が離れて暮らしているというのもおかしな話だ。彼の父親はすでに他界しているというから母親は一人暮らしである。妹が嘘ならそんな母親だって存在するかどうかも分からない。

どこまでが本当でなにが嘘なのか。彩女は頭を掻きむしりたくなった。

「デートの場所もそうよ。あなたの部屋やカラオケやホテルなど他人の目に触れない場所ばかり。レストランや居酒屋も個室でしょう。知り合いに目撃されるのを警戒しているのかも。医院が都心にあるのにいくら妹さんと同居しているとはいえそんな遠い郊外に自宅があるのも怪しいわ」

彩女に同情しているのだろう。この葉の声は少し哀しそうだ。

「そんなこと……考えたこともなかったなぁ」

彩女は声のトーンを落とした。口に含んだワインが妙に苦く感じた。

「ごめんなさい。大きなお世話だったかもしれないけど、こういうことはちゃんと伝えておいた方がいいと思ったの」

この葉は謝罪の言葉を口にしながらも彩女に真っ直ぐな眼差しを向けていた。心から彩女のことを気遣っているのはその瞳から伝わってくる。

「いいえ。私なら大丈夫です。ちょっとビックリしちゃったけど」

意外にもこの葉の話を冷静に受け止めることができた。むしろ彼女の洞察力の深さに感心した。そんな自分自身にも少し驚いている。

「でもまだそうだって決まったわけじゃないですよね、先生」

たまきが赤ら顔ながら真面目な口調で言った。

「ええ。もちろん憶測に過ぎないわ。左手の薬指に指輪のあとは残ってなかったしね」

この葉は相手の浮気が分かってしまうと言っていた。たしかにそれもうなずける。そんな彼女は彼の指もチェックしていたのだ。彩女は気にもしていなかった。

「彼は金属アレルギーの気があると言ってましたから」

「そ、そうなの」

彩女はふうっと息を吐いた。メインディッシュのパスタが運ばれてきたが今ひとつ食欲が湧かなかった。とはいえその程度で泣いたり怒ったり感情的になることもなかった。期待していた宝くじが外れたときのような失望感に近い。

「どうするの、彩女」

たまきが彩女の肩にそっと優しく手を置いた。

「うん。本人に聞いて確かめてみる。次の来院は水曜日よ。そのときにでも」

「もしクロだったらどうするつもり」

たまきが心配そうに言った。

「そうね……殺しちゃおうかな」

彩女はつぶやくように言った。どうしてこんな台詞が口から出てきたのか自分でも分からなかった。

「そうだよ、殺しちゃおうよ」

たまきがワイングラスを持ち上げながら言った。「浮気なんてサイテーだよ。生きてる価値なんてないよ。ねえ、先生」

「そうね。浮気男は死ぬべきね」

この葉は冷え冷えとした瞳を彩女に向けて微笑んだ。氷の微笑という表現がぴったりくる笑顔だった。彩女はゾクリとした。

「でも、どうやって殺しますか。サイテー男を殺した罪なんかで刑務所に入れられたらバカバカしいじゃないですか」

酔いの回ったたまきも愉快そうに身を乗り出す。

「手口が分からないようにすればいいわ。そしてアリバイはきっちりと作り込む」

この葉はフォークでパスタを巻きながら言った。

「手口が分からないようにってどうするんですか」

たまきが首を傾ける。

「たとえばそうね……。密室殺人とか」

「いいですね、密室！　ザ・ミステリって感じじゃないですか」

たまきは楽しそうだ。彼女も緒川優子主演の『謎解きリリコ』のファンである。ドラマも映画も読書もミステリが好きだと言っていた。

「ねえ、彩女。どんな殺し方がいい？　ナイフで刺すとか拳銃で撃つとか」

すっかりその気になったようにたまきは無邪気に聞いてくる。

「そうねえ……刺すとか撃つとか残酷なのはパス。やっぱり毒殺かなあ」

うん。毒殺なら殺す側のストレスも小さい。

「毒殺？　それだと密室の意味がないじゃない」

たまきが何度も彩女の肩を人差し指で突きながら言う。

「どういうこと？」

「毒は事前に仕込んでおくわけだから密室にする意味がないってことよ」

「ああ、そっか」

彩女は納得した。

うん？　私はなにを真面目に考えているんだ!?

「吹き矢なんてどうかしら」

今度はこの葉だ。相変わらず冷笑を浮かべている。

「ああ、それいいですね！　毒針を仕込んだ吹き矢なら密室にマッチしますよ」

たまきはパンと手を叩いた。

「窓もドアも閉め切られた完全密室殺人。はたしてその矢がどこから放たれたのか⁉　犯人の正体は、そして動機は⁉　謎は深まるばかり！」

たまきはドラマの予告ナレーションのような調子で朗々と語る。

「で、トリックは考えてあるの？」

彩女はたまきに聞いた。

「そ、それはまだだけど……。でもせっかく殺すんだからさ。密室にしようよぉ、彩女ぇ」

彼女は彩女の肘を引っぱりながら揺らす。かなり酔いが回っているようだ。

「せっかく殺すって……一応まだ私の彼氏だよ。だいいち毒なんてどうやって手に入れるのよ」

「それは大丈夫。毒物って案外簡単に手に入るものよ」

この葉が人差し指を立てながら言った。

「簡単にって……人を殺す毒がそんな簡単に入手できるものなんですか」

「例えばヒ素よ。少し前まで局所麻酔がどうしても効かないとか心臓病や高血圧症などの理由で麻酔が使えない患者にヒ素化合物を含んだ薬剤が使われたことがあったわ。それで歯髄（歯の神経）を壊死《えし》させて除去するの。その薬剤は販売中止になったけど、中にはまだ保管している医院もあるんじゃないかな」

「そういえば最近、保管していたヒ素化合物の薬品が歯科医院から盗まれたってニュースでやってましたね」

たまきが声を潜めて言う。そのニュースは彩女もネットで読んだことがある。

「歯科だけじゃないわ。他にも致死性の毒物を扱っている職種はたくさんあるのよ。問題はそれらを手に入れられたとして、密室の状態でどうやって吹き矢をターゲットに撃ち込むかね」

この葉が指で尖った顎先をさすった。

「じゃあそれ、次回までの宿題にしましょうよ」

たまきが勝手に盛り上がる。

「もぉ、止めてくださいよ。だいの大人がオシャレなレストランでなにを相談しているんですか」

こんな話をしていたら飯田橋の嘘ですらどうでもよくなってしまった。

――もともと彼に対する感情なんてそんな程度だったのかな……。

結局、なんとなくつき合っているのだろう。そんな気持で交際しているのであれば嘘をついているのとさして変わらないのではないか。

傷つきたくないから無理やりそう解釈しようとしているのかもしれない。だけど今の自分の気持に悲愴感がないのはたしかだ。

「アハハハハ。ホント、なにやってるんでしょうね、あたしたち」

たまきが肩を揺すらせた。この葉も笑っている。

「患者様の殺害計画をパスタを食べながら立てる歯科医院なんてあり得ないでしょう」

そう言いながら彼のことはどうしようかなと思う。

「とりあえず私の話はそこまでよ。あとは高橋さんの問題だから」

この葉はナプキンで口元を上品に拭いながら言った。いつの間にかパスタを平げている。

「ありがとうございました。話をしてもらってよかったと思ってます」

「随分迷ったけど、あなたのためを思ったら話すべきだと思ったの」

相手のことを本当に気遣っていないとできる話ではないと思う。普通だったらおせっかいであることを怖れてスルーしてしまうところだ。彩女はこの葉に感謝した。

「ところで高橋さん」

「なんですか」

この葉の真顔に少し緊張する。まだなにかあるのか。

「パスタは食べないの」

「ええ。なんだかもうおなかがいっぱいで」

「だったらもらうわよ」

彼女は彩女と自分のパスタの皿を交換した。そして美味しそうに食べ始める。

細身のモデルの女性の雑誌のインタビューでの「実は私は大食いなんです」というコメントは眉唾ものだと思っていたが、この葉を見ていると本当なのかもと思えてしまう。

＊＊＊＊＊＊＊

水曜日。

待合室から通路に入ってすぐ右手にある4番個室に入っていくとユニットに腰掛けた男性がスマホをいじっている。彩女の気配に気づくとそれをポケットに入れた。

「また奥歯がしみるんですか、唐津さん」

声をかけると彼は頭を掻きながら彩女を見上げた。

「アハハハ。今度は前歯なんだよ」

「レントゲンでも虫歯はなかったですよ」

「でもほら、癌《がん》かもしれないだろ。そうだといけないから月城先生に診てもらおうと思ってさ」

「歯がしみただけで癌を考えるなんてすごいですね」

「小さな火花が大火災に発展することだってあるからね。何事にも油断大敵だよ」

なんて言っているが明らかに月城先生に会うのが目的だ。

「それにしてもこの中は暑いなあ。エアコンは効いてないのかい」

「実は先ほどからエアコンの調子が悪いみたいで動いてないんですよ。業者に点検を頼んだのですが、先方も忙しいみたいで……。ご迷惑をおかけします」

九月も終盤だが今年の残暑はいささかしつこいようである。立っているだけでうっすらと汗ばんでしまう。

「ちょっとしたサウナだよ、これじゃあ」

「す、すみません。窓を開けた方がいいでしょうか」

「風が入ってくれれば少しは涼しくなるかもね」

彩女は窓に向いた。窓は上部と下部に分かれており、上部は換気や通風のためのちょっとした小窓になっており開閉ができる。下部ははめ殺しの大きなガラスで表参道を眺めることができる。上部の窓は高い位置にあるので手が届かない。そのため開閉は壁に設置されたハンドルを回して行う。彩女はハンドルを回して上の小窓を開いた。全開にすると外の騒音が入ってくるので半分くらいにしておく。

「どうですか」

「ああ、いいね。多少はマシになったよ」

「本当に申し訳ないです。先ほど業者に連絡をしたので次回の来院までには直ってるはずです」

「そういうこともあるよ。どんまい」

唐津は突き出した握り拳に力を入れた。いろいろと鬱陶しいところはあるけど聞き分けがよろしいのは助かる。

「今日は混んでいるので、少し待ってもらわなくてはなりませんけど大丈夫ですか。先生は他の患者様の治療中です」

現在、六つある治療室はすべて患者で埋まっている。

「もちろん構わないよ。いつまでも待っていると先生に伝えておいてくれ」

唐津は二本指で敬礼を送る仕草をした。全然サマになってないけど。

「ではもう少しお待ちください」

彩女はお辞儀をするとユニットから離れた。部屋を出るとき彼を見たらポケットからスマホを取り出していた。

4番個室を出ると今度は廊下を挟んで向かいにある1番個室に入った。

ユニットには古谷陽炎がいつものように細く長い足を組んで座っていた。彼もスマホの画面を眺めている。彩女が名前を呼ぶときれいに整った顔を上げてこちらを見た。

「今日は混み合っておりまして少しお待ちいただくことになりそうです。申し訳ございません」

ここでも彩女は頭を下げた。

「俺は大丈夫だよ。別に急いでないしそれより少し暑いな」

「で、ですよね」

彩女はエアコンが故障していることを詫びてハンドルを回して小窓を開けた。こちらは唐津とは向かいの部屋なので窓の外には路地裏が広がっている。陽炎はうなずくと再びスマホの画面に視線を落とす。

彩女は「それではあと少しだけお待ちください」と告げて個室を出た。廊下で長身の男性と目が合った。

「あ、殿方《とのかた》さん」

男性は殿方博史《ひろし》だった。笑うと小麦色にやけた肌とは対照的な真っ白い歯がチラリと光る。

「今日は忙しそうだね」

「そうなんですよ。殿方さんもお疲れさまです」

彼は当院に出入りしている歯科材料業者マスダの営業社員である。マスダは各歯科医院への歯科材料の納入や医療機器のメンテナンスを請け負っている業者だ。毎日のように顔を出しては材料の不足や機器のトラブルをチェックしてくれる。トラブルが起こってもすぐに駆けつけてくれるのでとても助かっている。先月三十歳になったばかり。精悍な顔立ちと引き締まった体つきはスポーツマンを思わせるが、本人曰くスポーツは苦手でインドア派らしい。

「5番個室のユニットは直しておいたよ。センサーと基盤をつなぐコードの接触が悪かったみたい」

「ありがとうございます。今朝から水が出なくて困っていたんですよ」

患者がうがいする際の自動給水が作動せず、給水台の上にコップを置いても水が出なかった。

「さっきから暑いんだけどエアコンの調子が悪いの？」

「そうなんですよ。エアコンにユニット。故障が重なるときは重なるものですね」

「そういうものさ。ところであの男性が噂の彼氏さん？」

殿方が唐津の入っている4番の隣、5番個室に視線を向けながら言った。

「え、ええ、まあ……」

彩女は言葉を濁す。５番で待っているのは飯田橋だ。誰から聞いたのか殿方も知っているようだ。

「照れなくたっていいじゃないか。精神科のドクターなんだってね。修理しながらいろいろ話をしたんだ。いい人そうじゃないの」

「照れてなんかないですよ。まだ本格的につき合っているわけじゃないんだから……」

「ええ!?　どういうことなの」

「もう、いいじゃないですか。さあ、仕事仕事」

彩女はそそくさと彼から離れる。

「高橋さん」

背後から殿方の声が追いかけてくる。彩女は足を止めた。

「技工室でファーネス（歯科用焼成炉《しょうせいろ》）のメンテしてるからさ。給水のセンサーに不具合が出たら声をかけてよ」

彼女がうなずくと殿方は廊下奥の医局入口ドアを開けて中に入っていった。ドアの向こうにはスタッフルームと院長室、そして技工室が並んでいる。それを見届けてから５番個室の前で深呼吸をする。

「こんにちは」

個室に入ると彩女は患者に声をかけた。

「昨日、電話したけど出なかったね。なにかあった？」

飯田橋は心配そうな顔を向けた。

「え、ええ……。ちょっとね。それより暑くない？」

「先ほどから気になっていたんだけどエアコンが効いてないみたいだな。少し暑いよ」

「ごめんなさいね。窓を開けるわ」

彩女は先ほどと同じようにハンドルを回して小窓を半分ほど開けた。こちらはやはり表参道の景色が見渡せる。スーツ姿の男性やカラフルに着飾った若い女性たちが行き来している。車も渋滞気味だ。

「ところで昨日の電話だけどさ……」

「あなたも日曜日と休日は電話に出ないでしょ」

彩女は飯田橋の言葉を遮って言った。彼はポカンとした顔を向けている。彩女は給水台の上に紙コップを置いた。今度はきちんと給水される。問題ないようだ。

「あのときはたまたま電波が……」

「本当は妹さんじゃないんでしょ」

「えっ……」

彼の表情が一瞬にして固まった。その反応を見て彩女は確信した。

――完全にクロだ。

「な、なんの話をしているんだい」

「もう、いいの。ごめんなさいね、変なことを言っちゃって。気にしないで」

「そ、そうなんだ。気にしてないから別にいいよ」

飯田橋は踏み込んでこなかった。いつもの彼なら疑問に感じたことをそのままにしておかないはずだ。どういうことなのかと必ず問い質してくる。

気まずい沈黙が広がる。しかし彩女の方から声をかける気にならなかった。そのまま治療の準備を進めた。カチャカチャと器具のぶつかり合う音だけが個室内に響く。

不思議と怒りは湧いてこなかった。ただ彼への思いは熱湯に投げ込んだ氷つぶてのように急速に小さくなっていく。それに伴って彼氏という存在から普通の患者へと変わっていく。

飯田橋と彩女のため息が重なったそのときだった。

「どうかしましたか？」

廊下の方で女性の声がした。衛生士の田中広美《たなかひろみ》だ。彼女は2番の患者のスケーリング（歯石除去）を担当しているはずだ。

「いやぁ、実は彩女ちゃんに用事があって」

男性の声が彼女に応える。知っている声だ。

「高橋ですか。彼女はこちらです」

部屋のドアが開いて田中が手招きをした。彼女の背後には4番個室にいるはずの唐津が立っている。飯田橋も首を回して彼らの方を見た。

「唐津さん、どうしたんですか」

彼は済まなさそうな顔で彩女に向かって手招きをしている。彩女は唐津に歩み寄った。

「実はさ、トイレに向かう最中にキャビネットに体をぶつけちゃってさ。上に載せてあった薬品を落としてしまったんだ」

「ええ!?　それは大変。すぐに行きます」

彼は彩女と飯田橋に向かって手を合わせると元の部屋に戻っていった。

「今日は少し混んでいるからもう少し待ってもらうことになるけどいいかな」

「ああ、僕の方は大丈夫だよ。午後は休診にしてあるから。それよりあとで話せるかな」

「うん。今夜お話ししましょう」

彩女は彼を残して通路に出た。

「彼となにかあったの？」

通路で二人のやり取りを眺めていた田中が心配そうに言った。彼女も彩女と飯田橋の交際を知っている。

「いいえ。たいしたことじゃないですから」

彩女は頭を振りながら笑みを取り繕《つくろ》った。

「仲良くしなさいよ」

田中は彩女の肩をポンと叩くと、滅菌消毒室に用があったようでそちらに向かって行った。

ＶＩＰルームである６番からエアタービンの音が聞こえてくる。院長の治療である。この葉は向かいの３番で親知らず抜歯の最中である。まだ終わらないということは手こずっているらしい。それで患者の待ち時間が発生している。受付のたまきが扉を開いて、待合室からこちらを覗いて状況を確認している。

「まだかかりそう？」

彼女は彩女に向かって唇の動きだけで聞いてきた。彩女はうなずいて応える。待合室で待っている患者が数人いるらしい。そのまま隣の４番に入る。

「彩女ちゃん、ごめん」

唐津は立ったまま頭を掻いていた。リノリウム床の上には薬瓶が転がり、ヨードグリセリンの黒茶色の液が広がっている。

「大丈夫です。座って待っていてください」

思わず声が尖ってしまう。

「ホント、すまないね」

彼はユニットに座り直して謝った。彩女はキャビネットの一番下の引き出しから雑巾の束を取り出すと床にこぼれた薬剤に押し当てる。リノリウムの凸凹した部分に色素がこびりついてしまうのできれいに拭《ふ》き取るのは難儀である。

——ああ、どうしてこんな忙しいときに！

だいたいどうして彼はキャビネットにぶつかったのだろう。ユニットから立ち上がってトイレに向かうにしてもキャビネットはその動線に置いてない。キャビネットは五十センチ四方の五段の引き出しで天板は作業台になっている。キャスターがついているので移動が可能だ。おそらく彼は暇つぶしにキャビネットを動かしたのだろう。いい歳して落ち着きがなさすぎる。

その張本人はユニットに座って悠然とスマホをいじっている。イラッとする気持を呑み込んで後片付けを続ける。それから十分ほどでなんとか目立たないように拭き取ることができた。

「もう少しお待ちくださいね」

彩女は立ち上がると唐津に声をかけた。彼はスマホをポケットにしまうと再度謝った。

廊下に出ると3番からこの葉が出てきた。抜歯は終わったようだ。同時にVIPルームの6番からでっぷりとした男性が出てきた。映画監督の汐田《しおた》まつげんだ。この葉と一緒に彩女も頭を下げる。こちらも院長の治療が終わったようである。半開きのドアの隙間からカルテに記入する早苗の姿が見える。やがて使用済みの器具を載せたトレーを抱えた、汐田に負けず劣らずふくよかな体型の斎藤芳子《さいとうよしこ》が出てきた。歯科衛生士である彼女は五十歳と当院の最年長である。大先輩である彼女に彩女は「お疲れさまです」と声をかけた。彼女も笑顔を返してきた。

「ごめんなさい。待たせたわね。半埋伏《はんまいふく》の上に歯根の湾曲が大きかったから手こずっちゃった。ああなると抜歯も難解なパズルだわ」

この葉はふうっと息を吐きながら言った。

「お疲れさまです」

「高橋さん、確かめたの？」

彼女は彩女の表情から察したのか5番を指さした。

「はい。思いきりクロでした」

彩女は苦笑いを取り繕いながら言った。この葉は悲しげな顔を向けた。

「大丈夫？」

「もう、なんとも思ってませんから」

「よかったら殺しちゃおうか」

「そうしてください」

「ごめん、ヒ素忘れてた」

彩女はプッと吹き出す。そんな反応を見てこの葉は彩女の肩を叩いた。

「ヒソ？　なんの話ですか」

突然、奥のドアが開いて歯科材料業者の殿方が姿を現わした。

「女子のたわいもないヒソヒソ話よ。さあ、お仕事お仕事！」

この葉が彼を押し返す。

「高橋さん。給水センサーに異常は出てない？」

「ええ。問題ないですよ」

「さすがは殿方さんね。頼もしいわ」

この葉の言葉に彼は嬉しそうな顔をする。彼もやはりこの葉のファンである。態度を見れば分かる。

「じゃあ僕、次の仕事がありますんで」

彼は頭を下げると出口に向かって行った。

「失礼します。お待たせしました」
彩女は声をかけながら5番個室に入る。その後からこの葉がついてきた。彼女も
「お待たせしました」と声をかける。
いつもならこの葉の方に嬉しそうな顔を向けて返事をする飯田橋なのにユニット
に座ったまま動かない。
「飯田橋さん」
再び声をかけるも反応なし。待ちくたびれて眠ってしまったのだろうか。彩女は
彼の顔を覗き込んで血の気が引くのを感じた。
「先生！　飯田橋さんがっ」
すぐさまこの葉が歩み寄ってくる。患者の状態を見てこの葉の顔色がサアッと変
わった。
「飯田橋さん！　飯田橋さん！」
彼女は声量を上げて彼の名前を連呼した。患者の顔面は蒼白で口から泡を吹いて
いる。もちろん意識はない。
「な、なんなのよ……」
彩女はうろたえて後ずさった。いったいなにが起こったというのか。
「まずい、呼吸も心臓も停止してる。高橋さん、大至急ＡＥＤの用意っ！　あと救

急車を呼んで」

「は、はいっ！」

彩女は廊下に飛び出た。ＡＥＤはすぐそばに設置されている。ＡＥＤとは自動体外式除細動器《じょさいどうき》のことで、Automated External Defibrillator の略である。心停止した患者に電気ショックを与えて心臓の正常な拍動を戻すための医療機器だ。

「なにがあったの」

たまきが待合室から入ってきたのですぐに救急車を呼ぶように告げた。彼女は慌てて電話に駆け寄っていく。彩女はＡＥＤ本体を胸に抱えて個室に戻った。それと同時に院長の早苗が飛び込んできた。

「どうしたの⁉」

彩女は事情を説明する。その間にもこの葉は患者の胸元を開いて救急蘇生術を始めていた。他のスタッフたちも何事かと入ってくる。通路から他の患者たちが中の様子を覗き込んでいた。

「皆さん、お騒がせして申し訳ありません。それぞれのお部屋に戻ってください」

斎藤が患者たちに声をかけて彼らを戻した。

「手伝うわ」

この葉が人工呼吸、院長が心臓マッサージを施す。何度か続けるが患者は意識を失ったままである。

「AED!」

院長が彩女に指示を出す。彩女は機器のセッティングを始めた。先日、院内スタッフ全員参加の救急蘇生術講習会でレクチャーを受けたばかりだが慣れていないのでもたついてしまう。

「急いで!」

「はい!」

なんとかセッティングして機器をドクターに引き継ぐ。この葉は除細動パッドを患者の胸と脇腹に貼り付けた。

「みんな離れてっ!」

全員が離れたことを確認すると彼女はショックボタンを押した。ビクンと飯田橋の体がはね上がる。しかし彼は目を覚まさなかった。

〈直ちに胸骨圧迫を開始してください〉

機器のスピーカーからアナウンスが聞こえてくる。二人はマッサージを再開した。それから間もなく機器の中で除細動後の解析が始まる。相変わらず飯田橋は意識を失ったままだ。

〈再度ショックが必要です〉

スピーカーから機械の声が聞こえてくる。
「二回目いきます！」
この葉は周囲の安全を確認するとボタンを押した。
飯田橋の体が大きくはね上がる。
しかし意識が戻らない。
〈直ちに胸骨圧迫を開始してください〉
無情にもスピーカーから先ほどと同じアナウンスが流れる。
ゲホッ！　ゲホッ！
突然、彼が咳き込んだ。
「飯田橋さん！」
思わず彩女は彼に駆け寄って耳元で名前を叫んだ。
――ああ、神様……。
彩女は指を組み合わせて祈った。
ほんの少し目を離しただけなのに、いったい彼になにが起こったのだろう。
やがて外から救急車のサイレンが近づいてきた。

＊＊＊＊＊＊＊＊＊

早苗とこの葉、彩女は飯田橋が搬送された東京慈愛《じあい》大学病院の待合室のソファに腰掛けていた。あれから院長はたまきに夕方の予約患者にキャンセルと日時の変更を連絡するように指示した。医院を早めに切り上げてこの病院にやってきた。他のスタッフは医院で待機している。

「まだ治療には入ってなかったのね」

「はい」

早苗院長の問いかけにこの葉が神妙に応える。治療中に起こった発作ではないので、今回のトラブルが医療ミスでないのはたしかだが、三人の間には重苦しい空気が漂っていた。

「高橋さん、飯田橋さんは持病をお持ちだったの」

早苗院長が今度は彩女に質問をした。

「そんな話は聞いたことがありません」

胸痛を訴えたり、薬を服用するようなことはなかったはずだ。歯の痛みくらいである。

――不倫がばれたのがショックだったのかなあ……。

彩女は「まさか」と否定する。そんなことくらいで心臓と呼吸が止まるなんてあり得ない。

とにかく今は彼の無事を祈るしかない。命が助かるのなら不倫であることを隠していたことくらい許してもいいと思った。もちろんそのまま関係を続けるという意味ではないが。

それからしばらくして白衣姿とスーツ姿の男性が近づいてきた。

「担当医の宇治原《うじはら》です」

白衣姿の男性が名乗った。首には聴診器を巻いている。色白で痩せていてひょろ長い体型。気の抜けたような顔立ちでどことなく頼りない。近くに立つと消毒液の臭いがした。

「飯田橋さんは大丈夫ですか」

早苗院長が痺れを切らしたような口調で言った。

「それが……まだ意識が戻ってません」

宇治原が首を横に振る。

「意識がまだ?」

「はい。ただ危機的な状況は脱したと思われます。だからご安心ください」

彩女は安堵のあまり目まいを覚えた。

「それで原因はなんだったのですか。発作は治療前に起こりました。それまで静かに座っていただけなんですよ」

早苗が詰め寄るように言った。宇治原は彼女の迫力に気圧されるように後ずさる。

「それについては私の方からお話しさせてください」

突然、宇治原の背後に立っていたスーツ姿の男性二人が前に出てきて言った。一人は長身でがっしりした体格に精悍《せいかん》で渋みのあるシャープな顔立ち。一重の瞳には鋭利な眼光をみなぎらせている。

「原宿《はらじゅく》署の平嶺《ひらみね》です」

彼は警察手帳を一同に提示した。もう一人のあどけない顔立ちの若い刑事はメモを取り出している。彼は「伊藤《いとう》」と名乗った。

「どうして警察の方が？」

早苗院長が眉をひそめた。

「搬送された飯田橋輝明さんのことなのですが、発作の原因は毒物だと先生から通報を受けました」

刑事の言葉に宇治原が小さくうなずいている。

「毒物ですって!?」

早苗の声が待合室に響く。数人いた来院者が一斉にこちらを向いた。刑事が口に指を立てる。

「ご、ごめんなさい。ビックリしてしまったものですから」

「血中からバトラコトキシンというアルカロイド系の毒が検出されました。体内に入るとナトリウムチャネルが開放、筋肉を収縮させるために心臓発作を引き起こします」

宇治原が説明を加えた。

最初に毒と聞いたときヒ素を思い浮かべた。まさか本当にこの葉が飯田橋に毒を盛ったのかと考えてしまった。

「バトラコトキシンなんて聞いたことがないわ」

「モウドクフキヤガエルというコロンビアに生息する蛙が持つ猛毒です。世界一強力な生物毒だといわれていまして先住民たちは吹き矢に塗って武器として使ってました」

——吹き矢?

先日、レストランでたまきやこの葉とそんな話で盛り上がったではないか。密室殺人の話。

それにしてもモウドクフキヤガエルとは名前からして触るだけで殺されそうだ。

「それがどうしてうちの患者に!?」

早苗院長は顔を歪めて言った。もちろん当院ではそんな毒を扱っていない。ヒ素化合物だって置いていないのだ。

「首筋に針で引っ掻いたような傷がありましてね。どうやらそこから毒が体内に入り込んだようです」

刑事が早苗院長に言った。

「うちの医院内でとおっしゃるんですか」

彼女は険しい顔を向けながら訴えた。

「毒が回れば症状はすぐに出てくるそうですからそうとしか考えられません」

あの時点で飯田橋は十五分以上待たされていたのだ。来院する前に毒が入ったとはたしかに思えない。

「そんな危険な生き物を簡単に入手できるものなんですか」

今まで黙っていたこの葉が刑事に尋ねた。彼は彼女を見て小さくうなずいた。

「一般に流通しているものは飼育下で繁殖《はんしょく》された個体なので無毒で安全です。しかし有毒個体をコレクター相手に密輸販売している連中がいるようです。アングラな連中なので入手経路から特定するのは困難でしょうね」

ギラギラした彼の眼光はこの葉を前にすると少し柔らかくなったような気がした。

「とにかく事故じゃないというわけですね」

この葉が静かに言うと平嶺は、

「ええ。明らかに患者さんの命を狙った犯行です」

と応えた。早苗が「バカな」と自身の太ももを手のひらで叩いてソファに腰を落とした。

「ご家族の方は？」

今度はこの葉が尋ねた。

「ご自宅に電話をかけましたが留守のようでして連絡が取れません」

彩女は安堵を覚えた。こんなところで彼の家族に鉢《はち》合わせしたくない。

「申し訳ありませんが、今から現場の状況を確認させていただきたいと思います。先生、よろしいですか」

刑事の申し出に早苗は力ない様子でうなずいた。

＊＊＊＊＊＊＊

医院ではスタッフ全員が彩女たちの帰りを待っていた。玄関には「臨時休診」のパネルを掛けてガラス張りの自動ドアは開かないようになっている。内部が見えないようカーテンも閉め切られていた。待合室の脇に通じる従業員用の入り口から中に入ると、早苗は全員を待合室に集めて事情を説明した。病院に赴いた三人以外にスタッフ六人。話が終わると彼女らは一様に顔を青ざめさせた。

「先生！」

たまきが挙手する。

「古河さん」

「事故でないとすると犯人がいるわけじゃないですか。そうなるとその犯人はここにいるスタッフか、あのとき来院されていた患者様ということになりますよね」

一同がざわめく。

「みんな、静かに！　こちらは原宿署の平嶺さんです。話があるそうなので聞いてください」

早苗が促すと彼はスタッフの前に立った。伊藤刑事は少し離れて後ろに立っている。彼は先ほどから一言も言葉を発していない。見るからに新米だから出しゃばらないようにしているのだろうか。

平嶺は若干緊張しているようで咳払いをした。

「原宿署刑事課の平嶺太蔵《たいぞう》です。本日……」

「はい！」

突然、技工士の古手川淳子が手を挙げた。

「ど、どうぞ」

驚いた様子の平嶺が促す。

「刑事さんはおいくつなんですか」

「私ですか!? 四十五歳ですが……」

スタッフの間で「へえ」と感心したような声が上がる。彩女ももう五歳くらい若いかと思っていた。肌はスベスベしているし短髪も黒々としている。

「結婚はされているんですか」

「いや、その……十年も前に逃げられまして。こういう仕事をしていると生活が不規則なもので」

彼は弱り顔で応える。古手川は「以上です」とニコリとうなずいた。どうやら平嶺は彼女の好みのタイプのようだ。そしてこんな緊迫した状況で暢気《のんき》な質問でテンポを崩すのも彼女らしい。たしかに平嶺は魅力的な男性だと思う。彼が患者だったらランチ時にスタッフたちの間でも話題に上がっただろう。

「それでは話を続けてもかまいませんかね」

「どうぞ」

院長が再び促す。

「まずは事件当時の状況をなるべく詳しく把握したいと思います。誰がどこにいたのか。そこでなにをしていたのか。来院されていた患者さんの名前も報告してください」

「患者様の個人情報に関しては守秘義務があります」

院長の言葉に平嶺はわずかに眉間に皺を寄せた。

「錦織先生。よく考えてくださいよ。これは殺人事件です」

「亡くなったわけじゃないから未遂でしょう」

「失礼。ただ犯人は明らかな殺意がありました。相手をちょっと懲《こ》らしめる程度でモウドクフキヤガエルの毒なんて使いません。毒針で少し引っ掻いただけでも心臓が止まってしまう猛毒です。悲しいことですけど、犯人はスタッフや患者さんの中にいる可能性があるんです。我々としては一刻も早く解決しなければなりません。どうかご協力いただけないでしょうか」

平嶺は早苗に対して深々と頭を下げた。

「そういうことならしかたないですね」

しばらく考え込んでいた彼女だが納得したようにうなずいた。

「古河さん、刑事さんに今日の予約表を見せて来院していた患者様の名前を教えてさしあげて」

「できたらカルテもお願いします」

平嶺が口を挟む。

「カルテもよ」

「かしこまりました」

たまきは丁寧にお辞儀をするとさっそく受付のカウンターから予約表とカルテを持ってきた。

「あとホワイトボードありますか」

「スタッフルームに置いてあります。持ってきます」

衛生士の松任谷《まつとうや》亜弓《あゆみ》がスタッフルームに向かった。間もなくキャスター付きのホワイトボードを引っぱってきた。院内で講習会や症例報告が行われるときに使われる。

「高橋彩女さんでしたよね。申し訳ないんですが院内の見取図をなるべく正確に描いてもらえますか」

平嶺は彩女に願い出た。彩女は了解するとマジックペンを使ってホワイトボードの面をいっぱいに使って見取図を描いた。

「ありがとう。とっても分かりやすい図だよ」

彼が満足げに微笑んだ。我ながら上手く描けたと思う。

「事件当時、個室にいた患者は被害者のほかに、古谷陽炎、唐津光司、成田真希子《なりたまきこ》、新木希《にいきのぞみ》、汐田まつげん。待合室には西尾木純子《にしおぎじゅんこ》、千葉智美《ちばさとみ》」

平嶺は予約表を確認しながら名前を上げた。

「どの個室にどの患者がいたのか、そしてスタッフさんたちの配置も書き込んでくれますか」

「はい！　私は技工室にいましたぁ！　殿方さんとずっと一緒でしたから私も彼も犯人じゃありませぇん」

古手川は緊張感のない様子で手を挙げながら応えた。妙に楽しそうだ。そんな彼女に平嶺は苦笑を向ける。

「殿方さん？」

「うちに出入りしている歯科材料業者さんですよ」

と彩女。

「ああ、なるほど」

――そういえば直前に飯田橋のユニットを修理していたなあ……。

それを刑事に報告するべきかどうか考えあぐねながらも、彩女は技工室に古手川と殿方の名前を記入した。

「被害者である飯田橋さんは５番ですね。他は……古谷さんが１番、成田さんが２

番、新木さんが3番、唐津さんが4番、汐田さんが6番」

たまきが図面を指さしながら患者の配置を空で伝える。優れた受付嬢だ。彩女はそのまま図面に彼らの名前を記入する。

「汐田まつげんって映画監督のですか」

平嶺が6番を眺めながら言った。

「そうですよ。うちは芸能や音楽関係の患者様が多いんです」

彩女は少し自慢げに言った。6番から出てきたでっぷりした体型の男性。汐田まつげんといえばさまざまな映画賞を授賞している大物ベテラン監督だ。ちなみに緒川優子は彼の紹介患者である。こうして芸能界の患者が広がっていくのだ。

「でしょうねえ」

と刑事は感心した様子を見せるが思えば彼も原宿署勤務である。事件に芸能関係者たちが絡んでくることも多いだろう。

「来院歴も患者の個人情報なので口外しないようお願いしますよ」

すかさず早苗が釘を刺す。

「もちろんです」

平嶺ははっきりとうなずいた。

今一度、医院の見取図を眺めてみる。

事件時見取図

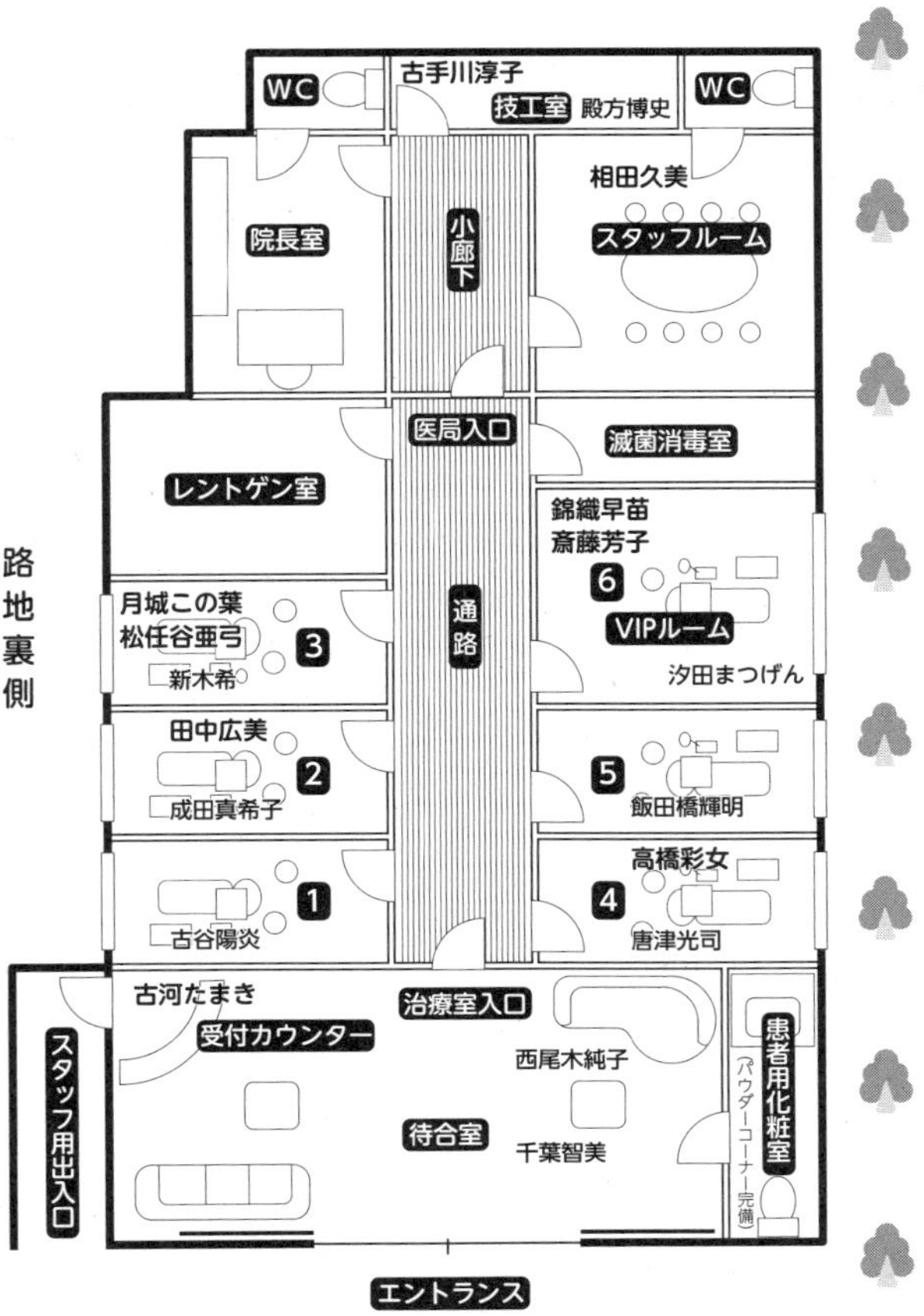

WC
古手川淳子
技工室
殿方博史
WC
院長室
小廊下
相田久美
スタッフルーム
医局入口
滅菌消毒室
レントゲン室
錦織早苗
斎藤芳子
6
VIPルーム
汐田まつげん
路地裏側
通路
表参道側
月城この葉
松任谷亜弓
3
新木希
田中広美
2
成田真希子
5
飯田橋輝明
高橋彩女
1
古谷陽炎
4
唐津光司
古河たまき
治療室入口
受付カウンター
西尾木純子
患者用化粧室
（パウダーコーナー完備）
スタッフ用出入口
待合室
千葉智美
エントランス

待合室から治療室に入ると六つの治療個室が左右に三つずつ分かれている。左側（路地裏側）に1から3番、右側（表参道側）に4から6番が奥に向かって並んでいるというわけである。左側の一番奥はレントゲン室、右側は滅菌消毒室、通路の突き当たりは医局の入り口である。医局の扉の向こうにはさらにスタッフルーム、院長室、技工室がある。

「当時在院していたスタッフがドクターを含めて九人というわけですね。たしかこの医院はバイトやパート合わせて総勢十人ですよね」

「はい。丸山《まるやま》さんがお休みです」

丸山珠恵《たまえ》はパートの衛生士だ。小さな子供が熱を出したというので今日は欠勤している。

在院しているスタッフの内訳はドクターが二人、衛生士が五人、歯科技工士と受付がそれぞれ一人ずつ。受付のたまきは待合室に設置された受付カウンターで業務をしていた。彩女は図面に彼女の名前を書き込む。

「飯田橋さんを最後に見たのは誰ですか」

「私だと思います」

彩女は手を挙げてすぐに「第一発見者が一番怪しい」という刑事ドラマの鉄則を思い出した。案の定、平嶺の瞳が鋭く光る。

「飯田橋さんはどんな様子でした」

「い、いや、別に普通でしたよ……」

声がうわずってしまう。そもそも彼とは交際していて別れ話みたいになっていたのだ。

痴情のもつれで毒殺。

――私って思いきり犯人候補筆頭じゃんっ！

「会話をしたんですよね？」

「え、ええ……もちろんしましましま……したとも」

「どんなお話をされたのですか」

「お、お天気とか景気の話とか休日はなにをしているのとか……そ、そんな感じですよ」

しどろもどろ。刑事が目を細めながら眼光を強めた。

「本当にそれだけですか」

「い、いや……ほかにも映画の話とか趣味の話とか仕事の話とか……」

頭の中がカアッと熱くなって自分でもなにを話しているのか分からなくなる。呂《ろ》律《れつ》も上手く回らない。どうして自分はこんなに嘘をつくのが下手なのだろう。

この葉と目が合う。彼女は「本当のことを言った方がいい」とつぶやきながらうなずいた。

「高橋さん、なにか隠してますね？」

この葉のつぶやきを聞きつけたようで平嶺が詰め寄るように近づいてきた。彩女は後ずさったがすぐに背中がホワイトボードに当たってしまった。

「私から説明いたします。彼女は飯田橋さんと交際していました。その縁でうちに通院されることになったのです」

早苗が一歩前へ出て高らかに説明した。そして「いいわよね」と言ったので、彩女は小さくうなずいた。

「なるほど。交際されていたわけですね」

刑事はポケットから手帳を取り出すとなにやらメモをした。

「それで……どんな話をされたのですか」

彼はさらに厳しくなった目を彩女に向けた。貧血を起こしたように彼の顔が歪んで見える。思わずよろめきそうになったところをたまきが支えてくれた。

「大丈夫？」

「うん、ありがとう」

「どんな話をされたんですか」

平嶺は容赦なく問い質《ただ》してくる。たまきが抗議しようとしたので彩女は「大丈夫」と手で制した。

「彼には奥さんがいるんじゃないかと疑いました。それについて少しカマをかけてみたんです」

「どうでした？」

「クロだと思いました。だけどそれ以上は踏み込みませんでした」

「そのとき彼に対してどんな感情を持ちましたか」

「ヒドい男だと思いましたよ。どうしてそんな嘘をついてまで私と交際したんだろうと人間性を疑いました」

「殺意を持ちましたか」

「それは……」

と言いかけて言葉を止めた。そのときのことを思い出してみる。

「案外、ショックを感じませんでした。私も彼のことを心から好きだったんじゃないなってね。淋しい時間を埋め合わせてくれる優しくて頼りがいのある年上の男性だった、私自身も彼を利用していたのかなと思うようにしてました。そう考えれば傷つかないで済むような気がして」

彩女は正直に話した。しかし平嶺の瞳は猜疑《さいぎ》の色を浮かべている。

――どうやら私は第一容疑者ね。

「他のみなさんはどちらにおられましたか」

平嶺は彩女から視線を外すと他のスタッフたちに尋ねた。彼女たちは順番に一人ずつ、当時の配置を申告した。

それによれば院長は6番で映画監督の汐田の治療をちょうど終えたころだという。汐田が個室から出てきたとき彼女はカルテの記入をしていた。補助は斎藤芳子だった。彩女は彼女たちの名前を6番に書き込みながら、

「1番は古谷陽炎さんです。直前に私が古谷さんに声をかけて待ってもらいました」

と伝える古谷の担当も彩女だった。

あのとき、この葉は3番にて新木希の親知らず抜歯で苦戦していた。補助は松任谷亜弓だ。彼女は歯科衛生士専門学校の学生でありアルバイトである。まだ十八歳でハキハキとした明るい性格で好感が持てる。

「2番は成田さん。スケーリング、つまり歯石除去です」

スケーリングは田中広美が担当していた。患者の歯石をスケーラーと呼ばれる手用器具を使って掻き取っていく。熟練がものを言う技術だ。田中は二十八歳。年齢が近いこともあって仕事上のことで相談しやすい先輩だった。

「3番は新木希さん。月城先生と松任谷亜弓さんが担当でした」

彩女は彼女たちの名前を手早く記載した。

「4番は唐津光司さん。私は彼の個室にいました」

彩女は平嶺に当時のことを説明する。唐津がヨードグリセリンを床にこぼしてしまい、その後片付けをやっていたのだ。

「彼はあなたを呼びに来たのですか」

「そうです。あっ、直接私を呼んだのは田中さんでした」

そのとき彩女は5番で飯田橋と話をしていた。廊下で唐津を見とがめた田中が彩女を呼んだのだ。田中の後ろに唐津が立っていた。彼らが顔を覗かせたのは、飯田橋が妻帯者だと確信したころだ。

「唐津さんは個室の中に入ってきましたか」

「いいえ。そのあとすぐに唐津さんと一緒に4番に行きました」

床にはヨードグリセリンが広がっていた。後片付けが終わって飯田橋の個室に帰る途中で3番から抜歯を終えたこの葉が出てきた。ほぼ同時に6番から汐田が治療を終えて出てきた。

「一人足りませんが……」

平嶺がホワイトボードに書き込まれたスタッフの人数を数えながら言った。

「私です」

歯科衛生士の相田久美《あいだくみ》が手を挙げた。彼女はこの葉と同じ三十歳。いつもピリピリしていてちょっとしたことでも苛立ちを顔に出す。その代わり歯科衛生士としての技量は優秀だ。それだけに未熟な後輩たちの仕事ぶりを歯がゆく感じるのだろう。彩女に対しても冷たく当たることが多い。正直、苦手なタイプだ。

「あのときはどちらにおられましたか」

「体調が優れなかったのでスタッフルームで休憩してました」

「それを証明できる人はいますか」

「それってどういう意味よ。私が嘘をついているとでも⁉」

彼女は険《けわ》しい顔で平嶺に詰め寄った。

「相田さん！」

そんな彼女を早苗が一喝する。相田はしぼんだ声で「いません」と答えた。

「体調が優れないので休憩させてほしいと申し出があったのは本当です」

と院長がフォローする。

「それからすぐに体調が回復したんですが、あんなことがあったのでここで待機していたんです」

相田は取り繕ったような落ち着いた口調で言った。

スタッフルームに彼女の名前を書き込む。これで医院のスタッフ九人と殿方を合わせて十人の名前がホワイトボードに上がった。

「誰の目にも触れずに個室間を行き来することはできそうですか」

刑事が一同に尋ねる。

「それは難しいでしょうね。スタッフは器具を滅菌消毒室に取りに行ったり片づけたりしますし、患者様をレントゲン室に誘導したりしますから頻繁に個室を出入りします」

と、この葉が答えた。現に薬液を床にこぼした唐津が彩女を呼ぶため廊下に出たとき田中広美に声をかけられている。

「とりあえず現場を見せていただきましょうか」

刑事の言葉に一同、5番個室まで移動する。待合室から通路に入って右側、二番目に位置する部屋である。早苗が内部をいじらないようにスタッフたちに指示しているので飯田橋が倒れていたときのままの状態だ。

「ほぉ、表参道の眺めがステキですね」

平嶺は窓際に立って外の様子を眺めながら言った。そして少し高めの天井を見上げる。

「上の小窓が開いているようですが」

はめ殺しになっている大窓の上にある開閉式の小窓は幅が二メートル、高さが五十センチほどだ。

「私が開けました。エアコンの調子が悪くて室温が高くなっていましたから」

彩女が前に出て告げた。小窓は高い位置にあってとても手が届かないので壁に設置されたハンドルを回して開けることも説明した。

「他の部屋もそうですか」

刑事が確認すると他のスタッフたちもうなずいた。

「開けたといってもほんの五十センチですね」

彼は片目をつぶって見上げながら目算する。

「大きく開けると外の音がうるさいですから」

「なるほど。分かりました」

彼はおもむろにポケットから折りたたみ式の小さなルーペを取り出すとレンズを床に向けて屈んだ。それからしばらくユニットの周囲を探り回った。

「うん？」

彼はさらに身を屈めるとルーペをユニット下の床面に接近させた。

「なにを見つけたんですかぁ」

技工士の古手川が彼に必要以上に体を密着させながら床を覗き込む。美形の女性だけあって彼は彼でまんざらでもなさそうだ。

「触らないでっ！」

平嶺は手を伸ばそうとする彼女の手を摑んだ。彼女は嬉しそうにもう片方の手で彼の手を包む。

彼はやんわりと古手川の手を離しながら白手袋をはめて落ちている物を拾い上げた。それをジッパーのついた小さなナイロン袋に丁寧に入れる。

「吹き矢みたいですね」

袋の中身に顔を近づけたこの葉が目を凝らしながら言った。彩女も確認してみる。先に針のついたロケット状の小さな矢である。大きさは人差し指の指先に載るほどだ。

「これはこちらの医院で使っている器具かなにかですか」

「いいえ。こんな器具は当院にはありませんし、そもそも歯科に関係のない物です」

この葉が断言すると平嶺が大きくうなずいた。

「おそらくこれが凶器でしょう。針先にモウドクフキヤガエルの毒が塗られているんです。すぐに鑑識に回して調べさせます」

彩女はたまきと目を合わせた。レストランでの会話が現実のものとなってしまった。

——あんたがやったの!?

たまきが唇の動きと目で訴えてくる。彩女は全力で首を左右に振った。

「何者かがこの部屋に侵入して吹き矢を放ったというわけですね」

一番年少の松任谷が好奇心で顔を輝かせている。

「うーん」

刑事が首を傾げながらうなり声をあげた。

「どうしたの」

古手川が心配気に聞いた。

「首筋の傷は前方から撃たれた位置にあったんです。患者は窓の方を向いてユニットに腰掛けたまま気絶していた。ということは犯人は入り口から侵入してわざわざ患者の前に回り込んだということになる。そんなことをしなくても背後から撃ち込めばいいでしょうに」

たしかにわざわざ前に回り込めば顔を見られてしまうしそれだけ警戒を与えてしまう。

「犯人は患者の顔をきちんと確認したかったのかもしれないわ」

今度は最年長の斎藤芳子が口を挟んだ。

なるほど、それもうなずける。もし人違いだったら犯人にとって笑えない話だ。

「だけど吹き矢って暗殺のイメージがあるんですよね。物陰に隠れて撃ち込む武器だと思うんですよ」

　平嶺の主張もうなずける。至近距離なら吹き矢よりも毒を塗りつけた刃物の方が効率的な気がする。

「刑事さん、犯人はこのホワイトボードに書かれた名前の中にいると思ってるんですか」

　早苗が腕を組みながら彼に尖った視線を向けた。

「開いた小窓は人が出入りできる大きさではありません。そうなると通路から侵入したとしか考えられない。外部の人間が入るためには受付の前を通り抜けなければならないが、古河さんの目があるためそれも不可能でしょう。消去法でいけば治療室または医局にいた誰かの犯行ということになります」

　刑事の言葉に「名推理！」と古手川が拍手をするが、院長に睨まれてすぐに引っ込めた。当院の技工士は微妙に空気が読めない。いわゆるＫＹだ。まあ、それが彼女のかわいいところでもあるんだけど。

「外から狙撃したのかもしれないですよ。たとえば向かいのビルの屋上からとか」

　たまきが小窓を見上げながら言った。

「窓の高さとユニットの位置からすれば角度的にあり得ないですね。周囲には狙撃できる高さの建物が見当たりません」

外からの狙撃の場合、吹き矢が窓を通過したら急角度で下にカーブさせなければターゲットには命中しない。たしかに無理がある。

「犯人が屋上から直接ロープで降りてきて窓の外から吹き矢を放ったとか」

たまきがムキになって次なる推理を展開する。変なところで負けず嫌いだ。

「なるほどっ……と言いたいところですが、表参道側の窓ですからね。三階といえどさすがに目立ちますよ」

彼女は「ぐぬぬ」と悔《くや》しそうな顔をする。やはり外部からの侵入はなさそうだ。

「刑事さん。犯人は通路からと言いますけど、先ほどの話にもあったように飯田橋さんの個室に出入りする者がいれば誰かの目に触れます。特にあのとき6番にいた私は治療方針を突然変更したこともあって、必要になった器具を何度も滅菌消毒室に取りに行かせました」

早苗が口を挟んだ。補助を担当した斎藤も「何度も通路を行き来した」と早苗の主張を裏付けた。

「私も器具を取りに行き来してました」

この葉についていた松任谷も手を挙げる。通路では何度か斎藤とかち合ったという。たしかに人目に触れずに飯田橋の個室を出入りするのは難しそうだ。

「ってことは密室殺人じゃないですかっ！」

たまきが興奮気味に言った。毒が塗られた吹き矢に密室殺人。先日のレストランでした話との符合に背中がぞわりとする。

「古河さん！　飯田橋さんがまだ亡くなったと決まったわけではありませんよ」

院長が声を尖らせるとたまきは慌てて「すみません」と謝った。

「たしかにそうですが、それでも四六時中、通路に人目があったわけでもありません。個室から個室の移動は十秒もあれば事足ります。少なからずのチャンスはあったはずです」

刑事の主張に彩女も心の中で同意した。犯人の出入りが不可能となると、一番怪しいのは第一発見者である彩女ということになってしまう。今回の場合、彩女が毒を仕込んだ犯人と考えるのが一番自然である。動機も充分だ。彩女以外が犯人となると一気に本格ミステリになってしまう。

「田中さん」

平嶺は黙ってやり取りに耳を傾けていた田中広美の名前を呼んだ。

「はい」

「あなたが唐津さんのことで高橋さんに声をかけたとき、飯田橋さんの状態はどうでしたか」

「特に変わったことはなかったです。目が合ったので会釈をしました」

田中が彩女に声をかけたとき、飯田橋は首を回してそちらを見ていた。

「それからすぐに高橋さんは薬液をこぼした部屋に向かったんですよね」

「はい。間違いないです」

彼女の証言は彩女が部屋を出た時点の飯田橋に異常がなかったことを確かなものとした。つまり毒が仕込まれたのはそれ以降と考えられる。

「唐津さんはどうなんです」

「彼は私より少し前に4番に戻りました」

その直後に彩女も彼を追いかけるようにして4番に入った。こぼした薬液の後片付けをしている間、彼はユニットに座ったままスマホをいじっていた。

「あなたも唐津さんも、飯田橋さんの異常に気づくまでずっと4番にいたんですね」

彩女は首肯した。唐津は彩女のアリバイを証言できるし、その逆も然《しか》りだ。彩女は少しだけ安堵感を覚えた。

「ああ、そういえば……」

彼女は指を鳴らした。

「なにか？」

「今思いだしたんですけど、拭き掃除をしている間は部屋のドアを開けてました」

薬液をこぼしたのは個室の出入り口付近だったこともあって掃除をしやすいようドアを開けたままにしておいたのだ。

「つまり向かいの個室のドアが開けば分かりますね」

平嶺の言うとおり向かい、つまり1番のドアは目の前だ。音を立てずに出入りしたとしても必ず気づく。1番では陽炎が一人で治療待ちしていた。

「ということは古谷さんは容疑者から除外されますね」

古手川がホワイトボードを指さした。

「いや、そういう人が犯人だったりしますよ」

すかさずミステリ好きのたまきが口を挟んだ。

彩女はあのときの状況を頭に思い浮かべた。

彼女と唐津のいる4番は待合室から通路に入ってすぐ右手にある。現場である5番のドアは4番の一つ奥だが通路に顔を出して覗き込まないと視認することができない。1番の陽炎と待合室で受付をしていたたまきと、治療待ちをしている二人の患者が5番に近づくには、どうしても彩女の目の前を通り抜けなければならない。ましてや毒を仕込んだら元の位置に戻らなければならないわけで、そのときは再び彩女の前を素通りすることになる。彼女が掃除のために4番に入って5番に戻るまで通り抜けたものはいない。つまり陽炎とたまき、待合室の二人の患者である西尾木純子、千葉智美が毒を仕込んだとは考えにくい。

次に2番で成田真希子のスケーリングを担当していた田中広美。彼女は一度だけ滅菌消毒室に必要になった器具を取りに行くために通路に出た。そのときに唐津の姿を認めたという。そのあと器具を取って2番に戻ってからは騒ぎを聞きつけるまでスケーリングを続けていた。しかし彩女は彼女が2番に戻るまでの動きを確認していない。彩女と唐津が4番に入ったのを見届けて5番に侵入、毒を仕込んでから速やかに2番に戻るということも可能ではなかったかと思う。田中がシロなら、患者の成田は田中が滅菌消毒室に入ったのを見計らって5番に入り込み、目的を遂げてから元のユニットに座って田中の戻りを何食わぬ顔で待つということもありだろう。

次は3番。この葉と松任谷亜弓。松任谷も通路を頻繁に出入りしていたというから人目につかないタイミングさえ見計らえば5番に侵入は可能だ。この葉と患者の新木希は一度も部屋から離れていないというから犯人であるとは考えにくい。

6番で汐田まつげんの治療をしていた早苗と斎藤芳子も同じ解釈ができる。

斎藤は早苗に指示されて滅菌消毒室に器具を取りに行くために何度も部屋を出入りしている。しかし田中や成田にしろ松任谷、斎藤にしろそのタイミングは相当にシビアなはずだ。いつ他人の目に触れるか分からないのだから。侵入前に目撃されたのなら、犯行を断念すれば済むことだが、実行後となるとそうはいかない。退出する姿を見とがめられればもはや言い逃れはできない。また成田なら田中の隙も突かなければならない。さらに飯田橋を担当していたこの葉や彩女が入ってくるかもしれないのだ。それだけに速やかな行動が要求される。しかし足音やドアの開閉音を立てれば4番のドア付近で掃除をしていた彩女が気づく。あのときそんな音は聞こえなかった。

スタッフルームで休憩していたという相田久美。彼女も容疑者リストから外せない。

状況を思い巡らしながら彩女は首を大きく捻った。

毒を使った手口から犯人は用意周到で警戒心が強いと思われる。5番への侵入は相当に困難でリスクが高すぎる。犯人がそんなリスクを冒すだろうか。

——密室同然だ！

この葉たちとレストランでした話を思い出す。その通りになってしまったようだ。そしてそれをやりのけられる人間が一人だけいる。

歯科業者マスダの殿方……。

古手川はずっと一緒に技工室にいたから、彼は犯人ではないと主張するがそれはどうか。彼だけは他の者たちと異なる。

「殿方さんが直前まで5番ユニットの修理をされてました」

思い出したように松任谷が手を挙げながら言った。わずかに気持ちが楽になる。自分の口からはどうにも伝えにくかったのだ。

「ちょ、ちょっと待ちなさいよ。殿方さんが怪しいとでも言うの」

相田が松任谷を睨《ね》め付けながら言った。

「い、いえ、そうは言ってないですけど」

彼女は気圧されて後ずさる。相田は殿方に気があるのだ。もっとも殿方の本命はこの葉なのだが。

「直前にユニットの修理ですか……」

平嶺は瞳をギラリとさせて手帳にメモを取った。

殿方ならスタッフや患者らのようなリスクを冒さなくても毒を仕込むことが可能だ。

どんな仕組みかは分からないがユニットに吹き矢を飛ばすなんらかの細工を施したとしたら……。

「彼はどのタイミングでここを出ましたか」

「騒ぎの直前に次の仕事があると言って出て行きました」

と今度は彩女が答えた。

「ということはまだ細工が残されているかもしれないな」

平嶺はそう言ってユニットに顔を近づけた。

「ユニットのことは私たちの方がよく知ってます」

「近づかないでください！」

近づこうとする斎藤を刑事は険しい顔で制した。

「な、なんなのよ……」

「現場の状況を保存するのは我々の鉄則なので」

と言うがそうではない。彼はここにいる者たちのことを疑っている。証拠隠滅をさせないためだ。

平嶺は白手袋をはめたままユニットをつぶさに調べている。他の者たちの視線もユニットの各部に向いていた。それぞれに細工が施されていないか探っているのだ。

「吹き矢を飛ばすような仕掛けはないようですね」

刑事は小さく舌打ちをするとユニットから離れながら、

「すでに回収されたか……」

とつぶやく。

彩女はあり得ないと思う。何度も頭の中でシミュレーションしてみたが5番に入り込むのは難しい。あの個室は実質的に密室だ。密室犯罪だ。

そのとき携帯電話の着信メロディが鳴った。

「はい、平嶺……本当ですかっ!? 今からすぐに病院に向かいます」

彼は電話をしまうと彩女たちの方を向いた。

「たった今、病院から連絡が入りました。飯田橋さんが意識を取り戻したそうです」

その報告に一同にどよめきが上がった。

「私は今から病院に向かいます。今日のところはこれで失礼致します」

そう言うなり平嶺は伊藤刑事とともに従業員用の出入り口を飛び出していった。

「よかったわねぇ」

スタッフの間で拍手がわき起こる。それと同時に彩女は尻餅をついた。突然体の力が抜けてしまったのだ。

「彩女、大丈夫!?」

たまきが駆け寄ってきた。他の者たちも集まってくる。

――彼は生きている！

「よかった……本当によかった……」

みんなの顔が滲んで見える。気がつけば涙があふれていた。

＊＊＊＊＊＊＊＊＊

次の日は休診日だった。真夏の余熱がまだ燻っているようだ。九月も終わりに近いというのに気温は三十度を超えていた。街行く人たちの装いにも秋の気配は感じられない。これから三ヶ月後にはコートを着込んでいるだなんて想像できない。

たまきとこの葉、彩女は待ち合わせをして三人で東京慈愛大学病院に向かった。周囲を睥睨する地上三十階の重厚で近代的な建物を見上げながら玄関を通り抜けると受付ホールが広がっていた。長いカウンターに数十の端末と事務員が横並びしている。その一つ一つに患者たちが順番待ちをしていた。受付を終えるだけで一仕事になりそうだ。彩女は見舞客なので彼らを横目に通路を進む。

「あたし、マジで犯人は彩女だと思っちゃったわよ」

駅近くの花屋で買った花束を抱えたたまきが苦笑しながら言った。

「あははは……。たしかにあの状況では私が第一容疑者になっちゃうよね。私だって本当は私が犯人で記憶が飛んでるのかと思っちゃったもの」

たまきが無邪気にカラカラと笑う。この葉もほんのりと笑みを浮かべているがどこか思案気味だ。

「でも彩女が第一容疑者であるのは変わらないよ。真犯人は見つかってないんだから」

「ええっ!? まだ私のことを疑っているの?」

「あなたは人殺しなんてできるキャラじゃないわ。それは分かってる。でも恋愛がからむと女は分かんないからなあ。前回の『謎解きリリコ』でもそうだったじゃん」

ドラマは彩女も観た。犯人は被害者のつき合っているカノジョで動機は痴情のもつれだった。

「ちょ、ちょっと待ってよ! そもそも私がカエルを苦手なの知ってるでしょ。カエルの毒なんて扱えるわけないじゃん」

あれからネットでモウドクフキヤガエルについて検索をかけてみたが、色鮮やかな写真を見て鳥肌が立った。あんなの絶対に触れない。

「先生も彩女が犯人だと思いませんか?」

——おいおい!

彩女はたまきの頭を思いきりはたいてやろうかと思った。

「高橋さんには……無理だと思う」

彼女は考え事をしているようにゆっくりと言った。

「だって動機はバッチリじゃないですか。彩女以外にあり得ませんよ」

――あんた、それでも友人!?

「だってあの状況は実質的に密室だったから」

とこの葉が言った。

「先生もそう思います?」

彩女は身を乗り出して言った。そして自分なりの解釈を開陳した。人目に触れずにあの部屋に出入りするのはリスクが大きすぎる、犯人がそんなリスクを冒したとは思えない。ゆえに実質的な密室であると。

「私も高橋さんとまったく同じ考えね。犯人は何らかの方法で密室をクリアしたのよ」

「せっかく密室なのに殺人にはならなかったですけどね」

たまきが拍子抜けした様子で言う。なんて不謹慎な子。

「といっても誰が犯人でどんな手を使ったのか、数分後にはその謎も解けますよ」

廊下を進みながら彩女は言った。飯田橋は意識を取り戻したのだ。犯人を見ているだろうし手口も把握しているに違いない。

「じゃあせめて病室に行くまで謎解きしましょうよ」

たまきが愉快そうに提案する。根っからのミステリ好きだ。

「そういうあなたは犯人の目星がついているの」

彩女は隣を歩くたまきの肩に自分の肩をぶつけた。

「そうね……やっぱり殿方さんだと思うわ。5番に外部からの侵入が無理となると事前にユニットになんらかの仕掛けを施したと考えるべきでしょう」

「動機は？」

「痴情のもつれよ。浮気者の飯田橋さんは殿方さんの彼女さんにも手を出した。それを知って逆上した彼は飯田橋さんの殺害を決意する。犯行現場をうちに選んだのは院長にも恨みを持っているからだわ。ほら、この前新型の患者予約システムソフトを院長に売り込んでいたでしょう。それを断られたから院長を困らせてやろうと考えたのよ。売れなかったのを相当に悔しがってたからね」

「よくそこまでこじつけられるわね。でもさ、事前に仕掛けたなら殿方さん以外でもできるんじゃない？　そうなるとたまきだって怪しいよ」

「ど、どうしてよ」

たまきが眉をひそめる。

「どの患者がいつどこのユニットに座るか一番把握しているのは受付であるあなたなんだから」

「そう言われてみればそうだ」

彼女は素直に納得した。

「犯人にとって毒を撃ち込めるチャンスは飯田橋さんが一人になったときね」

今度はこの葉が思案顔のまま言った。

「そうですね」

どのように毒矢を放ったのか分からないが、犯人は目撃者が出ないよう配慮していたのは間違いない。

「飯田橋さんが一人になったのは高橋さんが部屋を出て行ったからよね」

とこの葉が言う。もしあのとき彩女が飯田橋につきっきりでついていれば、犯人は犯行を断念していたかもしれないのだ。逆を言えば彼が一人きりにならなければ犯人は実行できない。

——どうして私は飯田橋を部屋に残したまま出て行ったのだろう。

彩女は昨日の出来事を思い起こしてみた。

そうだ。４番で待機していた唐津がヨードグリセリンをこぼしたからだ。

彼は彩女を呼びに来た。それがなければ５番を出て行かず飯田橋と一緒に担当医のこの葉を待っていたはずだ。

「唐津さんはどんな様子だった？」

彩女の思考を読み取ったようにこの葉が尋ねてくる。

「別に変わった様子はありませんでしたよ。いつものようにスマホで暇つぶしをしてました」

それから後片付けを終えるまで彩女も彼も部屋の外に出ていない。互いのアリバイを証明できる。

「そう……」

この葉は再び考え込むように顎をさすった。

「そういえばあのとき古谷さんの姿を見なかったわ」

たまきが思い出したように手を叩いた。飯田橋のことで騒ぎになったとき他の個室の患者たちが野次馬のように5番の前に集まってきた。

「そうだ、陽炎さんがあの中にいなかった」

彩女も思い出す。たしかに野次馬の中に彼の姿はなかった。彼はずっと1番に留まっていた。

「うーん、古谷さんも怪しいなあ……」

たまきが頭を掻きながら唸った。

彩女は以前この葉が彼の職業を殺し屋だと言っていたのを思い出した。

——殺し屋……まさかね。

「殿方さんはどうなったの」

「怪しいランキングでは一位殿方さん、二位彩女、三位古谷さんだね」

「私は二位なの!?」

「ついさっきまで一位だったんだからよかったじゃない」

そういう問題じゃない。

「殿方さんが犯人だとして彼はどうやって仕掛けを回収したの？」

彼は騒動になる前に医院を出てしまっている。あれから訪れていないから彼には回収する機会がない。

「そこが問題なのよねぇ。やっぱり密室ミステリって難易度高いわね」

「回収できるとなるとスタッフだけよ」

騒ぎになったとき野次馬だった患者は通路に集まっていたが中に入っていない。5番はすぐに閉鎖したから、そのあとに彼らが入り込むことはあり得ない。刑事がやって来るまでに仕掛けを回収できるのは昨日出勤していたスタッフだけだ。そうなると共犯説も視野に入ってくる。

「この葉さん！」

前方で男性が手を振っている。

「おはようございます」

男性は殿方だった。彼は飯田橋の見舞いに行ってきたばかりだという。

「どうして殿方さんが？」

スタッフならともかく歯科業者が患者の見舞いなんて聞いたことがない。

「相田さんから聞いたんですよ。皆さんは僕を疑っていたそうじゃないですか」

殿方に気がある相田が昨夜、彼に電話で伝えたという。ユニット修理直後の出来事だったので気になって見舞いに訪れたということらしい。

「い、いいえ、全然これっぽっちも疑ってなんてないですよ」

三人はフルフルと頭を振った。

――怪しいランキング堂々の一位です。

「皆さん、嘘が顔に出るタイプですね」

殿方は肩をすくめて笑った。気分を害している風でもない。

「ごめんなさい。思った以上に密室ミステリすぎて犯人は殿方さんかもって疑っちゃいました。でもほんの一瞬ですからねっ！」

たまきが彼に向かって両手を合わせて詫びる。ランキング一位を決定した張本人だ。

「飯田橋さんの話は聞きました？」

殿方はこの葉に言った。

「いいえ。これからです」

「そうですか。だったら直接本人の口から聞いた方がいいですね。密室ミステリの謎が解けますよ」

たまきの息を呑む音が聞こえた。

「ま、事実は小説よりも奇なりみたいにはなかなかならないものですよ」

「ええ、そうなんですかぁ」

彼女ががっかりしたような顔を向けた。

いったいどういうことなのだろう。

殿方と別れて三人は飯田橋の病室へと向かった。

＊＊＊＊＊＊＊＊

飯田橋の病室は八階の十五号室だった。エレベーターで八階に降りるとリノリウム床の長い通路が真っ直ぐに伸びていた。通路を挟むようにして病室がずらりと並んでいる。一番手前はナースステーションだ。看護師たちが何人か詰めていた。

彩女たち三人は廊下を進んで十五号室の前で止まる。ノックをすると「どうぞ」と飯田橋ではない男性の声がした。扉を開くとベッドで寝ている飯田橋と、ベッドサイドに立っている平嶺が同時にこちらを向いた。

「刑事さんもいらっしゃっていたんですか」

　彩女たちは彼に会釈をする。

「ええ、もちろんです。いろいろとお話を聞かなくてはなりませんからね」

　彩女はベッドに近づいてサイドテーブルの上に見舞のスイーツを置いた。たまきは花瓶に持ってきた花を生けている。

「来てくれるとは思ってなかった」

　飯田橋はばつが悪そうに言った。

「どうしてそう思ったの？」

「君は僕が既婚者であることを知ってるんだろ」

　彩女はうなずいた。本人の口から聞いて初めてそれを実感、そして確信することになった。

「もういいよ、そのことは。この騒動で悲しむどころじゃなかったし」

「すまない」

「どうして私なんかとつき合ったの？　ただの暇つぶしだったの」

　飯田橋は疲れたようなため息をつくと寝癖で乱れた髪の毛を撫でた。

「去年、子供を病気で亡くしてね。先天性の心疾患だよ」

「やっぱり子供さんがいたんだ」

ファミリー向けの映画に強かった理由はやはりそれだった。この葉の分析通りである。しかしそんな悲劇を抱えていたとは思いもしなかった。

「それがきっかけで夫婦の関係は冷え切ってしまった。彼女は無気力状態で家事もしない。口を開けば僕をなじることばかりだ。まともな夫婦関係なんて成立しようがない。僕自身、どうにもならない喪失感を埋めてくれる相手が欲しかったんだ。本当に申し訳ないと思ってる」

彼は神妙に頭を下げた。子供の死以外のことは同情する気になれなかった。

「謝らなきゃいけないのはあなたのご家族に対してよ。奥様には連絡したの」

「いや、まだだ。彼女は今、福岡の実家に戻ってる。今回のことで呼び出すつもりはない」

もう赤の他人と言わんばかりの冷めた口調だった。電話をかけても先方は出ようともしないらしい。

「そう。あなたの家族に対して私がとやかく言うことではないわ」

彩女は飯田橋から視線を外すとベッドから離れた。それを待っていたかのように刑事が患者に近づく。

「ところでモウドクフキヤガエルはどうやって入手したのですか」

彼は手帳を開いて飯田橋に質問をする。その質問にこの葉もたまきも目を白黒させている。彩女も同じだ。

「それについて応えるつもりはありません。先方に迷惑をかけたくないからです」

「そうはいきませんよ。バトラコトキシンは致死性の高い猛毒ですからね」

飯田橋はその質問に対して口を閉ざした。刑事からも顔を背けている。

「あ、あの、飯田橋さんがカエルの毒を入手ってどういう意味ですか」

たまきが彩女たちの疑問を代表して問いかけた。

「皆さんも昨日の騒動は殺人未遂事件だと思われたでしょう。実はそうじゃなくて飯田橋さん自ら毒針で自分の首筋を引っ掻いたんです」

「はぁぁっ!?」

彩女は素っ頓狂な声を上げてしまった。刑事の言っている意味がすぐには理解できなかった。

「つまり自殺を図ったというわけですか」

たまきが自分の首筋に指を押しつけた。平嶺は首肯する。

「ご本人がそうおっしゃってますから」

殿方の言う「事実は小説より奇なりにはなかなかならない」とはそういうことだったのだ。自殺では密室にもミステリにもならない。

「ねえ飯田橋さん、本当なの？　どうしてそんなことをしたの」

彩女は彼に詰め寄った。

「子供に死なれて家族がおかしくなって、いつか死のうと思って毒針を持ち歩いていたんだ。昨日、妻のことが君にばれたことを悟った。君を失ったら僕は一人ぼっちだ。そう思ったら生きているのが突然バカバカしくなってね……」

バチン！

気がつけば彩女は彼の頬に思いきり平手を叩きつけていた。彼の顔は弾かれるように横に傾いた。

「ふざけたこと言うんじゃないわよ！　なにが生きてるのがバカバカしいよ。あなた、結局自分のことしか考えてないじゃない。どれだけ他人を苦しめれば気が済むの。子供の死を持ち出せばなんでも許されると思ったら大間違いよっ！」

ほとんどわめき声だった。彩女自身そんな自分の声に驚いていた。

「彩女、ちょっと落ち着こうよ」

たまきが後ろから手を引っぱってきたので振りほどいた。そのやりとりを平嶺もこの葉も黙って見つめていた。

「あなたは私の大切な人たちの顔に泥を塗ったのよ。昨日のことで院長やスタッフがどれだけ胸を痛めたと思ってるの。そのおかげで私は善良な人たちにまで疑いの目を向けたのよ。私自身だってこの刑事さんに人殺しだって疑われたわよ！」

怒りを抑えきれず彩女は平嶺を指さした。彼は済まなそうに小さく頭を下げる。それでも口からあふれて出てくる攻撃的な言葉を止めることができない。

「死ぬつもりがあるんだったらちゃんと死になさいよ。そうやって同情を集めて自分のしたことを正当化しようと思っているんでしょ。あなたって最低よ。そんな人が精神科医なんてやらないでほしいわ。自分自身を診てもらいなさいよっ！」

「なんとでも言ってくれ」

飯田橋は哀しそうな目で彩女を見上げた。

「今はよかったって思ってる。一瞬でもあなたのことを心から好きにならなくて」

彩女は目元を乱暴に拭いながら後ずさった。そんな彩女をたまきがそっと抱きしめた。彼女の体温に包まれると気持が落ち着いてきた。

「ごめん。もう大丈夫だから」

彩女はたまきの耳元でささやいて彼女の抱擁から離れた。冷静になると残っているのは自己嫌悪だけだった。怒り任せとはいえヒステリックに喚き散らした自分自身が恥ずかしくなった。病室には重苦しい空気が流れている。

「飯田橋さん」

沈黙を破ったのはこの葉だった。彼は真っ赤に充血した目で彼女を見た。

「ここを退院されたら歯の治療を再開しましょう。長期間中断してしまうと悪化することがあります」

「で、でも……」

「かかりつけを替えられるのは患者様の自由です。それでもなお当院での治療継続を希望されるのなら連絡をください」

「こんな私に治療をしていただけるんですか」

飯田橋は彩女に弱々しい視線を向けながら言った。

「高橋のことならお気遣いなく。彼女はプロフェッショナルです。治療に際して私情を持ち込みません。安心して来院ください」

彩女はキッと飯田橋を見据えてうなずいてみせた。

この葉の言うとおりだ。

私はプロフェッショナルなのだ。

この葉のおかげで吹っ切れたような気がした。

＊＊＊＊＊＊＊＊

「前回の『謎解きリリコ』はすごく楽しかったですよ。緒川さんのリリコ役もステキなんだけどミステリもしっかり作り込まれてますよねえ」

彩女は本革張りのユニットに腰掛けている緒川優子に言った。大人気女優と二人きりで話をしているなんて今でも信じられない。もちろん個室はＶＩＰの６番だ。先日の一件で彼女の担当マネージャーは替えられた。今度は緒川と同年代の女性である。彼女は待合室で緒川を待っている。

「原作が七尾良夫《ななおよしお》先生だからね。ミステリの面白さは確約されているわ。今回先生はドラマのために特別に書き下ろしてくださったの」

「そうだったんですか」

七尾良夫といえば超がつく売れっ子のミステリ作家である。イケメンで女性ファンも多い。彩女も愛読している。

「先日、河口湖のカフェに行って来たんですよ。リリコさんと同じ席に座って同じカフェオレを飲みました。リリコ効果ですよ。平日なのに混んでました」

そう言って少し切なくなった。飯田橋との最後のデートだ。

「あそこよかったでしょう。ロケハンスタッフも毎回、いいスポットを探し出してきてくれるのよ。絵になるようなところをね」

「ステキなところでした。富士山もきれいだったし」

そう言ったところでこの葉が入ってきた。「こんにちは」とにこやかに患者に声をかける。この葉も先日のドラマの感想を交えつつ治療前の雑談で患者の緊張をほぐす。

「あ、ちょっとジャケットを脱いでいいかしら」

緒川は体を起こすと革のジャケットを脱ぎ始めた。

「もしかして暑いですか」

「ええ、九月も終わりだというのに。今年は異常気象ね」

スタッフたちは半袖の白衣なのでそれほどでもないが、長袖にジャケットを羽織《はお》っている患者にとって少々つらいかもしれない。

「すみません。本来ならエアコンをつけるのですが故障中なんです」

この葉は申し訳なさそうに言った。彩女は緒川からジャケットを受け取るとたまきを呼んでクローゼットに持っていってもらった。表参道に店を構える高級ブランドのロゴが入っている。手触りからして高そうな本革のジャケットだった。

「高橋さん、窓を開けて差し上げて」

「かしこまりました」

彩女は壁に設置されたハンドルを回した。表参道が望める大窓の上にある細長い小窓がスルスルとスライドしていく。

「ブラインドは下げなくてもいいですか」

「大丈夫。さすがに監視されてないだろうから。もし今度そんなことがあったら私は独立するからって社長に言ってやったわ」

緒川はカラカラと笑いながら言った。稼《かせ》ぎ頭《がしら》の彼女がいなくなったら芸能事務所も困ることになるだろう。彼女の訴えで所属女優たちへの管理は緩くなったという。

「エアコンの業者さんは来てくれたの」

この葉が手洗いをしている彩女に聞いた。

「はい、午前中に点検にこられました。どうやら屋上の室外機に問題があったみたいで修理が必要になったそうです。部品を取り寄せるから修理は三日後だって言ってましたよ」

「三日後……。まだ暑い日が続きそうね」

この葉はウンザリした様子でため息をつく。

「緒川さん、本当に申し訳ないです」

「いいの、いいの。窓を開けてくれたら少しは涼しくなったし」

緒川は女優らしい心を引き込む笑顔を見せた。

「だけどうちのエアコンは去年、メンテしてもらったばかりですよ。それなのに故障なんて業者に問題があるかもしれないですね」

彩女は業務用エアコンがはめ込まれている天井を見上げながら言った。

「ここだけの話、次回の『謎解きリリコ』はエアコンが関係してくるのよ」

緒川が口に手を当てて声を潜めて言った。

「犯人がね、室外機に細工をするの。そうすることでエアコンが働かなくなる」

「なんのためにそんなことをするのですか」

彩女が尋ねる。

「どうしてだと思う？」

緒川は謎かけをしてきた。彩女は首をひねる。いくら考えても思いつかない。

「部屋の窓を開けさせるためですか」

「ピンポーン」

この葉の答えに緒川は正解のチャイムを鳴らした。

「ああ、たしかに！」

つい先ほど彩女は窓を開けたばかりだ。

「犯人は開いた窓からターゲットを狙撃するというわけ。あら、ごめんなさい。すっかりネタバレしちゃったわね」

女優はペロリと舌を出した。

「ああ、もぉ、緒川さん！」

毎週楽しみにしているだけに聞かなければよかったと後悔した。

＊＊＊＊＊＊＊

「今日一日、お疲れさまでした。また明日もよろしくお願いします」

横一列に並んだスタッフの前で院長の早苗が締めくくると一同「お疲れさまでした！」とお辞儀をする。ロッカーの設置されているスタッフルームで着替えると従業員用の出入り口を出て帰路に就く。従業員用の出入り口は待合室の横にある。

「先生、なにやっているんですか」

着替えを終えた彩女は受付カウンターに立っているこの葉に言った。彼女はまだ白衣のままである。カウンターの上でノートを開いて眺めている。他のスタッフは「お疲れさまでした」と彼女に声をかけて帰っていく。

「ちょっと予約表ノートを確認してるだけよ」

「なにか問題でもありましたか」

彩女は彼女に近づいてノートを覗き込んだ。開かれたページには過去の予約が表に書き込まれていた。どうやらこの葉は患者の通院歴を調べているようだ。その中には飯田橋や陽炎、唐津らの名前も書き込まれている。

「ねえ、高橋さん」

この葉はノートを閉じると彩女の方を向いた。彼女は緒川優子の治療を終えてからずっと思案顔だ。正確にはエアコンの話が出てからである。

「はい」

「飯田橋さんってあんな安易に自殺に走ってしまう人なの」

「そんなデリケートな人だとは思いませんでした。どちらかといえば楽観的だったような気がします。自殺未遂だなんて驚きました」

それでも子供を亡くして正常な心理状態ではなかったのだろう。

「ぎりぎりのところで保っていた精神がちょっとしたショックで一気に崩れ落ちた。そんな感じじゃないですかねぇ」

彩女は富士五湖ドライブでの墓参りを思い浮かべた。亡くなった元患者の坂本《さかもと》さん。その人は自殺だったのだろうか。

「ちょっと警備室に行ってくるわ」

この葉は白衣姿のまま従業員出入り口から通路に出て行った。彩女も慌ててあとを追う。

「警備室って……いったいなにしに行くんですか」

この葉と一緒にエレベーターに乗り込む。彼女は腕を組みながら斜め上を見ている。そこには防犯カメラが設置されていた。

このビルの警備室は一階の裏口にある。この葉が部屋の扉をノックすると制服姿の男性が顔を覗かせた。白髪だが恰幅《かっぷく》の良い初老の男性。このビルの警備員である三宅《みやけ》だ。出入りする際にいつも顔を合わせるので顔見知りだ。

「おや、高橋さんに月城先生じゃないですか。今日はどうしました」

「エレベーターに設置されている防犯カメラの映像を確認したいのですが」

「痴漢でもされましたか」

そう言って笑いながらも三宅は二人を部屋の中に入れてくれた。

「防犯カメラはそちらです」

彼は部屋の奥を指さした。デスク上の大型モニタの画面はサムネイル状に分割されて画像が表示されている。ビル内にある防犯カメラの映像がすべて映し出されているようだ。

「映像は保存してあるんですよね」

「昔はビデオテープで数時間ごとに入れ替えていたんですが今はハードディスクですから。本当に便利な世の中になりました。これでほぼ一週間分の保存ができます」

この葉の問いかけに三宅は誇らしげに答えた。

「それでは九月二十五日昼過ぎ以降の映像を見せていただけますか」

三宅はパソコンを操作して当日の動画を呼び出す。そこにはエレベーターの室内が映し出されていた。およそ数分に一度くらいの割合で人の出入りがあるようだ。この葉は三宅の許可を得るとマウスを操作して映像を早回しした。

「あ、唐津さんじゃないですか」

画面では唐津が乗り込んできたところだ。彼はいつものように小さめの黒いナップサックを背負っている。

「予約時間よりかなり早めに来たわね……」

この葉の言うとおり、彼は予約よりも一時間も前に到着している。

「あれ？」

この葉と一緒に彩女も画面に顔を近づけた。エレベーターは歯科医院のある三階を素通りしている。その上は屋上だ。エレベーターの扉が開くと彼はフロアに降りた。そこは小部屋になっておりドアを開くと屋上に出られるようになっている。屋上はちょっとしたガーデニングが施されており誰でも立ち寄れるフリースペースになっていて彩女も休憩時間に利用したことがある。しかし来年、そのスペースにオープンカフェを開く予定があり、現在そのための工事中で入り口ドアには「関係者以外立ち入り禁止」の貼り紙がされている。

「屋上になんの用事があるのかしら……」

予約時間より早めに到着したので時間つぶしに立ち寄ったのだろうか。屋上にはカメラが設置されていない。敷地は低い手すりで囲まれていて、今はガーデニングも撤去されているはずだ。

「やっぱりね……」

この葉がつぶやいた。それを見通していたような口ぶりだ。わざわざ防犯カメラを確認しているところからしてそうなのだろう。

なにが「やっぱり」なのか、そもそも彼女がどうして唐津の行動を調べているのか分からない。

「先生、どういうことなんですか」

「名探偵リリコが言っていたでしょう。唐津さんはあなたに窓を開けさせたのよ」

たしかに窓を開けたのは彩女自身だ。エアコンが故障して暑いと患者が言うから外の風を入れようとした。

――エアコンが故障……。

彩女の脳裏に屋上の風景が広がった。そうだ。屋上にはエアコンの室外機が設置されている。防犯カメラの再生画面には日時が表示されていた。思えばエアコンが効かなくなったのはその時間あたりからだ。

――唐津さんが室外機に細工をした？

なんのために？

私に窓を開けさせるため？

なんのために？

〈犯人は開いた窓からターゲットを狙撃するというわけ〉

緒川優子の言葉を思い出す。

つまり飯田橋さんは自殺じゃなかったってこと!?

彩女は訳が分からなくなって頭をグシャグシャと掻きむしった。

「先生！　いったい全体どういうことなんですかっ!?」

「実は私もさっぱり分かってないのよ」

この葉は困った顔をして肩をすくめた。

＊＊＊＊＊＊＊

十月に入った。

今年もあと三ヶ月だと思うと月日の流れは早いものだと感じる。気づけば三十路を迎えてしまう。今年のクリスマスは一人で過ごすことになりそうだ……って飯田橋との交際が続いていたとしても一人だったかもしれないが。

「あら？　今日はスマホをいじってないんですね」

彩女はユニットに腰掛けて待っている唐津に声をかけた。彼は今日もこの葉に会うためにやってきたのだ。

「僕だって一日中、スマホをいじってるわけじゃないよ。人をオタクみたいに言わないでよ、あ・や・め・ちゃ・ん」

——めっちゃキモいんですけど。

「それはそうとエアコンが直ったみたいだね。十月に入ったというのに外は暑いよ」

「どうやら誰かがエアコンの室外機にいたずらをしたみたいなんですよ」

彩女はカマをかけてみた。

「そ、そうなんだ。でも屋上は立ち入り禁止のはずでしょ。エレベーターの中に貼り紙してあったよ」

「あれ？　室外機が屋上にあるなんてよく知ってますね」

彩女は屋上にあると言ってない。

「そのくらい分かるよ。こういうビルの場合、室外機の多くは屋上に設置するものだ。昔、エアコンのメーカーで働いていたことがあるからね」

「そうだったんですか。だったらエアコンの構造には詳しいですよね」

それなら室外機の細工も訳ないだろう。

「数年で辞めたから詳しいってほどではないけど……」

彼は顔を俯《うつむ》けて言葉を濁した。後ろめたいことを隠そうとしているように見える。

「唐津さんはここの屋上に行ったことありませんよね」

「あるわけないじゃない。立ち入り禁止なんだから」

彼は彩女を見上げた。眼球が小刻みに動いている。

「室外機を壊したのが僕だと疑っているわけ」

「違いますよ。ただ、唐津さんが上の階から降りてきたのを見たっていう人がいたものですから」

「あ、あり得ないね。人違いでしょう」

明らかに嘘をついている。室外機に細工をしたのは彼である可能性が高い。

「あのさ、テレビつけてもらっていいかな。月城先生が来るまでもう少し待たされるんだろ」

「ええ、どうぞ」

彩女はリモコンを使って液晶テレビをつけた。テレビはユニットのポールから伸びているアームに設置されているので見やすい位置や角度に調整できるようになっている。小さな子供の治療の時はアニメを流したりする。

「ワイドショーか再放送のドラマしかやってないですね」

午後三時を回ったばかりなのでそんな番組になる。

「ワイドショーでいいよ。暇つぶしになれば」

「それではもう少しお待ちになってくださいね」

声をかけると唐津はゆっくりとうなずいて画面に見入った。いつもなら鬱陶しい雑談をくり広げてくるのに今日はおとなしい。屋上のことを触れられて動揺しているのだろうか。彩女は背後からじっと彼のことを観察していた。彼は画面を見つめたまま一度も声をかけてこなかった。

それから五分ほどしてこの葉が入ってきた。

「お待たせしてすみません」

彼女は唐津に近づいて言った。彼から返事がない。

「唐津さん、どうされました？　顔色が優れないようですが」

「い、いや……大丈夫。ちょっと気分が悪くなったんです。申し訳ないけど今日の治療は延期してもらっていいですか」

彩女もユニットに歩み寄って唐津の顔を見た。双眸《そうぼう》が充血して顔面蒼白《そうはく》だ。額から脂汗を滲ませながら寒そうにふるえている。

「もちろん無理はなさらないでください」

「先生、彩女ちゃん。本当に申し訳ない」

唐津は辛《つら》そうに立ち上がると二人に頭を下げた。

「ここでしばらくお休みになられてもかまいませんよ」

「いや、これから仕事で会社に戻らないといけないから。これで失礼します」

唐津は彩女からナップサックを受け取ると重そうな足取りで部屋を出て行った。

「最近は気温の変化が激しいから風邪でもひいたのかしら」

「どうですかね。実は私、屋上の室外機のことでカマをかけてみたんですよ」

彩女はそのときの唐津の反応について説明した。

「先生、聞いてます?」

話をしている間、この葉はじっとテレビに見入っている。

「あ、ああ、ごめんなさい。この番組っていつから?」

この葉は画面を指さした。ワイドショーが流れている。前の大震災でいまだ仮設住宅での生活を余儀なくされる老人たちの現状を特集していた。

「先生が来られる五分ほど前からですかね。いつもはスマホを眺めているのに今日はテレビを見たいとおっしゃるので。屋上の室外機の話を逸《そ》らしたかったんですよ、きっと」

やはりエアコンの故障は唐津の仕業なのか。

でも、と思う。ここを出て行くときの彼はとてつもない恐怖や脅威に怯《おび》えているという様子だった。嘘や隠し事がばれることを怖れるといった反応ではない。

彩女はテレビに視線を向ける。

画面は津波が建物を呑み込み、街を根絶《ねだ》やしにしていくシーンを映していた。しぶきをあげた波がまるで空想上の巨大な獣のように暴れ回り形あるものを破壊していく。そしてあとにはなにも残さない。その光景はまさに絶望という言葉しか見当たらない。人々の生活も夢や希望も、街の記憶や歴史も一瞬にして瓦礫《がれき》に変える。自然現象とはいえ邪悪で凶悪な意志すら感じてしまう。何度も繰り返しテレビで見た映像なのに、大自然の驚異に圧倒されるだけだった。

「つながった……のかな」

この葉が折り曲げた人差し指に顎先を載せながらポツリと言った。

「つながった？」

彼女に問いかけようとしたときたまきが部屋の中に入ってきた。

「どうしたのよ」

「唐津さんが保険証を置いたまま帰っちゃった」

「あら。今度の予約日は？」

「それがまた電話するって。いつもなら予約表ノートを覗き込んで予約日を決めるのに。今日は見向きもしなかったわ。もちろん見せろと言われても見せないけどね」

彼女は院長に患者に予約表を見せないよう、厳しく注意されたことがある。

「唐津さんに電話を入れたの？」

「ええ。だけど自宅の電話番号だからつかまらないわ。留守電にもなってなかったし」

たまきは保険証をヒラヒラさせながら言った。

「いいわ。私が保険証を唐津さんに届けてあげる。会社だって言ってたわよね。仕事が終わったら寄ってみるわ」

そう言ってこの葉はたまきから保険証を受け取った。

終礼のあとスタッフは帰宅の準備を始めた。この葉は白衣から私服に手早く着替えている。

「先生、今から唐津さんの会社に行くんですか」

先ほどたまきが再度、唐津の自宅に電話したが不在だった。

「ええ。保険証がないと他の病院にかかるとき困るでしょう。体調悪そうだったし」

「私もついて行きますよ。いいですよね」

「もちろんいいわよ。あなたにも関係あることかもしれないし」

「私にも？　どういうことですか」

「それをたしかめに行くの」

着替えを終えたこの葉は洒脱なデザインのトートバッグを肩に掛けると従業員出口に向かって歩いて行く。彩女も慌ててあとを追った。

＊＊＊＊＊＊＊＊

唐津の勤務している会社は青山通りを渋谷駅方面に向う中ほどに建つオフィスビルにあった。勤務先は保険証に記載されている。「株式会社ドリームラウンドカンパニー」とある。聞いたことのない社名だし、どんな会社なのか分からなかった。会社は十二階建てビルの六階に入居している。建物は年季が入っているようで壁は色褪《いろあ》せて床のタイルはところどころ剝がれている。歯科医院が入居している表参道のファッションビルと比べると気の毒になるほどだ。

ホールには警備員も管理人も不在のようで二人はエレベーターに乗り込んだ。六階のボタンを押すと振動しながら上昇していく。六階で降りると目の前に社名の刻まれたドアが見えた。

ドアをノックすると中年の男性が顔を出した。頭髪が薄く顔の細長い青びょうたんのような男性だった。この葉は保険証を見せると受付に置き忘れていったことを伝えた。

「それはどうもわざわざありがとうございました。申し訳ないんですが唐津はただいま不在でして……。もう帰宅したのかもしれません」

男性は薄くなった頭をクシャクシャと掻きながら言った。

「急に体調を崩されたようで今日は治療を受けずにお帰りになりました。その後はいかがでしたか」

「たしかに顔色が優れないようですが先ほどまでデスクで仕事をしてましたよ」

彼は扉を開くと一番奥のデスクを指さした。唐津の仕事場らしい。それぞれのデスクには車や飛行機、戦車の模型が所狭しと並んでいる。社員はそれらを熱心にいじっては動かしていた。

「ここはどんな会社なんですか」

彩女は男性に尋ねた。

「玩具メーカーです。見ての通り零細ですけどね。主に乗り物の模型やラジコンです。ここで設計して工場に発注します」

そのとき一台の飛行体が彩女の方に飛んできた。

「うわっ！　びっくりしたぁ」

社員の一人がコントローラーをいじりながらこちらを見ている。

「ドローンですね。こんなに小さいのがあるんですか」

プロペラが四方についている。

「うちの主力商品ですよ。手のひらサイズなのでワンルームの室内でも飛ばすことができます」

「へえ、面白いですね」

彩女は感心しながらドローンの飛行を眺めていた。空中で止まったり、クルクルと機体を回転させたりさまざまな曲芸を見せてくれる。

「首相官邸にドローンが墜落して大騒ぎになったことがありました」

男性が飛び回る機体を目で追いながら言った。

「それってニュースになりましたよね」

この葉と一緒に彩女はうなずいた。操縦者は四十代の男性で「反原発の訴え」が動機と記事に書いてあった。

「その騒動がきっかけでドローンの法整備が本格化しました。今では国の重要施設上空はもちろん、人口密集地での飛行も禁止されています。都内の公園の多くも基本ＮＧですよ。まあ、そんなの当たり前のマナーなんですけどね」

男性が苦々しい表情で言った。

「でもこれは小さいですよね」

「手のひらを出してください」

彩女は男性に言われたまま手のひらを差し出した。すると手のひらの上にドローンがフワリと着地した。

「すごい！　私も欲しくなっちゃったなあ。おいくらくらいするんですか」

「安いものは五千円くらいからあります。高いのは数万円しますけど」

「五千円ならいいですね」

「安いのは造りもそれなりですけどね」

「高いのはどう違うんですか」

「機動性とかバッテリーの持続時間などいろいろです。小型カメラを搭載した機種なんかもあります」

「すごい。空からの眺めを撮影できるんですよね」

「もちろんです。操縦は練習がいりますけど慣れれば手足のように動かすことができますよ」

男性は嬉しそうに語った。

「あなたも開発や設計をなさるんですか」

「いいえ、私は唐津と一緒で営業です」

「唐津さん、営業だったんですか」

「あいつ、鬱陶しいでしょう。きれいな女性やかわいい女性を見ると口がやたらと回るんですよ」

と苦笑する。彩女も笑ってごまかした。

「ところで唐津さんですけど、ご出身は東北地方なんですか」

突然、この葉が話題を変えた。

「いいえ、浦和《うらわ》だと聞きましたが」

「そうなんですか。どうも唐津さんは震災のテレビ映像を見たことで気分を悪くしたんじゃないかと思いまして」

なるほどと彩女は思った。彼はテレビを見てから体調を崩した。津波のシーンはたしかに衝撃的な映像だったが、地元の人間でなければテレビの中の出来事だろう。彩女でもあそこまで反応しない。唐津は破滅的な映像に怯えていたのだ。

しかしこの葉はどうしてそんなことにこだわるのか。わざわざここを訪れてきたのもそのことを確かめるためだろう。

「実は……」

男性が言いにくそうに口元をゆがめた。

「実は彼も被災者なんですよ。その日は休みを取ってフィアンセと一緒に東北旅行だったんです」

「まあ……」

彩女もこの葉も口に手を当てた。

フィアンセ？

唐津は独身のはずだ。嫌な予感に彩女の鼓動が早くなる。

「その時間、唐津たちはA市に立ち寄っていたんです」

A市。津波で甚大《じんだい》な被害を受けた街である。ダメージが大きすぎて復興も遅々として進まず今も元の姿にはほど遠い。

――A市？　最近、その名前を聞いたような……。

「彼らは例の津波に襲われました。唐津は無事だったようですがフィアンセが大けがをしたようで、彼は彼女をなんとか避難所まで連れて行きました。しかし彼女の傷は深く、致命的だった。結局そこで息絶えてしまったわけです」

男性はそう言って肩を落とした。その瞳はうっすらと充血している。

彩女も言葉を失った。お調子者としか思えなかった唐津にそんな悲劇的な過去があろうとは。

「亡くなった唐津のフィアンセも弊社の社員でした。明るくとてもチャーミングな女性でうちのムードメーカーでした。唐津も鬱陶しいところはあるけどあれはあれで場を明るくしてくれますからね。似たもの同士でお似合いだろうと祝福ムードだったんですが……。まさかあんなことになろうとは」

彼は目元を拭うと部屋の奥から一台のドローンを持ってきた。こちらも手のひらサイズだ。

「彼女が設計したモデルです。本当に優秀な開発者でした。彼女はこの仕事が大好きだったようで夜遅くまで没頭していましたね。彼女の開発したこのモデルは大ヒット商品でして、現在も改良を重ねてバージョンアップしてます。このモデルは『マサミ号』と名付けられてます。もちろん彼女の名前から取ってます」

機体の側面にはローマ字でマサミと印字されている。

――マサミ。その名前を最近目にしたはずだ……。

どこだったっけ？

「マサミちゃんはスマホの専用アプリで操縦する開発をしてました。玩具もスマホとリンクさせる時代だといつも言ってましたね。開発途中で彼女は亡くなってしまったんですが、開発チームがその遺志を継いで最近やっと完成したんです。カメラ搭載でちょっと高価なんですけど、結構売れてますよ。それがこれです」

そう言って彼はポケットからスマホを取り出した。彼が画面に指を滑らせると近くに置いてあるドローンのプロペラが回り出した。

「プロペラにも改良が加えてあって静音性も抜群なんです」

ふわりと浮き上がると部屋の中を所狭しと飛び回る。たしかに先ほどの機体に比べて音が静かだ。男性は彩女たちに画面を見せた。そこには機体に搭載したカメラの映像が映し出されていた。

「きっとマサミちゃんも天国からマサミ号を見てると思いますよ。彼女がいなかったらこれは生まれてなかったでしょう。マサミ号は娘ですよ、彼女にとって」

男性は再び彩女に手のひらを出すよう促した。言われたとおりにすると、マサミ号は飼い慣らされた小鳥のように彩女の手のひらの上にゆっくりと降りたった。

「でも……一番大切な……生まれてこなかったんです」

いきなり彼は言葉を詰まらせた。

＊＊＊＊＊＊＊＊

一週間後。午後三時。

あの翌日、唐津から保険証を届けたお礼の電話があり次の予約日を今日のこの時間とした。また退院した飯田橋からも連絡があり唐津と予約が重なった。待合室で二人は距離を置いてソファに座りながら名前を呼ばれるのを待っていた。

白衣姿のこの葉と彩女は待合室に顔を出した。

「先生、先日はどうもご迷惑をおかけしました」

飯田橋は二人を認めるとソファから立ち上がって深々と頭を下げた。

「もう気になさらないでください。ところでお二人は顔見知りでないんですか」

この葉が飯田橋と唐津に言った。

「いいえ。何度かこの待合室で顔を合わせてますが、面識はありません。そうですよね？」

飯田橋がソファに腰を下ろしながら唐津に確認を求めた。

「ええ。ここで何度かお見かけしましたがそれだけです。お話しするのも今日が初めてですよ」

唐津も面識を否定した。

「そうなんですか。それは大変失礼致しました。ところでお二人には謝らなければならないことがあります」

この葉がソファに腰掛けながら長い足を組んだ。彩女はその傍らで立つ。

「いったいなんですか」

唐津が訝《いぶか》しげに尋ねた。飯田橋も不思議そうな顔を向けている。

「実を言いますと今日は休診日なんです。たまにリフレッシュ休暇があるんですよ」

「いや……。僕は電話で今日の予約を入れましたよ。休診日だなんて聞いてない」

唐津が目を丸くしながら言った。飯田橋も小刻みにうなずいている。

「実はトラップなんです。お二人の予約を今日のこの時間にするよう、私が受付に指示しました」

この葉が丁寧にお辞儀をしながら言った。

「どうりで受付はいないし治療室から音がしないわけだ。いったいどういうつもりなんですか。訳が分かりませんよ」

唐津は訝しげな口調だ。

「騒ぎを起こした僕に対する当てつけですか」

飯田橋は腕を組みながらわずかに視線を尖らせた。

「ご無礼はお詫《わ》び致します。これから少し私の話にお付き合いいただけませんか。ちょっとした謎解きです」

「謎解き？　先生は歯医者さんですよね。まるで推理小説に出てくる探偵だ」

唐津が口調に皮肉を込める。

「診療中、私たちはさまざまな謎に直面します。どうして痛むのだろう、どうして治らないのだろう、この患者さんはなにを求めているのだろう。そういった患者にまつわる疑問を解き明かすのはドクターの大切な仕事です」

「なるほど。分かりました」

同じドクターとしてこの葉の主張に共感したのか、飯田橋がソファの上で居住まいを正した。唐津は飯田橋の対応に肩をすくめると「どうぞ」とこの葉を促した。

「警察は先日の騒動を飯田橋さんの自殺未遂と結論づけたようですね」

「実際にそうですからね」

飯田橋が応えた。

あれから平嶺より電話で報告を受けた。彼らは事件性なしと判断したそうだ。ただ毒の入手先は追及していくと言っていた。

「そうですか。ところで飯田橋さん、もう一度お聞きしますがそちらの唐津さんのことは本当にご存じないですか」

「ないですね。お名前も今日初めて知りました」

そう答える彼の表情に嘘は見当たらない。本当に知らないようだ。

唐津もうなずいている。しかし彼の瞳は鋭利に光っていた。表情も険しい。明らかにいつもの彼と雰囲気が違う。彩女は背筋に冷たいものを感じた。

「だったらご紹介致します。唐津光司さんは坂本雅美《さかもとまさみ》さんのフィアンセでした」

「サカモト……マサミ!?　フィアンセ？」

女性の名前を聞いて飯田橋の表情は凍りついた。

「あなたは唐津さんと平成二十三年三月十一日にＡ市で会っているはずです。思い出せませんか」

「三月十一日……東日本大震災の日か」

飯田橋は弱々しい口調でつぶやいた。

「飯田橋さん。あなたは裸眼では人の顔がぼやけて見えるって言っていましたよね。もしかして震災の日はメガネを失《な》くしたんじゃないの？　相手の顔がよく見えなかった。だから覚えてない」

彩女は元恋人に問いかける。彼はゆっくりとうなずいた。

「パニックになった群衆に押されてメガネを落としたとき誰かに踏みつぶされてしまったんだ。数日間は不便だったよ」

「だろうな」

唐津が言った。その声は乾いていた。

「唐津さん、本当は飯田橋さんのことをご存じなんですよね」

この葉の問いに彼はしばらく黙り込んでいたが、やがてゆっくりと首肯した。飯田橋は驚いた様子で唐津を見た。

「あの日、僕たちは高台にいたから津波には呑まれなかったけど、雅美が瓦礫の下敷きになってしまった。なんとか彼女の体を引っぱりだしたけど虫の息だった。それでも生きていたんだ。僕は彼女を抱きかかえて避難所に向かった。そこから少し離れた小学校の校庭が緊急避難所になってました。なんとかそこにたどり着くと校庭はけが人で溢《あふ》れかえっていた。僕は瀕死《ひんし》の彼女を抱えてドクターのいる救護テントに運びました。そこにいたドクターがその男です」

唐津は飯田橋を指さした。その瞳は冷え切っていた。そしてステンレスに反射したような無機質な光をぎらつかせていた。飯田橋の喉仏《のどぼとけ》が上下に動いた。

「僕の専門は心療内科です。血を見るのが苦手だった僕は恥ずかしながら手術や処置といった経験がほとんどありませんでした。あの日、運ばれてくるのは現役の外科医ですら怯《ひる》んでしまうような重篤《じゅうとく》なダメージを負った人たちばかりだ。当然、僕の手に負えるわけがない。現場には数人の歯科の先生もいました。彼らもそんな患者の処置はできません。僕たちができる仕事はトリアージです」

「トリアージ？」

彩女にとって初めて聞く言葉だった。

「治療や搬送の優先順位をつけて、負傷者を分類することよ。大震災などで多数の負傷者がでたとき、軽症者を後回しにするなど効率よく処置を回さないと助かる命も助からないということになってしまう。救護にはドクターやナースなど人手だけでなく、薬品や包帯といった備品も圧倒的に不足するわ。だからトリアージで患者を振り分けることはとても重要な仕事なの。ドクターは治療や処置に回るから私たち歯科医師に任されることが多いです。私も歯科医師会で何度も研修を受けました」

この葉は彩女に説明を加えた。負傷のレベルによって赤・黄・緑・黒と四色のタッグをつけて患者は分類される。たとえば赤なら緊急処置が必要、緑なら軽症のため後回しまたは保留とされる。

「なるほど。重症の人を最優先しなくちゃいけない。ちょっとした擦《す》り傷や打撲程度まで診ていたらとても手が回りませんものね。合理的なシステムだと思います」

あれほどの津波が押し寄せたＡ市だ。避難所も想像を絶する惨状だっただろう。飯田橋も当時のことを語ろうとしないので聞かないでおいたのだ。経験不足から救急処置に参加できない飯田橋はトリアージに回った。そんな話も初めて知った。

「トリアージは時として過酷で難しい判断に迫られることがあるわ。治療を施してもまず助からないであろう、手の施しようのない負傷者。その人たちには黒のタッグをつけるの」

「黒のタッグですか」


彩女はその状況をイメージした。もしそれが家族や友人、愛する人だったら。そう思うと胸が痛む。彼女はすぐに脳裏から風景を振り払った。

「助かる命を取りこぼさないためにもとても重要で必要不可欠な判断よ」

つまり黒タッグをつけられた負傷者はたとえ呼吸や鼓動が残っていようとも処置が施されない。ただただ死ぬのを受け入れるしかない。そして家族はなにもできずその様子を見守ることしかできない。

「おそらく飯田橋さんはそれを余儀なくされた。違いますか」

彼は神妙な顔でうなずいた。

「ある男性が女性を抱きかかえて運んできました。しかしとても助かる状態でないのは心療内科の僕でも一目で分かる。救護テントは重症の負傷者で溢れかえってました。その多くは今すぐ処置を施せば助かる可能性のある人たちばかりです。しかし人手も薬品も器具も圧倒的に不足していた。僕はその女性の体に黒タッグをつけてその意味を説明しました。連れの男性は土下座をしながら僕に乞いました」

突然、唐津が立ち上がり飯田橋の前に出ると土下座をした。

「後生だから彼女の命を助けてくれ！　そのためなら俺の命をくれてやる！」

唐津は涙と鼻水でグシャグシャになった顔を上げた。

「見捨てたよな、先生！　あんた、雅美を見捨てたよな！」

彼は飯田橋の足にすがりつきながら喚いた。飯田橋は顔を強《こわ》ばらせながらなにも応えなかった。

「見捨てたという自覚があるからこそ、あんたは嘘をついた。警察に自殺だったと嘘をついたんだ！」

唐津は立ち上がると飯田橋の胸ぐらを摑《つか》んで顔を近づけながら叫んだ。

この葉と顔を見合わせる。彩女の鼓動が高鳴った。

〈警察に自殺だったと嘘をついたんだ！〉

唐津と同じことを先日、この葉が言った。しかしそれはあくまでも憶測であり確証ではないとも言った。そこで今日二人をここに集めたのだ。

「たしかに僕はあなたのフィアンセを見捨てた。当時はあの判断を下すしかなかった。僕の力ではどうにもできなかったんだ」

「そんなことは分かってる！　分かってんだよっ。あんたは悪いことをしたわけじゃない。あんたの判断によって助かった命もいくらかあっただろうって。そんな人を責めてもしょうがない。だから忘れようとしたさ」

唐津は飯田橋を離すとソファに腰を落とした。落ち着きを取り戻したようで大きく息を吐いている。

「そんなあなたは奇《く》しくも歯科医院の待合室で顔を合わせてしまう。しかし震災時メガネをなくしていた飯田橋さんはあなたの顔を覚えていなかった。そんな彼の態度を見て一度は収めたはずの復讐《ふくしゅう》心に火がついた。そうですね」

この葉は静かに言った。

「そしてあなたは殺害計画を立てる。歯科医院の個室を使った密室殺人。坂本雅美さんの死に対する復讐であることを飯田橋さんに知らしめたかった。違いますか」

唐津は顔を上げてこの葉を見た。いつの間にか涙が乾いている。彼の顔に浮かんでいるのは驚愕《きょうがく》だった。

「月城先生、なにをきっかけに僕を犯人だと思うようになったのですか?」

「計画を実行するには高橋が窓を開けたあと、彼女を5番から引き離さなければならない。つまり犯人は飯田橋さんを一人きりにする必要があった。どうして高橋が5番から離れることになったのか。あなたが薬液をこぼしたからです」

「なるほど」

「私は予約表を調べました。するとあなたが予約を入れた時間帯に必ず飯田橋さんが入っていることに気づいたんです。あなたは受付で予約表を確認しながら次の予約日時を決めていくと受付の古河から聞きました。つまり飯田橋さんの来院日時に合わせて予約を入れているんじゃないかと考えました」

この葉が目的のふりをして軽い男を演じていたが、本命は飯田橋だった。さらにこの葉は続けた。

「エレベーターの防犯カメラも調べました。エアコンの故障にも不審を抱いたからです。果たして屋上に向かうあなたの姿が映ってました。室外機に細工をしたんですよね、高橋に窓を開けさせるために」

唐津は「ほお」と感心した声を漏らす。

「あなたはいつもユニットで私の治療を待っている間、スマホを眺めているそうですね。先日、あなたの会社で坂本雅美さんの話を聞きました。それで密室のトリックが思い当たったんです。それなら現場から離れた位置にいても飯田橋さんに毒針を撃ち込めると」

おもむろにこの葉は5番個室へ行き、ポケットからスマホを取り出して操作を始めた。

「上の窓に注目してください」

表参道を見下ろせる大きな窓の上に他の個室と同じように小窓が設置されている。窓は数十センチほど開かれていた。その隙間から黒い物体が部屋の中に飛び込んできた。その物体はギューンと音を立てながら天井回りをグルグルと旋回している。

「操作は練習が必要ですね。ここまで操れるようになるまで三日ほどかかりました。

メーカーの社員であるあなたならかなり高度な操縦ができますよね」

物体はマサミ号だった。機体にはＭＡＳＡＭＩと刻まれている。

「カメラが搭載されているから機体を見てなくてもスマホ画面だけで操作できますよね」

唐津も飯田橋も黙ってこの葉の話を聞いている。

「お二人が来る前にこのドローンを屋上に置いてきたんです。ここからでも充分電波が届きますね。なかなかの優れものです」

天井を飛び回っていたドローンはゆっくりとカウンターの上に着陸した。

「どうです。上手《うま》いでしょう」

「ええ。お客様でもここまで操縦できる人はなかなかいません。大したものです」

唐津は小さく拍手をした。

「あなたはこのドローンに少しだけ細工をしましたね」

「毒針を飛ばす装置ですか」

「そうです」

観念したのか彼はその仕組みについても説明した。他社メーカーだが空気の圧縮で弾を発射させる装置があるらしい。戦闘ヘリや戦車のラジコンに設置するもので専用のコントローラーで遠隔操作もできる。ポケットに入るサイズだという。飯田橋に照準を合わせてポケットに隠し持ったコントローラーのボタンを押したというわけだ。専用の弾の先に毒針を仕込むこともできたという。また改造を加えることで空気の圧縮力を強化して弾の威力を上げたようだ。玩具メーカー社員ならではの手口だ。

「そして飯田橋さん。あなたは部屋に入り込んできたドローンを見てすべてを悟ったわけですね。これは坂本雅美さんの復讐だと」

「ええ。坂本雅美さんのことは後日、インターネットで調べました。玩具メーカーのサイトに彼女の名前を見出しました。本当はご家族にお詫びの挨拶をしなければならないと思ったんですが、それもままならず忌《い》まわしい記憶として忘れようとしてました」

「あなたはあとで知らされたんでしょう。彼女が妊娠していたことを。黒タッグをつけることで彼女だけではなくその子供まで死なせてしまった」

彼女の妊娠については先日の男性社員から聞いたことだ。彼は涙ながらに生まれてこなかった命について語った。

「あなたは相当のショックを受けたはずです。やがてあなた自身も子供を病気で失うことになる。罰があたったんだと自分を責めたんじゃありませんか。奥さんとの関係も冷え切り、あなたは既婚であることを隠して高橋の温《ぬく》もりに救いを求めた。

しかしそれすら自己嫌悪にしかならなかった。そして目の前にマサミ号が現れた。あなたはそれが彼女が開発したモデルであることをすでに知っていた。それが遺族の復讐であることを悟った」

メーカーのサイトにはマサミ号の名前の由来が追悼を込めて綴《つづ》られていた。

「それで死を受け入れようと思ったんだよね？　あなたは毒針を甘んじて受けた。だけど死ねなかった。警察には自殺するつもりだったと主張した。それが坂本雅美さんの遺族に対するメッセージだったのね」

彩女は飯田橋に近づくと彼の背中に手を当てながら言った。

「坂本雅美という名前には見覚えがあったわ。先日の富士五湖ドライブでのお墓参り。坂本家のお墓には雅美さんの名前がたしかにあったもの」

「あんただったのか……」

突然、唐津が飯田橋に言った。

「雅美の両親から聞いたんだ。いつもお墓にきれいな花が供えられているってね。なるほど、そういうことだったのか」

唐津はソファから立ち上がると腰を落としている飯田橋を見下ろした。

「あんたへの恨みが筋違いだってのは分かってる。でもどうにもならないんだ。愛する者を失うって本当に恐ろしいことだと思う。理不尽や不条理に心が支配されちまうんだ。憎むべきでない人を憎みたくてどうしようもなくなる。生き残った自分自身ですら憎みたくなる」

　飯田橋は彼を見上げた。涙がこぼれている。飯田橋は拭いもしないで唐津を見つめた。

「警察に行ってくるよ。正直に話してくる」

「唐津さん……」

　彩女は彼の名前を呼ぶことしかできなかった。言葉にならない。

「飯田橋先生には感謝しなきゃな。生きててくれたんだ。僕は殺人犯にならないで済んだ。そんなことになっていたら雅美も悲しむだろ」

「私もそう思います」

　今度はこの葉が言った。温かい笑みを浮かべている。

「ああ、でも一つだけ白状してないことがあった」

　唐津の表情が急に真剣になった。一同、顔が強ばる。

「ま、まだなにかあるんですか」

「実は僕、カエルが苦手なんだ。毒を採取するのは難儀したよ」

　待合室にどっと笑いが起こった。あんな気持の悪いカエル、想像するだけでゾッとする。

ギューン！

突然、ドローンのプロペラが回り出した。フワリと浮いて落下するところを唐津が慌ててキャッチした。

「ちょっと先生、やめてくださいよぉ。ビックリするじゃないですか」

彩女はこの葉に言った。

「私、いじってないわよ」

彼女のスマホはポケットにしまったままだった。それならどうして動いたのか。

「雅美……」

唐津がドローンを持ったまま慈《いつく》しむような瞳を天井に向ける。まるでそこに愛する人がいるかのように。

「きっと天国の雅美さんが唐津さんに思いを届けたんですよ。あなたの最後の決断は間違ってなかったと」

この葉が静かに言った。天井を見上げる唐津は「はい」とうなずいた。

「……って勝手に美談にしないでくださいよっ！　私、幽霊とか心霊とか悪霊とか本当に本当に苦手なの。いったい全体、どうしてドローンが動いたのよ。物理でも化学でもなんでもいいから合理的な説明つけてくださいよ、先生！」

彩女はこの葉の背後に隠れると身を縮めながら喚《わめ》いた。今でも怪談を聞いただけでトイレに行けなくなってしまうのだ。

「感じるよな」

「うん、僕も」

「私も感じます」

唐津も飯田橋もそしてこの葉も、それぞれあうんの呼吸で顔を天井に向けてうなずいた。

再びプロペラがギューンと音を立てて回った。

「もぉ、やめてよぉぉぉ」

彩女は耳を塞《ふさ》ぎながら床にうずくまる。

ハートウォーミングなミステリがどうしてホラーに変わるのよっ！

「雅美、ちょっとサービスしすぎだよ」

唐津が虚空に向かって声をかけた。

症例C　歯型に残された記憶

記録的な大雪が降った冬が終わり、四月半ばともなると日増しに気温が上がってくる。近くの公園を彩っていたサクラもすっかり舞い落ちて、オシャレに敏感な表参道を歩く人たちのファッションも軽く、早くも街並みは初夏の色に移り変わろうとしている。

おろしたてのスーツがぎこちない若者たちの姿が目につくようになるのもこの季節だ。初々しい顔立ちには希望や不安、緊張が見え隠れしている。路上を行き交う車も春の日射しを反射させて白く光っていた。新車だろうか。ピカピカの車体が多いように思える。出歩くには心地よいシーズンだ。平日でも表参道はビジネスマンや買い物客たちで賑《にぎ》わっている。彼ら一人一人が華やかで色鮮やかに見えるのもこのエリアならではだろう。彩女はそんな景色を見下ろすのが好きだ。こちらもウキウキした気分になれる。

錦織デンタルオフィスは日本で一番ファッショナブルで洗練された歯科医院だと思う。立地や建物はもちろん、なんといっても患者だ。ここ6番個室はＶＩＰルームとなっている。他の個室よりも少し広めとなっており、治療ユニットもヨーロッパ製の最新式で他よりもグレードが高い。ゆったりとしたシートは本革製だ。当院は審美治療や歯科矯正、インプラントなどの自費診療患者が多数を占めるが、その中でも特に高額治療の患者が通される。

「こんにちは」

彩女は6番に入ってきた女性患者を迎えた。

「こんにちは、彩女ちゃん。あら？　髪のカラーちょっと変えた？」

緒川優子は立ち止まると彩女を眺めながら言った。ゴールデンタイムのドラマや全国ロードショー映画の主演を張る大人気女優にちゃん付けで呼ばれるなんて不思議な気分である。最初は彼女と世間話ができることすら現実感がなかったが、今ではこうやって会えるのが楽しみでもある。緒川は売れっ子女優でありながら少しも偉ぶることなく、まるで女友達のように気さくに接してくれる。

「春ですしちょっとイメージを変えてみようと思いまして」

「すっごく似合ってるよ。可愛《かわい》い」

緒川はユニットに腰を下ろしながら言った。

「本当ですか⁉　緒川さんにそう言われると嬉しいなあ……って比べものになりませんけどね」

「そんなことないよ。笑顔は彩女ちゃんにかなわないもの。あなたの笑顔を見ると心がフワッと安らぐよ。なんだかんだ言って歯の治療って怖いから。患者を安心させられる笑顔ができるってステキなことだと思うわ」

「いやぁ、止《や》めてくださいよ。照れちゃうな。それより『謎解きリリコ』のシーズン2が始まりましたね。見ましたよ」

去年の秋に放映された、緒川が主演する『謎解きリリコ』は平均視聴率が二十パーセントを超えて大人気ドラマとなった。その続編が先日よりスタートしたのだ。

彼女は他にも映画の撮影が入っているので多忙なスケジュールの合間を縫って来院する。ここへ来る前にかかっていた歯科医院で発信器を埋め込まれた奥歯の治療は先日終わったが、現在は右側上顎小臼歯《じょうがくしょうきゅうし》に痛みがあるということで通院している。こちらも感染根管《こんかん》処置が必要なのでまだしばらくかかりそうだ。

「ありがとう。今度の犯人はビックリよぉ。あの家政婦が怪しいと思っているでしょう？」

「ちょ、ちょっと……ネタバレは止めてくださいよ。毎回楽しみにしているんですから」

撮影の裏話は興味深いし面白いのだけど、彼女はときどきストーリーの展開を漏《も》らしてしまう。

「冗談よ、冗談。でも真相はサプライズだからね。期待してて」

「それは楽しみにしています。先日の第一話も同クールのドラマの中で視聴率が断トツだったとニュースにも出ていたから、映画化があるかもしれないですね」

「ここだけの話、もう決まっているのよ」

緒川は声を潜めた。

「本当ですか！　うわぁ、楽しみ！　絶対に観ますよ」

お世辞抜きに『謎解きリリコ』は面白い。彩女も大ファンで前シーズンも全回リアルタイムに視聴していた。そのリリコが目の前にいて自分と会話をしている。あらためてこの歯科医院の衛生士でよかったと思う。ここは表参道。毎日が華やいで刺激的だ。

「こんにちは」

緒川の担当医である月城この葉が姿を見せた。3番患者のフラップ（歯肉剝離搔《はくりそう》爬《は》）手術を終えたようだ。

「月城先生、よろしくお願いね」

ユニットに腰掛けた緒川が振り返って返事をする。この葉はユニットを回り込んで緒川の斜め前に立つとニッコリと微笑んだ。

「緒川さん、痛みはどうでしたか」

「おかげさまで噛《か》めるようにはなりました。最初は歯を噛み合わせただけでビックリするほど痛かったもの」

緒川は右頬を膨らませながら言った。そんな仕草もキュートだ。

「以前、他の医院で神経の処置をされた歯の根っこの先端が炎症を起こしていたんです。根管を通じて何度か消毒が必要になります」

専門的には急性化膿性根尖《こんせん》性歯周炎という疾患だ。ときによって緒川のように激しい自発痛が出てくることもある。こればかりは日々のブラッシングを徹底すれば防げるというわけでもない。

「先生にお任せするわ」

「今日も前回詰めたお薬の交換です」

この葉はマスクとゴム手袋をはめるとユニットのボタンを押した。静かなモーター音とともにシートの背もたれが倒れてフラットになった。

「それではアーンしてくださいね」

緒川が口を開くと、ラバーダム（唾液の流入を防ぐためのラバー）が施されてさっそく治療が開始された。穴を埋めてある仮封材《かふうざい》（一時的な詰め物）をエアタービンで削って除去する。針状の器具を使って根管の中に詰めてある、消毒液を染みこませた綿栓《めんせん》を取り出すとうっすらと茶色に染まっていた。この着色は根管内の汚濁を意味するのだが、これがきれいになるまで消毒をくり返すことになる。着色の状況からまだまだ回数がかかりそうだ。

この葉はあざやかな手つきで綿栓を交換すると仮封材で穴を埋め直す。これで綿栓に染みこんだ、刺激の強い消毒液が漏れてこない。最後にラバーダムを取り除いた。

「うがいをどうぞ」

緒川は言われるままにコップの水を口に含むとユニットに設置されたスピットン（排唾口《はいだこう》）に吐き出した。コップを台に戻すと自動的に水が注ぎ込まれる。

「歯がジワジワするわ。痛いというほどではないけど」

「新しい消毒液が効いているんだと思います。違和感はしばらくすればなくなりますよ」

「なるほど。お薬が病巣を叩いているのね」

「そういうことです」

この葉はマスクを取り外すとほんのりと微笑んだ。

「緒川さんも相変わらずのご活躍ですね。見ましたよ、シーズン2。前回に比べて演技にも磨きがかかってますね。素人の私でも分かりますよ」

「私なんかまだまだだわ。勉強しなくちゃいけないことだらけ。クリアすべき課題が山積みよ」

演技派女優と高い評価を受けている彼女はさらに高みを目指している。根っからのプロフェッショナルだと彩女は感心した。自分もプロの歯科衛生士としてさらに研鑽《けんさん》をつんでいかなければならない。意識の高いプロを前にするとこちらもそんな気持ちにさせられる。

「緒川さんは目標とする女優さんなんているんですか」

一度質問したいと思っていたことを訊いてみた。

「もちろんよ。高円寺《こうえんじ》さゆり。私は彼女の演技に憧れて芸能界入りしたの。彩女ちゃん、知ってる？」

「高円寺さゆり……」

顔を思い浮かべることはできないが、十年ほど前まで活躍していた女優ということくらいは知っている。

「たしか服毒自殺したんですよね」

あれは彩女がまだ子供のころだ。気鋭の女優の突然の自殺にワイドショーも騒いでいた。心底驚いた様子の母親と一緒にテレビを眺めていた記憶があるが詳細までは覚えていない。

「彼女の命日は十三年前の四月二十二日で享年四十五。はっきり覚えてる」

緒川は虚空《こくう》を見上げながら言った。十三年前なら彩女が十三歳だから中学一年生だ。緒川優子は十七歳である。彼女は十五歳のときに芸能界入りしたという。

「『レッドローズの憂鬱《ゆううつ》』は観ました。素晴らしい映画でしたよね」

この葉が目を細めた。

「彼女の出世作よ。私はあの作品の高円寺を観て女優になりたいと思ったの」

「赤いバラのワンピースが印象的でしたね。そのワンピースが売り切れて入手できなかったんですよ。私も欲しかったのに結局買えませんでした」

「実は私もなの。同じローラ・ルルーのブランドが出している、赤いバラ柄のコーヒーカップはなんとか手に入ったわ。あれも在庫がなくて入手困難だったのよ」

ユニットに腰を下ろしたまま緒川が嬉しそうに身を乗り出す。

「あれなら私も買いました。たしか赤いチューリップ柄とセットだったんですよね。私はバラ柄だけが欲しかったんですけどね」

「そうそう。あれって抱き合わせ商法よね。映画のヒットで値段も強気だったし」

二人は当時の話で盛り上がっているが、彩女は今ひとつついていけなかった。彼女たちとは年齢が五歳離れている。たった五歳とはいえ世代の違いを感じてしまう。

「でもどうして自殺なんてしちゃったんですか」

彩女は会話に入ろうと質問を挟んだ。

「それが謎なのよね。高円寺さゆりは遅咲きだったけど『レッドローズの憂鬱』で知名度を上げてこれからという時期だった。日本アカデミー賞最優秀主演女優賞は逃しちゃったけど、受賞した女優よりも優れた演技だったともっぱらの評判だったのよ。あんなことがなければ次は高円寺で決まりと言われていたわ。そんな彼女がどうして自殺なんてしたのか。マスコミ連中もさんざん調べ上げたみたいだけど、金銭や恋愛トラブルも浮かんでこなかったみたい。遺書も見つかってないわ」

「鬱病とかパニック障害だったとか」

「それもなかったそうよ。だから彼女の友人知人たちは首をひねっているの」

緒川が肩をすくめる。この葉も当時の事情を知っているようで相づちを打っていた。

「実は自殺に見せかけた殺人なんてことはないですか」

「警察は自殺と断定したわ。そう言い切れるだけの証拠があったんでしょう」

「夢の階段を駆け上がっている人間が自殺なんてしますかねぇ。毎日がバラ色だったでしょうに」

ましてや高円寺は下積みが長かったのだ。苦労に苦労を重ねて勝ち得た栄光だという。苦しかった時期に絶望してということなら分からないでもないが、華やかな舞台でスポットライトを浴びながら自殺だなんてまったく理解できない。

「ほら、『関東大震災物語』って知ってるでしょ。本当は彼女が主演するはずだったのよ」

「そうだったんですか⁉」

『関東大震災物語』は前代未聞の製作費で話題になった超大作である。その年の映画賞を総なめにして、主演女優の鈴本《すずもと》まり子《こ》は一気にスターダムに上りつめた。今では大物女優である。本来ならその位置に高円寺が立っていたわけである。

その映画の監督である汐田まつげんは当院の患者で院長が担当している。七十近いでっぷりと貫禄《かんろく》のある男性だ。

「謎解きリリコなら鈴本まり子が犯人なんでしょうけど、事実は小説より奇なりなんてなかなかいかないものだわ。ただ、高円寺さゆりの死をもって今の鈴本まり子がある。人の人生って本当に分からない。他人の不幸で幸せになる人もいる。その逆もあるわ。芸能界ではそんなことは日常茶飯事よ」

「足の引っ張り合いですか」

「まあ、そうとも言うわね。端から見れば華やかな世界だけど魑魅魍魎《ちみもうりょう》が跋扈《ばっこ》している世界よ。私だっていつ何時、どんな目に遭《あ》わされるか分からない。なんたって奥歯に発信器が取りつけられていたのよ」

緒川は無邪気に呵々《かか》と笑った。彼女が他人の足を引っぱるような人間ではないことは分かっている。彼女が今の立ち位置にいるのは実力もさることながら人間的魅力だと思う。歯科治療という限られた間であるが、もっと長く接していたいと思うほどに彼女と過ごす時間は実に心地よい。そこに存在しているだけで引きつけられるような磁力がある。

「そんな大作のオファーを受けていながら、高円寺さんになにがあったのかしら」

彩女は小さくため息をついた。華やかに彩られたセレブリティ人生を送っていたのに自殺だなんて。ささやかにつつましく生きている庶民はどうなるのよ、と言いたくなる。

「本人しか分からない悩みがあるんですよ。ただ私も当時はビックリしました。まさかあの高円寺さゆりがそんなことになるなんて思ってもみなかった。ニュースを見たときなにかの間違いだと思いましたもの」

この葉の表情には当時の衝撃が浮かんでいた。トップ女優の仲間入り寸前での自殺である。無理もないだろう。

「私の目標は今でも高円寺さゆりよ。演技力も存在感もまだまだかなわないけど、いつかは超えてみたいと思ってる。夢は『レッドローズの憂鬱』のヒロインを演じることね」

「リメイクの話でもあるんですか」

オリジナル版を観たことがない彩女が訊いた。

「まつげん監督がそんな話をしていたわ。そのときはぜひ使ってもらおうと思ってるんだ」

「うわぁ、緒川さん主演なら絶対に観たいです。実現するといいですね」

「そうそう、監督がここの院長先生にかかっているでしょう。実は私も監督の紹介でここに通院させていただくことになったのよ」

「存じてます。ありがたいことです」

当院の患者は芸能関係者が多い。彼らの間でクチコミで広がっているようだ。審美にこだわる芸能人の高い要求に応えるためにはスタッフもハイレベルなスキルが要求される。

「ところで月城先生」

緒川がこの葉に声をかける。

「なんでしょう」

「先生はどうして歯医者さんになったの」

「父が歯科医師でしたから」

この葉は微笑みながら答えた。しかしその笑みはどこか寂しげだ。

「お父様はどちらかで開業されているのね」

「父は私が高校生のときに亡くなりました。悪いことは重なるもので、自宅のあった医院もその直後に火災で焼けてしまったんです」

彩女は「えっ⁉」と上げそうになった声を呑み込んだ。父親を亡くしているのは知っていたが、火災のことは初耳だった。そして本当は歯科医師ではなくピアニストになりたかったのだと古谷陽炎に話していたことを思い出す。

「そ、そうだったんだ……ごめんなさい、辛いことを思い出させちゃって」

緒川は心底申し訳なさそうに謝った。美しく品のあるこの葉にそんな哀しい境遇を重ね合わせることができなかったのだろう。

「いいんです。父はもともと法歯学者でした。それから実家が歯科医院だった母と結婚してそこを継承することになったんですけど、法歯学教室にはずっと出入りしてました」

「ホウシガクシャ？」

「医科の観点から死体の死因や身元を特定する法医学に対して、歯科が法歯学になります。歯の並びや治療痕などから身元を識別するのが主な仕事ですね」

この葉は三十年ほど前に起きた日航機墜落事故の話をした。損傷の激しい遺体の鑑別に法歯学者が大きく貢献したという。酸鼻《さんび》極まる状況でその作業が過酷だったことは想像がつく。他にも犯罪捜査においても警察は法歯学者の協力を得ることも珍しくないそうだ。白骨体が見つかれば顎骨《がっこつ》が法歯学者に回されてくる。彼らは歯科の専門知識を駆使して身元を識別するという。

「虫歯、歯周病、歯列、歯質の摩耗《まもう》や咬耗《こうもう》。歯の状態はその人において唯一無二であって実に精度の高い個人情報です。最近では身元だけなく児童虐待の早期発見にも貢献しています。虐待は治療を受けてない虫歯の本数や歯の変色など、口の中に表れるんです」

「歯からそんなことまで分かるなんてすごいわね。先生も患者さんの口の中を診て、その人のことが分かったりするものなの？」

「お手入れの状態で生活習慣や経済状況などはなんとなく見えてきますね。歯磨きにムラがある人は精神的にも不安定な場合が多いです。また歯のすり減り方などでその人の境遇も伝わってきます。ストレスの強い職業に就《つ》いている人はすり減り方が大きいですから」

「なるほど。歯医者さんもちょっとした探偵ね」

緒川が白い歯を覗かせながら笑った。前歯に関しては歯も歯肉も完璧だ。奥歯はいくつか治療痕があるが、審美治療を施してあるので外から見ただけでは分からない。

「先生はすごいんですよ。口の中を診ただけで浮気だって見抜いちゃうんです」

彩女が言うと緒川は「本当？」と目を丸くした。

「高橋さん、それは大げさよ。でも確かに男の人の浮気は分かりやすいわね。いろんなところにサインが出るから」

この葉は以前彩女が交際していた男性の浮気を数回対面しただけで看破した。

「先生は私の前のマネージャーの陰謀もすぐに見抜いたものね。リリコ並の名探偵だと思うわ」

「リリコさんにはとてもかないませんよ」

この葉は胸の前で両手を左右に振って謙遜した。しかし去年の密室事件など彼女は驚くべき推理力を発揮している。歯医者としてもスゴ腕だが、名探偵としても本業に引けを取っていないと思う。もちろんリリコにも。

「ところで先生、前々から気になっているんだけど……それはペンダントかしら」

緒川はこの葉の首もとにチラリと見えるシルバーのチェーンを指さした。彼女はいつもそれを身につけているようだが、白衣の中に隠れてしまっているのでチェーンしか見えない。

「これは父の形見です」

この葉はペンダントの飾りがある胸元にそっと手を置いて言った。推定Fカップの谷間に入り込んでいるのだろう。つまり見せることを目的としたアクセサリーではなさそうだ。父親の形見であるということも初めて聞いた。

「お父様からのプレゼントなの？」

「そうではないんですけど……私が歯科医師になろうと決心するきっかけとなったペンダントです」

「小さい頃からなりたいと思っていたわけではないの？　お医者さんの子供は無条件に後を継ぐものだと思っていたわ」

緒川が瞬《まばた》きをしながら訊いた。この葉は「そうとは限りませんよ」と苦笑を浮かべる。

「先生はピアニストになりたかったんですよね」

彩女が告げるとこの葉は少し戸惑ったような表情でうなずいた。

「ピアニストかぁ……。そのペンダントが先生をまったく違う世界に進ませたのね。そのチェーンの飾りはなんなのかしら。興味深いな」

緒川の瞳に好奇の色がほのかに浮かんだ。

「父は昔から謎解きが好きでした。だから臨床医ではなく法歯学者になったんだと思います。法歯学もわずかな手がかりから身元を特定する謎解きですからね。そんな父は私にもよくなぞなぞをしてきました。クリスマスプレゼントの在処《ありか》をわざわざ暗号で示したりとか、なぞなぞの正解率によってお年玉の金額を決めたりとか」

「面白いお父様ね」

この葉が白衣の上から胸元を握った。白衣に小さなプレートの形が浮かび上がった。おそらく金属製だろう、それがペンダントの飾りのようだ。

「これはそんな父が私に残した最後の謎解きなんです」

「だからピアニストの夢を諦《あきら》めて歯科医師になったんですか」

彩女の問いかけにこの葉は口元を引き締めるとコクリと首肯した。

＊＊＊＊＊＊＊

四月二十四日。

「お大事になさってください」

受付で古河たまきが午前の部の最後の患者を見送った。患者が出て行くとスタッフたちの表情がフワリと緩む。錦織デンタルオフィスのスタッフたちはプロ意識が高い。患者一人一人の治療に最善を尽くす。スタッフそれぞれが勤務中は気を引き締めて臨んでいる。だから勤務から解放されると張り詰めた気持ちが一気に弛緩《しかん》する。疲れと安堵が同時にのしかかってくる。彩女は首を回しながらスタッフルームに入った。たまきは自分で作った弁当を開いている。彩女は朝、コンビニで買っておいたパンとカフェオレだ。ダイエットを意識して小さめのパンを選んだ。

　これから二時まで昼休みだ。ランチを取ったあと、昼寝をしたり買い物に出かけたりそれぞれが思い思いの時間を過ごす。この葉は一人離れた席で読書に耽《ふけ》っている。

「ねえ、たまき。月城先生のペンダントって見たことある？」

　ふと先日の緒川とこの葉の会話を思い出して小声で尋ねた。

「あっ、それ私もずっと気になってた。シルバーのチェーンしか見えないよね」

　たまきも声を潜める。

　アクセサリーならば飾りを見せるようになっているはずだが、あのチェーンの長さだとそうなっていない。

「亡くなったお父さんの形見だって言ってたよ」

　ピアニストになる夢を捨てて歯科医師になったきっかけ。そして父親が残した最後の謎解き。

「うーん、やっぱり月城先生ってなにかとミステリアスよね。いろいろと気になっちゃう。なのにどこか近寄りがたいところがあるのよねえ。話してみれば案外気さくなんだけど」

この葉には洗練された大人の雰囲気がある。そしてなにより千里眼《せんりがん》というか、物事の本質を見通しているような気配を漂わせている。そのくせ自身のことを多く語ろうとしない。思えば他人に自身の過去のことを話すのは実に珍しいことだ。彼女の父親が法歯学者であったこと、また実家の医院が火災にあっていたことなど彩女も初めて聞いた。彼女の口を開かせたのも緒川優子の人徳や魅力ということだろうか。そう言えばこの葉がピアニストになりたかった夢を語ったのは古谷陽炎だ。彼もどことなくつかみどころのない、ミステリアスな人物である。今でもなにかと理由をつけては通院している。

そのときチャイムが鳴った。エントランスに訪問者用のチャイムボタンが設置されている。昼休みなど待合室カウンターにスタッフが不在のときは、それを押してもらうようになっている。

彩女はたまきと一緒に待合室に顔を覗かせた。午前中の受付は終了している。

「こんにちは」

スーツ姿の男性が彩女に声をかけてきた。

「ええっと……平嶺さんですよね」

長身でがっしりした体格に精悍な顔立ち。平嶺太蔵。原宿署の刑事だ。

「どうも」

とペコリと頭を下げる。飯田橋の騒動が去年の九月下旬だから平嶺の顔を見るのは半年ぶりだ。目つきは刑事らしい鋭利さを漂わせていた。

「今日はなにか？」

受付係としてたまきが応対する。

「院長先生はいるかな」

「院長は歯科医師会の方へ顔を出していますけど」

「月城先生は？」

「今、お昼休みで休憩中です。呼んできましょうか」

「お願いします」

たまきがスタッフルームに戻っていった。待合室で彩女と二人きりになった。話題が思いつかず咳払いをしてごまかしたが平嶺が、

「前の彼とは？」

と訊いてきた。

前の彼……飯田橋のことだ。

「もちろん別れましたよ。あんなことがあって、つき合えるわけがないじゃないですか」

とはいえ、あれから彼は通院を続けた。治療が完了してから四ヶ月、一度も会っていないし連絡も取ってない。二度と顔を合せることもないだろう。

「そっか。まあ、そうだよな」

質問を後悔したように顔を曇らせたところでたまきがこの葉を連れてきた。なぜか古手川も一緒だ。

「平嶺さん、お久しぶりぃ」

古手川は彼に体を寄せると腕を絡ませた。平嶺が古手川のお気に入りだったことを思い出した。平嶺はやんわりと彼女の腕を外そうとしているが、その表情を見る限りまんざらでもなさそうだ。美男美女だからお似合いのカップルだと思う。

「刑事さん、お仕事ご苦労様です」

この葉が声をかけると彼はさらに頬を緩めた。本命は古手川ではなくこの葉のようだ。彼女のファンは多い。

「今日は聞き込みに参りました。この男に見覚えはないですか」

平嶺は顔写真をこの葉に見せた。

「いいえ。この男性は犯罪者なんですか」

「捜査中なので詳しいことは言えませんが、現在逃走中です。この男は犯行前日まで他の歯科医院で虫歯の治療を受けていたそうなんです。治療途中なので痛みがぶり返せば歯科医院に飛び込む可能性もありますから、こうして歯科医院を回って情報を集めているんです」

「そうだったんですか。古河さん、この人はうちには来てないわよね」

この葉が確認するとたまきははっきりと首肯した。彩女も知らない顔だ。

「ありがとうございました。他を当たってみます」

刑事は姿勢を正すと頭を下げた。

「平嶺さん、もっとゆっくりしていけばいいのにぃ」

「いえ、これからまだ聞き込みがありますから」

「つれないのね」

古手川が拗《す》ねたように口を尖《とが》らせた。そう言う平嶺もどこか名残惜《なごりお》しそうにこの葉を見つめている。

「あ、そうそう！　ついでにこれも見てもらえますか」

そう言って刑事は一枚の紙を差し出した。数枚の写真がカラーコピーされている。覗き込んだたまきが「げっ」と声を上げて後ずさった。古手川も写真を眺めて顔をしかめている。

「檜原《ひのはら》村の山中で発見された白骨体の顎骨です。二日前だから二十二日ですね、道路拡張工事で掘り起こされた際に発見されたようです。死後十年以上は経《た》っているようですが」

写真の他に口腔《こうくう》内の詳細な記録が記載されている。上下顎《じょうかがく》の歯牙《しが》のイラストに充塡物《じゅうてんぶつ》や補綴物《ほてつぶつ》の状況が克明に書き込まれていた。カルテに記載する歯式よりもさらに詳細で、たとえば詰め物であればその形状や適合状態まで細かく記録されている。

「生前の歯のお手入れはよかったようですね」

たまきが再び顔を近づけて言った。

奥歯にいくつか治療痕が認められるが虫歯の程度が軽度のため、いずれも小さな処置に留《とど》まっている。前歯においては虫歯もなく以前に治療された形跡もない。また歯根を支える歯槽骨もしっかりしていて歯周病の進行もなかったと思われる。特徴といえば下顎左右の側切歯《そくせっし》が小さく捻転《ねんてん》している。上顎の右側切歯だけはわずかに引っ込んで、その分隣の犬歯が前に出ていた。

「おそらく女性ね。年齢は三十代から四十代といったところかしら」

この葉が顎骨の写真を眺めながら小首を傾《かし》げた。歯の色調は茶色が強くなっている。

「さすがですね。一目で性別や年齢まで分かるんですね」

髪の毛や肉と一緒に生前の情報までそげ落ちている。顎骨を見ただけでは人間であったということくらいしか判別できない。

「一本の歯は私たちに多くの情報を語ってくれます。上顎の真ん中の二本の前歯を中切歯《ちゅうせっし》というんですが、上下逆にするとその人の顔の輪郭と一致するといわれてます」

「そうなんですか」

平嶺が少し驚いた顔をして自分の前歯に指を当てた。そのことは歯科衛生士である彩女も初めて知った。

「女性の歯は小さめで全体的に丸みを帯びてます。対して男性は大きめで角張った傾向にある。この歯は平均的に見て小さめだし丸みが強いです」

この葉と平嶺の前歯を見比べてみる。平嶺は輪郭が直線的だが、この葉は曲線的だ。大きさの違いも当てはまっている。たまきも古手川も自分の前歯を触れて大きさや輪郭を確かめていた。彼女たちについても歯と顔の輪郭がほぼ一致していた。

「年齢についてはどうなんですか」

「歯の摩耗や咬耗の程度、歯周病による歯槽骨吸収の状況から年齢をおおまかに類推することができます。個人差がありますから百パーセント確実というわけではありません。それでも九十パーセント前後は当てはまります」

平嶺はすっかり感心した様子でこの葉の話に耳を傾けている。彼女の父親は法歯学者だといっていた。歯から得られる情報からこうやって身元を判別するのだ。

「他に分かることはありますか。これは白骨体の着衣やアクセサリーの写真です」

刑事は二枚目の書類を差し出しながら、質問を重ねた。これを最初に見せれば女性だと分かるのに彼はそうしなかった。

「先生の実力を試したんですね」

彩女が指摘すると平嶺はばつが悪そうに笑った。この葉は何も言わず二枚目と合わせて顎骨の写真をじっと見つめた。

「上顎右の一番奥の歯にインレーと呼ばれる詰め物が入ってます。保険治療なら金属ですが、乳白色のセラミックが装着されている。上顎の奥歯は覗き込まないと見える部位ではないから、セラミックの詰め物を選択する患者は少数派です。ましてや金属のそれに比べて削除する歯質の量も大きくなりますからなおさらです」

「それでもセラミックの詰め物を選択する場合、どんなケースが考えられますか」

「まずは金属アレルギーですね。口の中にセットした金属が原因で手足のかぶれ、湿疹《しっしん》、肌荒れなどの症状が出てしまう場合があります。唾液によって金属がイオン化して、それが抗原となってアレルギー反応を引き起こします。症状もすぐに出てくるとは限りません。パッチテストを行って原因がそれだと特定できたら、口腔内の金属をすべて除去してレジンやセラミックといった非金属に置き換える必要があります」

以前も金属アレルギーの症状を訴える患者が来院した。すべての金属を除去してセラミックに交換したが、時間はともかく治療費も高額になった。やっかいな症状である。

「なるほど。それではこの遺体は金属アレルギーの既往があるわけですね」

「そうばかりとは限りません。実はうちも一番奥の歯にセラミックを希望される患者様が多いんです」

この葉の言うとおりセラミックを希望する患者は少なくない。その際に削除する歯質の量が金属に対して大きくなってしまうというデメリットをきちんと説明する。セラミックはそれなりの厚みがないと咬合圧《こうごうあつ》に負けて破折《はせつ》してしまうことがあるからだ。

「セラミックを希望される患者様が優先するのは審美性です。一番奥にある歯とはいえわずかにでも人目に触れる可能性がある以上、金属が入ることに強い抵抗を感じるようです。その方たちの多くはモデルや女優といった人から見られることを仕事にしています」

ここ錦織デンタルオフィスは、いわゆる審美歯科の治療を希望する患者の比率が表参道という立地もあって他に比べて大きい。緒川優子をはじめ患者に芸能関係者が多いのだ。

「つまりこの遺体は金属アレルギーの既往歴がある、または芸能関係者であると？」

「芸能関係者の可能性が高いと思います」

この葉は二枚目の書類を見ながら言った。こちらは遺体の着衣や所持品の写真がカラーコピーされている。

「どうしてそう言えるんですか」

「指輪をされてますよね」

「あ、そっか！」

金属アレルギーなら指輪はしないはずだ。この指輪はブランド品でそれなりに高価であるが、流通量も多いので持ち主を特定するには至らなかったという。

「それにしても歯を見ただけでそこまで見通してしまうなんて、さすがは月城先生」

たまきも大いに感心している。もちろん彩女も同感だ。むしろここまで見通されると空恐ろしさすら感じてしまう。

「いやぁ、先生の千里眼は男として怖いですねえ。浮気なんかできませんよ」

平嶺がおどけながら言った。

「浮気、したことあるんですか」

「あ、ありませんよ！　そもそも今はフリーですし」

彼は顔を引きつらせた。

「ふーん」

この葉が平嶺の表情の変化を観察するように見つめる。彼の喉仏が上下に動いた。

……彼氏ができないわけだわ。

この葉がどんなに魅力的な女性でもここまで見透かされては一緒にいるのは辛いだろう。彼女は恋人ができても長続きしないと言っていたが無理もないと思う。そういえば緒川優子演じる名探偵リリコも、鋭すぎる洞察力が災いして恋人ができないという設定である。

「刑事さん、今もフリーなんですか」

古手川が嬉しそうに言った。彼は小刻みにうなずく。

「刑事は事件が起これればいつ家に帰れるか分からないですからね。時間も不規則だし、彼女ができても長続きしません。ホント、嫌になっちゃいますよ」

それからしばらく平嶺の愚痴が続いた。なんとなく聞いていたが、刑事の仕事も人間関係のしがらみや軋轢《あつれき》で気苦労が多いらしい。所轄刑事は本庁の連中から駒扱いされて、自分の思うような捜査をさせてもらえないとこぼしていた。

「先生、どうしたんですか？」

彩女はこの葉に声をかけた。彼女はじっと顎骨の写真を見つめている。その表情はわずかに強《こわ》ばっているように思えた。

「平嶺さん、この顎骨はどこに行っているんですか」

「東都医科歯科大学の法歯学教室と聞いてますけど」

東医歯大はこの葉の母校である。

「それがなにか?」

平嶺はそっとこの葉の顔を覗き込むようにして尋ねた。

「いえ、私の父親がそこに所属していたんです。昔の話ですけどね」

彼女はどこか取り繕ったような笑みを浮かべた。

「そうだったんですか。月城先生のお父さんは法歯学者だったんですね。どおりでいろいろと分かるわけだ」

彼は得心したようにうんうんとうなずいた。しかしこの葉の父は亡くなっている。彼女はその話をしなかった。

それから小一時間ほど平嶺は世間話をして医院を出て行った。彩女たちはスタッフルームに戻って、最年長スタッフである斎藤芳子の淹《い》れてくれたコーヒーを楽しんだ。

あと三十分で午後の診療が始まる。

彩女はふと離れた席に腰掛けているこの葉に視線を向けた。

彼女は手のひらの上に置いたものを眺めている。それは首もとのチェーンとつながっていた。彼女が見つめているのはそれの飾りだ。その表情はどこか張り詰めているように思える。

彩女は立ち上がると空になったカップを持ってこの葉に近づいた。彼女のすぐ近くにキッチンシンクが設置されている。彩女はカップを洗いながらそっとこの葉の手のひらを盗み見た。

それは金属のプレートだった。手のひらの上に収まるサイズ。長方形の長辺の片方が半円状に切り取られていた。彼女はその切り口を指先でなぞりながら眺めている。覗き見している彩女にも気づいていないようだ。

このプレートはなに？

ペンダントだから花や星や十字架といった細工が施された装飾だと思っていたが、それらとはほど遠い。アート作品とも違う。無意味で無価値なガラクタにしか思えない。そんなものをどうして日頃お守りのようにして身につけているのか。

先日の緒川優子との会話を思い出す。

——これはそんな父が私に残した最後の謎解きなんです。

歯科医師である父親が残した謎もやはり歯科医師でないと解けないのだろうか。

この葉はその謎を解くためにピアニストの夢を諦めた？

電話が鳴ってたまきが出る。相手は院長の錦織早苗らしい。しばらく会話をすると彼女は受話器を置いてこの葉に声をかけた。この葉はチェーンを首にかけたままプレートをシャツの中に戻すと顔を上げた。

「院長の帰りが少し遅くなるそうです。二時からの患者を月城先生と彩女が担当するよう指示されました」

「了解しました。二時の患者は誰だったかしら」

この葉が確認する。

「汐田まつげんさんです」

彼は数々の賞を手にしている大物のベテラン映画監督である。院長が担当しているが、今日のように不在のときはこの葉が手がけることになる。

「汐田監督なんてすごいですね。頑張りましょう」

彩女は今ひとつ浮かない表情のこの葉にガッツポーズを送った。

「ええ、よろしくお願いね。高橋さん」

この葉は弱々しくも笑顔を浮かべるとガッツポーズを返した。

＊＊＊＊＊＊＊＊

　6番のユニットには大柄な男性が腰掛けていた。カルテを見ると六十八歳。つり上がった眉毛に三白眼《さんぱくがん》の炯々《けいけい》とした双眸《そうぼう》は威圧感がある。白髪交じりの髪は頭頂部がかなり薄くなっている。芸術家らしい気難しそうな顔立ちには風格と一緒に、映画のためなら殺人も厭わないようなどこか狂気めいた気配が感じられた。現場ではかなり厳しい監督だと雑誌で読んだことがある。

「こんにちは。今日は院長が不在なので月城先生が代わりを務めます」

　彩女は汐田の傍らに立つと頭を下げながら告げた。近くにいるだけで張り詰めたような空気に緊張してしまう。

「そうか。別に私はかまわないよ。若い先生にやってもらうのはこれで三回目だな」

　汐田は何年も前から当院をかかりつけにしている。彼の紹介で来院した芸能関係者も少なくない。先日も緒川優子がそうだと言っていた。大物が紹介してくれる患者もやはり大物だ。大物監督だけに治療は6番、ＶＩＰルームである。

「私も治療補助を担当できて光栄です」

「歯医者は苦手なんだ。お手柔らかに頼むよ。それはそうと緒川優子から聞いた。あの若い先生は名探偵だそうじゃないか」

彼は緒川の奥歯に埋め込まれた発信器の話をした。

「月城先生の洞察力は本当にすごいと思います。だからこそ的確な診断ができるんです」

この葉の場合、洞察力を超えてもはや千里眼だと思う。特に浮気に関しては人間嘘発見器だ。そしてそれがあれほどの美形に彼氏ができない原因である。

「それはそうと汐田監督の『関東大震災物語』の話題が出たんですよ。当時、私は中学生で母親に映画館に連れて行ってもらいました。思い出深い映画です」

「そう言ってもらえると監督冥利に尽きるよ。あれは破格の製作費がついたからね。思う存分やらせてもらった」

「本当は高円寺さゆりがヒロインにキャスティングされていたんですよね」

それも緒川から聞いた話だ。この医院に勤務していると芸能界の裏情報にも強くなる。もちろん患者の個人情報だから口外するわけにはいかないが。

「当時大騒ぎになったから君も知っていると思うが、高円寺にあんなことがあったからね。急遽《きゅうきょ》、鈴本まり子を代役に立てることになった。彼女はプレッシャーのかかる大役を見事に果たしてくれたというわけだ」

高円寺の騒動とは彼女の服毒自殺である。緒川が十三年前の四月二十二日と言っていたから二日前が命日である。緒川は憧れであり目標である女優の墓参りに毎年必ず出向くと言っていた。おそらく今年もそうしたのだろう。

　間もなくこの葉が個室に入ってきた。監督に挨拶を一通り済ませるとすぐに治療に入った。

「高橋さん、根充《こんじゅう》の用意をお願い」

「かしこまりました」

　彩女はこの葉の指示通り、根充の準備を始めた。根充とは根管充填《こんかんじゅうてん》の略語であり、消毒によって無菌化された根管を薬剤で緊密に充填する治療である。患者の口腔内にラバーダムを施すと、この葉は鮮やかな手さばきで根充を進めて行った。一通り終わるとレントゲンを撮って根充剤が緊密に充填されているか確認する。根元まで完璧に充填されていた。

「ここだけの話、院長先生より上手いかもしれないな。あの人、見た目通りに男っぽい治療をする」

「そ、そんなことありません。技術に知識に人柄、すべてにおいて院長にはかないませんわ」

「謙遜《けんそん》しなくてもいい。その上、美形ときてる。歯医者にしておくにはもったいないくらいだ。歯医者なんて辞めて女優にならんかね。私の映画に出してやろう」

監督は薄くなった頭髪を撫でながら呵々大笑《かかたいしょう》した。たしかにこの葉なら他の女優と並べても引けを取らない。歯科治療の技術面においても院長に負けてないと思う。もちろん院長の技術も相当のレベルである。

「からかわないでください。その気になっちゃいますよ」

この葉はマスクを取って微笑んでいるが、その気になっているようには見えない。

「ちょっと聞いてもいいかね。シナリオの参考にしたいことなんだが」

「どうぞ」

「白骨死体が見つかった場合、警察から歯医者に問い合わせがくると聞いたことがあるが本当かね。次回作でそういうシーンを考えているんだよ」

「はい。つい先ほど刑事さんが写真を持って聞き込みにみえましたよ」

「檜原村の山中で発見されたと言ってましたよね、先生」

彩女が付け加えるとこの葉は一瞬だけ笑みが消えた。

「ああ、それはニュースで見た。白骨体の歯を見ただけで自分の患者だと分かるものなのかね」

「え、ええ……。一度診た患者の口腔内なら覚えてます」

監督の威圧的な視線に緊張しているのだろうか、この葉はほのかに笑みを引きつらせている。

「あんたたち歯医者は他人を判別するとき、顔よりも口の中の方がピンと来るものなのかね」

その反応を確認するように汐田は彼女の顔を覗き込んだ。まるで尋問《じんもん》を受けているようだ。映画監督はこんなときでも人間観察を怠《おこた》らないものらしい。

「たしかにそういうことがあるかもしれませんね。名前を覚えてなくてもカルテの口腔内記録を見ると思い出したりします」

「それも一種の職業病だな」

「そうですね。そう思います」

今度は幾分緊張がほぐれた笑みを広げた。

「私は職業病というやつが嫌いではないね。つまりそれは病んでしまうほどにプロ意識が高いということだ。役になり切って健康や人間関係を悪化させてしまう役者がいる。そんな彼らが演じる役は鬼気迫るものがあるね。役のためなら大切なものを壊したり失ってしまうことを厭わない。なりきるために髪を剃《そ》ったり歯を抜いたりする者だっている。あの狂気こそが役者たちの職業病だ。そして映画のためなら役者たちにどんなに残酷なことでもやらせてしまう。ときには死なせてしまうことだってある。それが我々映画監督という病だ」

汐田は熱っぽく語った。その間、射抜くような視線をこの葉の瞳から離さなかった。その人間観察モードも職業病の一種だと思う。

「先生。檜原村で見つかった白骨はあんたの患者さんなのかね」

「いえいえ、違います」

彼女は慌てた様子で首を横に振った。

「そうか。白骨の話になったら顔色が変わったように見えたものでね」

さすがは大物といわれる映画監督だけのことはある。鋭い観察眼の持ち主だ。たしかに刑事の問い合わせを受けてから、この葉の様子が少しおかしい。刑事が帰ったあとも一人思い詰めたようにしていたので、彩女も声をかけなかったのだ。

「それはそうと高円寺さゆりさんです。どうしてあんなことになったんでしょうねえ」

この葉が話題を変えた。

「な、なんで高円寺さゆりの話が出てくるんだね」

今度は汐田が不意打ちを食らったような顔をした。

「ほ、ほら……白骨が発見されたのが二日前でしょう」

話題を変えられればなんでもよかったのだろう。この葉も思いつきで言ったようだ。

「それがなんの関係があるのかね」

「四月二十二日は命日ですよ。高円寺さゆりさんの」

「なるほど。あれからもう十三年が経つんだよな」

監督は顎をさすりながら遠い目を天井に向けた。

「当時は私もいろんな人たちから話を聞かれた。芸能記者やレポーターはもちろん警察からもね。彼女は私の愛人だったなんて噂《うわさ》もあったくらいだ。もちろんそんなのは、私や彼女の活躍をやっかむ連中が流したデマだよ。この世界では、悪意に満ちた噂話はよくあることだ。高円寺は演技力があるのに不遇の時代が長かった。それが『レッドローズの憂鬱』の主演で一気に注目を集めたわけだ。そんな彼女に私が『関東大震災物語』をオファーして、まさにスターダムの階段を駆け上がろうとしていたときだった。高円寺は自ら毒を含んで亡くなったんだ」

「そうじゃないという噂もありましたよね」

この葉が言った。

中学生になったばかりの彩女は当時の出来事をよく把握できていなかったが、いろいろと騒がれていたのは覚えている。ワイドショーは連日その話題で持ちきりだった。

「マリリン・モンローやナタリー・ウッドなんかもそうだが、有名人が亡くなると決まって謀殺説が流れるからな。高円寺は当時普及が始まっていたインターネットを通して自分でシアン化合物を仕入れていた。彼女がプライベートで使っていたパソコンにも売買の記録が残っていたそうだ。それを届けた宅配業者も、小包を受け取ってサインをしたのはたしかに彼女だったと証言している。私も警視庁に知り合いがいるんだが、彼も自殺で間違いないと言っていた。それから間もなく警察はそのように発表したよ」

「遺書がなかったそうですね」と再びこの葉が口を挟む。

「高円寺は悪筆だったことを気にしていたから、それで遺書を残さなかったんだと思う。ファンから求められるサインですら拒否していたほどだからね。死後も女優のイメージを壊したくなかったんだろう」

「それにしても長い不遇をたどってやっと注目されたというのに自殺だなんて解せませんね。私生活にもトラブルがなかったと言われているじゃないですか。先日、緒川さんとそんな話をしたところです。そう言えば『レッドローズの憂鬱』のリメイクの話もあるとか……」

「こらっ！　高橋さん」

この葉が彩女の肘を突く。思わず口を手で塞いだ。患者との会話を口外してはならない。つい口を滑らせてしまった。

「す、すみません……」

「ああ、かまわないよ。私も高円寺の演技に惚《ほ》れ込んでいたからね。あの作品をもう一度自分の手で再現したくなったんだ。多少年齢の差はあるが緒川優子は高円寺の再来と思わせる演技力と存在感がある。だから彼女に話をしたんだ」

　高円寺さゆりは緒川の憧れであり目標だ。

「トップ女優の階段を駆け上がっている高円寺がどうして自殺を図ったのか。芸能界の歴史に残るミステリーのひとつだと言われている。まあ、結局のところ理由は本人にしか分からないがね。金持ちには金持ちの苦悩があるように、人の心の内など他人には窺い知れないことだよ。ただ、高円寺さゆりという女優を失ったことは映画界にとって損失だ。私も当時は大きなショックを受けたよ。しばらく塞ぎ込んだほどだ」

　失望、悲しみ、怒りといった感傷が入り交じったように監督は顔を紅潮させていた。

「すみません。私が高円寺さんの話を持ち出して辛いことを思い出させてしまいました」

　この葉は申し訳なさそうにお辞儀をした。

「気にしなさんな。こうやって高円寺のことを覚えていてくれる人がいるのは私としても嬉しいんだ。仕事上では彼女とのつき合いも深かったからね。ところで月城先生はお父上もドクターだったのかね」

「はい。そういえば父が亡くなったのも命日は違いますが、高円寺さんと同じ十三年前でした。ところで汐田さんは父のことをご存じなのですか」

「昔、中目黒《なかめぐろ》に住んでいたんだが近所に月城という歯科医院があってね。珍しい名前だからもしかしてと思ったんだ」

「間違いなく私の父です」

この葉の実家の歯科医院が中目黒にあったのは彩女も聞いたことがあった。

「やっぱりそうか。引越して以来、中目黒には立ち寄ったことがないんだ」

「ご存じかも知れませんが医院は火災で焼失してしまいました。現在は駐車場になっています」

この葉は母親を幼少期に亡くしている。彼女は父親に男手一つで育てられた。その父親も亡くなって間もなく医院兼自宅が火災に見舞われ、建物は全焼してしまった。高校生だった彼女は父親が投資のために購入していた神宮前のマンションに移った。高校を卒業するまで伯母《おば》の世話を受けたという。

それらのことも先日の緒川優子との会話のあとにこの葉本人から聞いた話だ。彩女は彼女のことをなにも知らなかったことを実感した。

「それで放火犯は捕まったのかね」

「放火犯!?」

彩女は思わず聞き返した。実家の医院が火災になったことは最近知ったが、それが放火だったとは初耳だ。

「いいえ」

この葉は表情を硬くして首を横に振った。彩女はリアクションに困ってしまった。

「ちょうど私が今住んでいる麻布《あざぶ》に引越す少し前だった。私は仮眠を取っていて消防車のサイレンで目が醒《さ》めたんだ。幸いけが人は出なかったと聞いているが」

「ええ。全焼でしたけどそれだけは不幸中の幸いでした」

「先生はどうしていたんだ」

「私はたまたま恵比寿《えびす》の伯母の家にいました」

「そうか。運が良かった。天国のお父上が護ってくれたんだろう」

「そうだと思います」

この葉は弱々しくもちらりと白い歯を見せた。

両親の死に放火事件。

優美に見えるこの葉の思春期は存外に過酷だった。

「医院のカルテやレントゲンは全部燃えてしまったのかね。たしかあれらは一定期間の保管義務があったはずだが」

「ほとんどが焼けてしまいました。少ないですが焼け残ったものは今でも残してあります。大半は焦げたり汚れたりしてますけどね。それらは父の仕事、人生の記録です」

「先生のお父上なら相当に優秀なドクターだったのだろう。近所なんだから私もお世話になればよかったよ。焼け残ったカルテもお父上の形見だ。治療をしていく上できっと役に立っているさ」

汐田は強面《こわもて》ながらこの葉を慰めるように言った。

「ありがとうございます」

「私も父親をとっくに亡くしているが、この腕時計が形見だよ。ずっと使わせてもらっている。先生もそういう形見が残らなかったのかね。あの火災では無理か」

この葉はそれに応《こた》えず弱々しく微笑んだ。

「先生、謎解きペンダントがあるじゃないですか」

彩女は明るい声で口を挟んだ。先ほどから続いている重苦しい空気をかえたかった。

「謎解きペンダント?」

監督が首を傾げながら聞き返す。

「先生のお父様が娘に残した謎解きらしいですよ。ねえ、先生」

この葉は少し戸惑ったような様子で小さくうなずいた。彩女は雰囲気を明るくするためとはいえ、出しゃばってしまったかと後悔した。亡くなった父親の話をしたり聞いたりするのは彼女にとっても辛いはずだ。

――私ってなんてKYなんだろう。

「ほぉ、どんなペンダントなんだね」

汐田は強く興味を惹かれたようで彼女の胸元に向かって身を乗り出した。

「いえ、人に見せるようなものではないんです」

この葉は胸元に手を当てながら半歩後ずさった。

「失礼した」

汐田は肩をすくめながら、バツが悪そうな笑みを覗かせた。

彩女は金属のプレートを思い出した。手のひらに収まる長方形で一部半円の形状で欠損していた。それがなにを意味するのか見当もつかない。そのプレートを平嶺刑事が帰ったあとの昼休みに思い詰めたような表情で眺めていた。彼女はいったいなにを思っていたのだろう。

汐田が6番を出てから彩女は出しゃばったマネをしたことを謝った。

「私、先生に随分助けてもらっちゃっているから、つい……謎解きの役に立ちたいななんて思ってしまって」

特に去年の飯田橋との件でこの葉の推理に救われた。

「ううん、いいのよ。それより高橋さん、明日は暇かな」

この葉が言った。明日は平日であるが、クリニックが入居しているビルのメンテナンス工事のため休診である。

「ええ……別に予定はないですけど」

「ちょっとつき合ってもらいたいところがあるの」

「先生がそんなことを言うなんて珍しいですね。どうしちゃったんですか」

彩女はユニットのトレーの上の器具を片づけ始めていた。6番に入る次の患者が待合室で待っているはずだ。

「謎解きにつき合ってくれるんでしょう」

彩女が「はい?」と聞き返すまえにこの葉は個室を出て行った。

＊＊＊＊＊＊＊

次の日。

御茶ノ水《おちゃのみず》駅を出ると少しばかり気だるい春の陽光が街並みに降り注いでいる。つい先日まで暖房を入れるほどに肌寒かった。そんなことすら遠い昔に思えてしまうような、ほんわりと体が軽くなるような陽気だ。

彩女は駅のすぐ近くに建つ東医歯大学の威容を見上げた。

「うわあ、懐かしいなあ。ここに来るのは卒業式以来ですよ」

彩女は東医歯大歯学部に併設する歯科衛生士学校のＯＧである。高校を卒業してからここに通って歯科衛生士の免許を取得した。勉強や実習で忙殺されたが充実した学生生活であった。今となっては楽しい思い出である。

敷地内は大小十棟以上の建物が並び、それらは近代的なインテリジェンスビルだったり煉瓦造りの古風な建築物だったりする。医学系の大学らしく白衣姿の学生たちの姿を多く見かけた。

この棟は少し奥まったところに建っている歯学研究棟に入っていった。こちらは風格ある煉瓦造りだ。二人はエントランスから中に入った。節電のためかホールは薄暗く、ヒヤリとした空気が肌を撫でる。守衛の男性が立っていたがこの棟が会釈をすると帽子を脱いでニコリとした笑みを返す。

「さすが。顔パスなんですね」

「学生の頃からここには何度も立ち寄っているから。守衛さんとも顔なじみよ」

彩女がこの棟に入るのは初めてだ。

学生たちとすれ違いながら、床がところどころ凸凹《でこぼこ》した薄暗い廊下を進むと「法歯学教室」と札の掛かった部屋に突き当たった。

「こんにちはぁ」

静々《しずしず》と扉を開けながらこの葉が中に声をかける。白衣姿の男性がこちらを見た。

「お嬢さん……じゃなくて、この葉先生！」

と男性は抱きしめんばかりの勢いで駆け寄ってきた。

「先生、お久しぶりです。一年ぶりですね」

この葉が懐かしそうに目を細めた。

「もう少し顔を出してやってくださいよ。淋しいじゃないですか」

男性は崩れそうなほどに顔を綻ばせると、この葉と彩女を部屋の中に招き入れた。

「こちらは私が勤務している錦織デンタルオフィスの歯科衛生士、高橋彩女さんです」

この葉が紹介すると男性は「初めまして」と丁寧に頭を下げてきたので、彩女も慌ててお辞儀を返す。

「松浦研吾郎《まつうらけんごろう》教授よ。学生時代、私も随分とお世話になったの」

「お世話だなんて水くさい。今の私があるのも月城葉太郎《つきしろようたろう》先生のおかげです。返しきれないほどの恩があるんですよ」

松浦はシルバーのメガネフレームを持ち上げながら言った。長身で、スポーツで鍛えているのかがっしりとした体格だ。顔つきは五十代半ばといったところである。

この葉の父親、月城葉太郎は長い間、ここ法歯学教室に在籍していたという。松浦に法歯学のノウハウを叩き込んだのも葉太郎だ。やがて葉太郎は妻の実家の歯科医院を継承するため教室を離れることになるが、松浦はその後も法歯学畑一筋だった。そして二年前に教授になったという。葉太郎は臨床医になったあともたびたび教室に顔を出しては、後輩の指導や警察の捜査などにも協力していたらしい。松浦にとって葉太郎は偉大な先輩であり恩人であり、目標だったという。

「法歯学教室らしい風景ですね」

彩女は部屋の中を見回しながら言った。壁際には書物の詰め込まれた書棚が並んでいるが、部屋の中央にはステンレス製の作業台が鎮座しており、その上に頭蓋骨や顎骨がいくつも載せられていた。今は昼間で一人ではないから不気味に感じる程度だが、これが夜間で一人きりだったら怖くてとても耐えられそうにない。

「歯学部を卒業すると大半の学生は臨床歯科医師、つまり一般の歯医者になる。だけど僕たちみたいに臨床の道を選ばない人間もいるんですよ」

松浦はニコッと音がしそうな笑顔を向ける。口元から覗かせる前歯は大きく、角張っていて真っ白である。見るからに頑丈そうだ。

「歯学部を出ればみんな歯医者さんになるものだと思ってました」

そのために学生たちは歯科医学や技工を学ぶ。そんな彼らの姿を学生時代に見てきた。

「ごく少数ですが研究者の道に進む人たちがいます。歯医者の免許を持ちながら歯科材料や薬剤の開発、または解剖学や病理学などの基礎医学の研究に携わる。法歯学もその中の一つです」

それから松浦は法歯学の概要を解説してくれた。法歯学は法医学、科学捜査、社会歯科学の一分野であり、一八九七年に百人を超える犠牲者を出した、パリの慈善バザー火災での身元判別をきっかけに生まれたという。

記憶に新しい東日本大震災における被災者の身元判別作業の話は壮絶を極めた。彩女たちの知らないところで歯科医師たちは重要な責務を果たしていたのだ。松浦教授も現地で尽力したという。多くの魂が救われたことだろう。

「身元を特定するに当たって歯科医院における患者の口腔内記録はきわめて重要です。これがいいかげんだとどうにもならない。しかし充填物の形態や摩耗咬耗《まもうこうもう》の状態まで記録している歯科医院が少ないのが現状です」

なんとも耳の痛い話だ。彩女たちも患者の記録を取るときは、充填物や補綴物《ほてつぶつ》の部位を一致させる程度である。もっとも精緻な記録や検査を一人一人の患者に施していたら時間がいくらあっても足りない。しかし、もしも患者たちが大災害や殺人事件に見舞われれば、身元の特定にカルテの記録が重要なカギとなる。正確な記録が残されているからこそ患者は無縁仏にならずに済むのである。

たかがカルテ、されどカルテだ。

院長の早苗も記録はできるだけ正確に取るようにと、スタッフたちに念押ししている。彩女は心の中で反省して気を引き締めた。

「お父上の命日は来週ですね。十三年前の四月三十日。あの日のことは忘れられません。私にとっては肉親を亡くしたも同然でした」

松浦はメガネを取って目元を揉《も》んだ。白目がうっすらと充血していた。

「お父上を亡くされた直後にあの火災でしたから……。この葉先生の心痛もいかばかりか察するに余りあるものがあります。今はこうして立派な歯科医師となられて、天国のお父上も喜んでいると思いますよ」

「ありがとうございます。ただ私は今でも父の死に納得できておりません」

松浦の顔に憂いの色が浮かんだ。

「気持ちは分かります。先生がどうしてあのビルに立ち寄ったのか、私もよく分かりません。だけどあれは事故ですよ。警察もそう断定したじゃないですか」

この葉は以前、古谷陽炎との会話の中でも父親は事故死だと言っていた。本当は受け入れてないようだ。

ピアニストの夢を捨てて歯科医師になった理由はその謎を解くため。

この葉は先日緒川優子にそんなことを言っていた。

「亡くなる前日、父の誕生日でした。私は靴をプレゼントしたんです」

「それがどうしたんですか」

松浦が訊いた。

「誕生日の少し前に、父は濡《ぬ》れた路面に足を滑らせて手首を捻挫《ねんざ》、一週間ほど医院を休診する羽目になりました。そんなこともあって私は滑り止めのしっかりした靴を贈ったんです」

「なるほど。亡くなった当日、お父上はその靴を履いていたんですね」

この葉がコクリとうなずいた。

「月城先生のお父さんってどんな事故で亡くなったんですか?」

彩女は事情が良く呑み込めず質問を挟んだ。

「ビルの階段から足を滑らせて転落しました。不幸にも急峻《きゅうしゅん》な階段だったので……」

松浦は言葉を濁した。どうやら当たり所が悪く、それが致命傷となったらしい。

どうして父親がそのビルに立ち寄ったのか。さらに滑り止めのしっかりした靴を履いていたから滑るはずがない。

この葉は父親の転落に疑問を抱いている。

突然、彼女はペンダントを外した。長方形の一部が半円状に欠けた金属のプレートがチェーンに下がっている。松浦はプレートに顔を近づけた。

「これは？」

「父の形見です。亡くなる前日の夕食時でした。父はこれを私に見せて『もしも私の身になにか起こったらこれを調べてくれ』と言いました。そのときは少しお酒を飲んで酔っていたし、まさか次の日にあんなことになるなんて想定してなかったでしょうから、冗談半分で言ったんだと思います。なにかと私に謎かけをするのが好きな父でしたから」

「それはよく覚えてます。我々後輩に対してもそうでしたからね。しかしそのプレート……これは歯型ですね」

松浦は半円の円周を指で触れながら言った。

「歯型？」

彩女もプレートを手に取ってみた。よく見ると半円の円周はわずかであるがギザギザ状になっている。そのギザギザも微妙に幅や深さが不規則で、たしかに歯型に見える。長方形を囓《かじ》ったような形状だ。

「松浦先生。警察の方から聞いたんですが、檜原村の山中から発見された白骨体の顎骨がこちらに送られてきたそうですね」

「ええ。台の上にありますよ。右から三番目です」

松浦は該当する頭蓋骨を指さした。それは上顎と下顎で二つに分かれている。昨日、平嶺が持ってきたカラーコピーされた写真の顎骨と同一だった。骨も歯も茶色に変色して年月を感じさせる。しかし奥歯に装着されたセラミックのインレー（詰め物）は乳白色のまま変色がない。変色しないのがセラミックの特徴である。

「地中に埋められていたそうです。殺人かどうかはともかく死体を埋めた人間がいるということですな」

と松浦。

「見てもいいですか」

「この遺体になにか？」

「個人的な研究です。今、学会発表のためデータを集めてまして」

「そういうことなら……どうぞごゆっくり。私は缶コーヒーでも買ってきますよ」

そう言って松浦は部屋を出て行った。

「先生、その骨がいったいどうしたんですか。学会なんてありませんよね」

学会の話なんて聞いていない。この葉も「そうよ」と出任せを認めた。

「だったらどうして？」

「ちょっと確認したいことがあるの」

この葉はゴム手袋をはめると骨に向かって合掌した。

そして上顎と下顎の歯を噛み合わせさせた。上下顎は中心咬合位《こうごうい》でピタリと噛み合い安定した。その状態で顎骨を台の上に置く。そしてこの葉は金属プレートの半円状のギザギザを咬合した前歯にそっと当てた。

「マジっ!?」

彩女は思わず声を上げてしまった。「ピッタリじゃないですか！」

半円状のギザギザした円周は顎骨の前歯と完璧に一致した。この葉はそれを予想していたようで、驚いた様子もなく骨に顔を近づけて観察している。

「先生、いったいどういうことなんですか」

「プレートを噛ったのが、このご遺体さんというわけよ」

「そもそもそのプレートってなんですか。人間が金属を噛ることなんて無理ですよ。歯が折れちゃいますよ」

彩女は分かり切ったことを言った。

「ご遺体さんが噛ったモノを父が印象剤で型を取って鋳造したのよ」

「噛ったモノってなんですか」

「おそらくこれよ」

この葉はバッグから紙箱を取り出した。

「チーズ？」

それはクラーク社の「カットチーズ」だ。スーパーでもよく見かける商品で彩女もたまに買う。つまんで食べやすいサイズにカットされていて、値は張るが風味が良いので人気商品である。

「昔、高円寺さゆりがテレビコマーシャルに出ていたわ」

この葉が言うが、彩女は知らない。五歳差のジェネレーションギャップ。カットチーズは彩女が生まれるずっと前から売られている定番商品だ。

この葉は箱から袋詰めを取り出すとビニールを破いた。

「ほら、見てごらんなさい」

そう言って長方形にカットされたチーズ一枚をプレートと重ね合わせた。

「ピッタリだわ！」

またも彩女は声を上げる。

プレートの半円状の欠損を無視すれば、大きさだけでなく厚みも一致する。形見であるペンダントの飾りは、この遺体が囓ったチーズを型どりして作られた鋳造物だ。歯に詰めたり被せたりする金属も同じ工程で作製される。歯科医師や歯科技工士であれば作製するのは容易なはずだ。

「このプレートが誰かが囓ったカットチーズであるのは予想していたけど、これではっきりしたわ」

この葉が台の上の顎骨を見下ろしながら、彼女にしては珍しく興奮気味に言った。

「それにしてもどうして先生のお父さんはわざわざこんなものを作ったんですか。そもそもご遺体はいったい誰なんですか」

「それはまだ分からない。この謎解きはまだ始まったばかりよ」

彼女は高揚した気持ちを落ち着かせるように息を吐いた。頬にうっすらと赤みが浮かんでいる。

「警察に報告しないといけませんよ」

「それは私がやるわ。父の残したカルテの中にご遺体と一致する患者がいるかもしれない。だけど今しばらくこのペンダントのことは黙っていてほしいの。お願い」

この葉の目は真剣だった。

「え、ええ。先生がそうおっしゃるなら。でも身元が分かったらすぐに平嶺さんに報告してくださいよ」

「もちろんよ。約束するわ」

間もなくして缶コーヒーを抱えた松浦が戻ってきた。それから彼は月城葉太郎の思い出話に花を咲かせた。この葉と彩女は相づちを打ちながら聞き入った。二人はペンダントのことを一言も口にしなかった。

＊＊＊＊＊＊＊

「あら？　今日はペンダントをしてないのね」

治療を終えた緒川優子が口をゆすぎながらこの葉に言った。

「ええ。今日は外してます」

「お父様の形見じゃなかったの？」

「そうだったんですけど……」

「分かった！　お父様が残した謎が解けたのね。そうでしょう？」

「さすがは名探偵リリコですね。まだ完全に解けたわけではありません。鋭意推理中といったところです」

二人で法歯学教室に出向いたのは昨日のことだ。

「そうなんだ。そのミステリをいつかは聞かせてくれるかしら」

「それはもちろん。謎が解けたら一番最初にお話ししますよ」

「それはそうとお願いがあるの」

緒川が改まった様子で言った。

「なんでしょうか」

「ほら、先生が突き止めてくれた奥歯に埋め込まれた発信器。あれをドラマに使わせてもらいたいの」

「名探偵リリコですか」

「ええ、そうよ。脚本家がネタ切れでテンパっちゃってるの。それで先生の推理のことを話したのね。そしたらぜひ使わせてほしいって」

緒川は肩をすくめた。名探偵リリコは一話完結型のドラマだ。つまり毎回ミステリのネタを用意しなくてはならない。似たような内容では視聴者も飽きてしまう。リリコが人気なのは謎解きのバラエティに富んでいるからだ。よくぞあんなにたくさん思いつくものだと感心しながら見ていたが、さすがにネタが尽きてきたらしい。脚本家も大変である。

「私は別にかまいませんよ。ただ当院と患者様を特定されてしまうのは困ります」

「それはもちろん大丈夫。場所も人物設定も内容も、当事者たちが見ても分からないレベルで変えるから。先生や医院に迷惑をかけることはないわ。それは私が約束します」

発信器の事件はなんといっても緒川自身が被害者本人だ。

「すごいじゃないですか！　私たちに起こった事件がドラマになるなんて夢みたい」

彩女は思わずはしゃいでしまった。どうやら自分は根っからのミーハーだ。

「密室殺人未遂なんてのもありましたけど」

「こら！　高橋さん」

「あわわわ……」

つい口を滑らせるところだった。患者とのやり取りは口外してならない。緒川はキョトンとしている。

「ところで緒川さん。中神香織《なかがみかおり》をご存じですか」

突然この葉が女性の名前を尋ねた。聞いたことのない名前だ。

「『魔女裁判ゲーム』の脚本家ね。でも活動していたのは十年以上も前よ」

緒川は面識がないと言った。

「今はどうされているんですか」

「失踪したって聞いているけど……その後は名前を聞かないなあ」

「失踪ですか？」

この葉は眉をひそめた。

「ええ。リリコの脚本家が言ってたけど、彼らは書けなくなると消えたくなるそうよ。彼女もそんな心境に陥ったのかしらね」

　この葉は顎先に指を当てながら思案顔になった。

「中神香織がどうしたの」

「最近、彼女の作品をいくつか観たものですから」

　この葉が応える。

「サスペンスが多かったわね。まつげん監督とよくタッグを組んでいたわ」

「『疾走トロピカル』『殺戮《さつりく》少女』なんかがそうですね」

　いずれも観たことがない映画だ。どちらにしても彩女はサスペンスやホラーといった怖い系の映画が苦手である。

「まつげんさんは台本に何度もダメ出しする脚本家泣かせの監督だけど、中神さんの台本には相当惚れ込んでいたみたいで一切口を出さなかったらしいわ」

「そうだったんですか」

「ここだけの話、私はそこまで優れた書き手だと思わないんだけどね。個性的といえば個性的だけど面白味に欠けるというか……。もう少し話運びにメリハリがあってもいいんじゃないかって思う。監督はそれが中神香織の持ち味だとインタビューで答えているわ」

「業界の評価はどうだったんですか」

この葉が尋ねた。

「まつげん監督は入れ込んでいたようだけど、周囲はそれほどでもなかったみたい。興行的にも成功しているとは言い難いしね。中神の台本が監督の足を引っぱっているという批判もあったらしいわ。それでも監督はいつかは彼女の名前がブレイクすると信じていたみたい」

その中神が失踪した。緒川はウィキペディアで中神香織を検索した。

「失踪したのが今から十三年前ね。まつげん監督にとってはショックが大きかったでしょうねえ。今ごろ生きているのかしら」

十三年前……。

高円寺さゆりの自殺も月城葉太郎の事故も歯科医院の放火もたしか十三年前だ。最近耳にした不吉な出来事が十三年前に群がっている。思えば十三という数字も実に不吉だ。

「発信器ネタの件は監督や脚本家にも話を通しておくわ。先生、本当にありがとうございました」

緒川はユニットから立ち上がるとうっとりするほどステキな笑顔で微笑んだ。

＊＊＊＊＊＊＊＊＊

彩女は緒川を見送ると6番を出て3番に入る。次の患者を迎える準備を始めた。カルテを見ると古谷陽炎とある。この葉のファンに違いない彼はなにかと理由をつけて通院している。

「高橋さん」

患者が通される前にこの葉が入ってきた。

「昨日の歯型は誰のものなのか分かったんですか」

「あれから焼け残ったカルテを調べてみたの。その中にあの遺体と一致する歯式を見つけたわ」

「本当ですかっ！」

彩女は身を乗り出した。この葉が神妙な顔で大きくうなずく。そこで直感が働いた。

「もしかして遺体って中神香織ですか」

「鋭いわね。ご明察よ」

「分かりますよ。緒川さんにいきなり訊いてるんだもの」

「バレバレよね」

この葉が苦笑する。

月城歯科医院に保管してあったカルテの多くは放火によって焼失してしまったが、それでも一部は残っていたという。その中に該当するカルテが入っていたのだからミラクルと言っていいかもしれない。

「つまりお父上は患者さんの歯型をわざわざプレートにして保管していたわけですね」

歯型といっても歯科用模型ではなく、囓りかけのチーズである。それを鋳造したのだ。

「囓りかけのチーズかぁ……。あれから私も家に帰ってネットで調べてみました。アメリカで起こった殺人事件で、現場に残されたチーズの歯型から犯人が割り出されたケースがあるそうです。先生のお父さんは法歯学者だからそれかもしれませんね。なにかの事件で現場に残された遺留品がチーズだったとか」

「今日の高橋さんは本当にさえわたっているわ」

この葉は感心した様子だ。

「いやぁ……それほどでも」

毎回欠かさず名探偵リリコを観ているから推理力が鍛えられたのかもしれない。

「私もそう考えて松浦教授に問い合わせてみたの。そうしたらチーズに残った歯型の鑑定依頼が来たことがあるそうよ」

「どんな事件だったんですか」

「それが驚いたわよ。十三年前の高円寺さゆり事件よ」

「えええっ！」

ここでも十三年前だ。彩女の驚いた声に通路を通りかかった斎藤芳子が何事かと覗き込んできた。彩女は彼女に「すみません」と謝った。

「それってどういうことなんですか」

声を潜めてこの葉に尋ねる。

「高円寺さゆりは自宅で死んでいた。死体には明らかな毒物反応が認められた。当初は事件も想定して警察は捜査をしたわ。事件の一報を聞いて駆けつけた刑事が床に落ちていたチーズを見つけたの。それはすぐさま法歯学教室に送られた。だけど間もなく警察は高円寺のパソコンから、彼女自身が毒物を仕入れていたことを突き止めた。毒の入った小瓶もキッチンの棚から見つかって彼女の指紋が付着していた。さまざまな状況証拠から警察は早々に服毒自殺と断定したわ。捜査は打ち切られてチーズの歯型も無用の長物となったの」

「どうして先生のお父さんはわざわざそれを鋳造したんですか」

「当時、父は法歯学教室に出入りしていた。そのとき警察から鑑定依頼で送られてきたチーズが目に留まった。父は当時の松浦先生に言ったそうよ。『私に鑑定させてくれ』と。先生も学会や論文で忙しかったからお願いしたと言ってたわ」

「だけど自殺と断定されて捜査は打ち切られた。それなのに先生のお父さんはチーズをわざわざ鋳造した」

「名探偵彩女さん。どうしてだと思う？」

「ええっと……チーズはすぐに腐っちゃって歯型が分からなくなるから、そうなる前に金属に置き換えて残そうと考えた」

「なるほど。私もそれは正解だと思うわ。それでどうしてそんなものを残そうと思うわけ？」

彩女は名探偵になったつもりで頭脳をフル稼働させた。

「それはきっと……高円寺は自殺ではなく誰かに殺されたと考えたからです」

「それは誰なの？」

この葉の瞳に鋭利な光が宿った。彩女はこめかみをグリグリと指で押さえ込んでさらに思案を巡らせる。

「そうだ……先生のお父さんは法歯学者だからチーズについた歯型を自分の患者、中神香織だと一目で見抜いたんですよ。ほら、昨日の遺体は下顎側切歯《そくせっし》が左右とも捻転してましたよね。それに上顎右の側切歯が少し引っ込んで隣の犬歯が前に出ていた。お父さんはチーズの歯型からその特徴を読み取ったんですよ」

それに気づいたのは葉太郎だけではない。

「先生もそうでしょう？　平嶺さんが持ってきた遺体の写真を見て、プレートの歯型の特徴と一致すると気づいた。だから法歯学教室に出向いたんでしょう」

そうだとすればさすがは法歯学者の娘である。普通はそこまで読み取れない。

この葉は黙って耳を傾けている。

「チーズが見つかってからのやりとりは分かりません。ただお父さんはすぐには警察に報告しなかった。中神が人を殺すはずがない……そう患者を信じたのかもしれません。とにかくなんらかの事情で彼女を庇《かば》った」

さらに彩女は続けた。「ところが警察は現場の状況から高円寺を自殺と断定する。お父さんはチーズの歯型の主を警察に報告する必要がなくなった。そんな流れだと思います」

スジは通っている……と思う。

しかしその中神香織が白骨体で発見された。山中に埋められていたのならなんらかの事件に巻き込まれた可能性が高い。死後十数年経っているのなら、失踪直後である。周囲が失踪に気づいたときには埋められていたのかもしれない。

中神の死をどのように解釈するか。そもそも彼女は高円寺さゆりの死にどのように関与したのか。今のところ考えが及ばない。

「先生、警察には報告したんですか」

「もちろんよ。平嶺さんにカルテのコピーをファックスしておいたわ」

あとで平嶺が話を聞きにやって来るという。もっともカルテの記録者であり事情を知っているこの葉の父親も生きていないのだ。高円寺さゆり、中神香織、月城葉太郎……三人の不幸が十三年前に集まっている。それらは自殺だったり事故死だったり不審死だったりと様々だ。

「先生はどう思います？」

「まずはあなたの推理に感心したわ」

この葉が小さく拍手をしながら言った。しかし彼女に笑顔はない。むしろこの葉自身の推理を再確認したような淡々とした表情だ。

「先生も私と同じ推理をしたんですね」

「父は私に言ったわ……」

――もしも私の身になにか起こったらこれを調べてくれ。

月城葉太郎が愛娘《まなむすめ》に残した謎かけ。

高円寺さゆりは自殺と断定されたのに、葉太郎はどうしてなおもチーズのプレートをこの葉に託したのか。

「高円寺さゆりは自殺ではない。中神香織がなんらかの形で高円寺の死に関与している。そしてその謎に迫った先生のお父さんは犯人に殺された！」

突飛だと思う。それでも彩女はそんな推理をはじき出した。

「月城先生、お願いします」

そのとき男性を案内してきたたまきがこの葉に声をかけた。彩女とこの葉は咳払いをしながら会話を中断する。男性は古谷陽炎だ。細い体に重そうな革ジャンを羽織っている。彼はバッグを荷物入れに置くとユニットに腰掛けた。

「相変わらずすごいね、この歯科医院は。待合室で汐田まつげん監督を見かけたよ。有名人だらけだ」

「古谷さんも映画がお好きなんですか」

「好きだね。まつげん監督の映画はよく観るよ」

彩女が声をかけると陽炎はセミロングの髪の隙間から覗かせる冷え冷えとした瞳を向けて薄く笑った。

「古谷さん、知覚過敏症の症状はどうですか」

この葉が患者に尋ねると「まだ良くないね。だから来たんだ」と答えた。この葉は該当する歯にエアシリンジで圧縮空気を吹き付けた。陽炎はわずかに顔をしかめた。

「いつものようにレーザーを当ててお薬を塗っておきますね」

彩女はレーザー照射器と知覚過敏症治療薬を用意する。三人はレーザー光防止のメガネをかけた。この葉は患部にレーザーを照射すると、治療薬を塗って今度はプラズマ光を当てる。再び患部に圧縮空気を当ててみると今度は「痛くない」という。

「そのうち症状もなくなると思います」

この葉はマスクを取ると笑顔を広げた。

「先生、今日はペンダントしてないんだね」

陽炎は彼女の胸元を見つめて言った。何気にこの葉のことをよく観察している。

「ええ。そろそろ替えようと思いまして」

「変わった飾りだったよね」

「え?　どうして知っているんですか?」

彩女は思わず訊いた。あの飾りはここでは見せたことがないはずだ。彩女だって初めて見たのはつい最近のことである。

「ずっと前のことだけど……先生が南青山のカフェにいるところを見かけたんだよ。俺は挨拶をしようと思って近づいたんだけど、一人で考え事をしているようだったから声をかけるのは止《や》めておいたんだ。そのときペンダントを外してじっと見つめていた。あれはなんだろう……チーズを齧ったような形をしていたな」

彩女は「するどっ！」と声を上げそうになった。この男性も勘の鋭さにときどき驚かされる。

「齧ったチーズには当然歯型がついているよね」

「当たり前ですよ」

彩女はこの葉の代わりに答えた。この葉も少し警戒した顔つきだ。陽炎はその表情の変化をじっと窺っているように思えた。

「そのペンダントを外したということは、チーズの歯型の主が分かったということかな」

「古谷さん。おっしゃってることが分かりませんよ」

彩女は笑みを繕いながら話題をかわそうとした。この葉も黙ったままだ。

「ああ、気にしないでくれ」

陽炎はユニットから立ち上がるとバッグを肩に掛けた。

「いつか聞かせてくれるよね」

「今のところお聞かせできるような話なんてないと思いますけど」

彩女はこの葉の前に出て陽炎に言った。彼は肩をすくめる。

「話じゃない。十八番《おはこ》だよ」

「オハコ?」

「ショパンのピアノ協奏曲第一番ホ短調作品11の第二楽章」

以前言っていたこの葉が得意とするピアノ曲だ。

「謎が解けてからでいいからさ」

陽炎はそう言い残すと部屋を出て行った。

この葉はぼんやりと彼が姿を消した出口を見つめていた。

＊＊＊＊＊＊＊

四月二十七日。

JR恵比寿駅西口のゑびす像前。像は恵比寿駅と掲げられたプレートの真下に設置されており、足下には賽銭箱《さいせんばこ》が置かれていた。渋谷駅におけるハチ公像と同じように待ち合わせスポットとなっており、人待ちしている男女がゑびす像を囲んでいた。

空を見上げると薄黒い厚い雲が垂れ下がっているが雨は降りそうにない。春物のブラウスでは肌寒く感じる。彩女はスプリングコートを羽織った。

彩女はこの葉と待ち合わせだ。

今日は日曜日なので休診日である。午後一時。約束の時間ジャストで彼女は姿を現わした。早めに来ることもないが決して遅れない。いかにもこの葉らしい登場だった。彼女は花柄のワンピースである。体にフィットしているので推定Fカップの胸が突き出ている。周囲の男性の視線が彼女に集まっていた。

「ごめんなさいね。一昨日もつき合わせちゃったのに」

そんな視線も気にしない様子で彼女は黒髪を掻き上げながら微笑んだ。二日前はふたりで東医歯大の法歯学教室を訪れた。

「別に暇ですから。彼氏もいないですしね」

飯田橋との一件もあってつい自虐的になるが、気持ちはとっくに立ち直っている。

「それはお互い様よ」

この葉は少し寂しげに言った。

彼女も相変わらずフリーのようだ。彼女とつき合えるのは決して嘘をつかない極端に誠実な男性、もしくは彼女でも見破れない嘘を突き通すことができる極端に不誠実な男性か。もっともそんな男性がこの世に存在するとは思えない。いつになったら彼女は幸せになれるのだろうと考えてしまう。名探偵すぎるのも不幸なのかもしれない。

「ここから近いんですか」

「ええっと……少し歩くわね」

彩女はこの葉のあとについて駒沢通りを歩き、恵比寿南の交差点を左折して南下していった。それからしばらく歩いて路地に入ると恵比寿南二公園が見えてくる。公園には遊具で遊ぶ子供たちの姿があった。公園に面した路地をさらに進んでいくと「月城デンタルクリニック」の看板を掲げた建物が見えた。

「月城⁉」

彩女は看板を指さした。

「私の伯母の医院なの。父のお姉さんよ」

父親が亡くなったとき、高校生だったこの葉は卒業するまで恵比寿の伯母に世話になったと言っていたからその人だろう。

「伯母様も歯科医師だったんですか」

「ええ。やはり東医歯大歯学部のOGよ。来年古希を迎えると言っていたわ。その時代の女性歯科医師って珍しいんじゃないかしら」

来年古希ならば今年六十九歳だ。今もこのクリニックで現役だという。

「月城の姓のままなんですか？」

「彼女はずっと独身だったの」

この葉は彩女の疑問に応えた。もしかしたら伯母も彼女と同じく千里眼並の直感の持ち主なのかもしれない。それについては触れないでおいた。

石塀に囲まれた建物は医院と自宅が分けられている。それぞれ石造りで小洒落た洋風建築だが随分と年季が入っているようだ。外壁も色褪せているが風格が出ている。門扉《もんぴ》をくぐって敷地内に入ると芝生の庭が広がっている。広い花壇には色とりどりの花が咲き乱れていた。奥には桜の木が立っていて緑の葉をつけていた。

自宅建物で多角形の出窓が大きく張り出したようになっているのはサンルームだ。ガラス越しにテーブルやソファが見える。玄関扉のチャイムを鳴らすと白髪で上品な顔立ちの女性が姿を見せた。初老をとうに過ぎた顔立ちだが凛《りん》とした美しさと気品が窺える。二重瞼の大きな瞳はどことなくこの葉と似ている。

「華英《はなえ》伯母様、こんにちは」

「あら、この葉ちゃん。よく来てくれたわねぇ」

華英は顔を綻ばせるとこの葉を抱きしめた。

「今日はどうしたの？　葉太郎の命日は水曜日よ」

命日は四月三十日である。その日は錦織デンタルオフィスも開院しているが、この葉は休みを取っている。

「ええ。その前に伯母様に聞きたいことがあって参りました。こちら勤務先の歯科衛生士、高橋彩女さんです」

彩女は「よろしくお願いします」と丁寧にお辞儀をした。

「あら、可愛らしい衛生士さんね」

「そ、そんなことないです」

華英は優雅な笑みを向けながら恐縮する彩女を招き入れてくれた。通された先はリビングだ。窓側の部屋の半分はサンルームになっている。先ほど外から見えた部屋である。曇っているとはいえ外からの陽光が入ってきて心地よい空間となっている。ソファやテーブル、チェストや棚といった家具はすべてアンティークである。

二人はソファに腰掛けた。華英が紅茶を淹れてくれた。カップもポットもアンティークだ。彼女らしい優雅さと気品あふれるリビング。香水が撒かれているのかふわりと花の香りがした。

「これが誰なのかやっと分かりました」

この葉はテーブルの上にペンダントの飾りを置いた。華英は整った片方の眉毛を外国の女優がするようにつり上げた。

「葉太郎が鋳造した歯型ね」

彼女も承知しているようだ。触れることなく一瞥《いちべつ》するだけでうなずいた。

「それで誰なのかしら」

「中神という脚本家です。父の患者でした。檜原村の山中から先日発見された白骨の歯型と一致したんです」

「中神って……香織さん？」

　華英は大きな瞳をパチクリとさせた。

「ご存じなんですか」

「ええ、知っているわ。もう随分昔の話よ。葉太郎があなたのお母さんであるこの美《み》さんと出会う前ね。葉太郎は香織さんと交際していたわ。彼女、亡くなっていたのね」

「ええ。埋められていたそうです。それはともかく中神香織は父の恋人だったんですか」

　華英はコクリとうなずいた。

「葉太郎は大学を卒業したばかりで法歯学教室の院生、香織さんは二十歳になったばかりの劇団員。姉の私が言うのもなんだけど美男美女のカップルだったわ。二人は結婚を誓い合っていたわね」

「そうだったんですか……」

　この葉は大きく目を見開いていた。結婚前の父親の話を聞くのは初めてのようだ。彩女も自分の父親のことを考えた。父が母と出会う前にどんな恋愛をしていたかなんて考えたこともない。

「運命って面白いわね。もし葉太郎が香織さんと結婚していたらこの葉ちゃんは生まれてこなかったんだから」

華英はフッと笑って紅茶に口をつけた。そんな仕草も上品だ。今でも充分に美しいが若い頃はきっと女優レベルの美貌だったろう。それにもかかわらず独身ということは……この葉も同じ運命をたどるのだろうか。

「二人はどのくらい交際していたんですか」

この葉が尋ねると華英は「うーん」と顎先に人差し指を置いた。

「五年ほどじゃなかったかしら。二人は香織さんが女優デビューすることをきっかけに別れたわ。男性関係を清算するのがプロダクションの条件だったみたいね」

「女優だったんですか」

「ええ。でも女優としては今ひとつパッとしなかったみたい。それがいつの間にか脚本家になっていたのね。私もなにかの雑誌でインタビュー記事を見かけて知ったの。でももともと彼女は脚本書きだったわ。葉太郎とつき合っていたころも女優よりも物語を作る方に興味があると私に話していたもの。サスペンスとかスリラーとか好きだったみたいね。実は私もその手のジャンルは嫌いじゃないからね。だから密《ひそ》かに彼女の書いた作品は全部観ているのよ」

葉太郎は中神と別れて間もなくこの美と出会い、数ヶ月の交際を経て結婚する。

そしてこの葉が生まれた。

「そう言えば香織さんも子供ができたみたいな話を葉太郎がしていたわ。あなたが生まれる少し前だったと思う。私、冗談で葉太郎に『あなたの子供じゃないでしょうね』って茶化してやったの。もちろんこの美さんはその場にいなかったわよ」

中神の相手は売れない俳優だったという。葉太郎と別れてから間もなくにつき合い始めたらしい。妊娠をきっかけに中神はその男性と結婚したという。

「中神香織はどんな女性でしたか」

とこの葉。

「バラが好きだったわね。服もバッグもバラのデザインだったわ。ここに遊びに来るときもいつもバラの花束を持ってきてくれた」

華英は彼女の顔を思い浮かべるように虚空を見上げながら続けた。

「まあ、悪い子ではなかったわね。実家の歯科医院は私が継いでいたし、葉太郎は法歯学の道に進むと決めていたから、弟の奥さんは女優業でも脚本家でも好きにやればいいと思っていたわ。私がいちいち口を挟むことではないでしょうし」

華英の反応から中神に対する評価は可も無し不可も無しといったところだろうか。嫌っているわけでもないが積極的に好いていたわけでもなさそうだ。

「彼女になにが起こったのかよく分からないけど結局、秘蔵のネタは作品にできなかったようね」

「秘蔵のネタ？」

と彩女とこの葉の声がピタリと重なった。

「ええ。まだ香織さんが葉太郎とつき合っているころよ。たまたま銀座でばったりと出くわしたから、お茶をしながらいろいろと話をしたの。そこで彼女、ある事件の真相を握っていていつかそれをモチーフにした作品を書きたいと言ってたわ。なんだか自信があるような口ぶりだった」

華英は固いクッキーをカリッと齧った。

「ある事件ってなんなんですか」

「生まれ故郷で起こった事件ということ以外ははぐらかされて教えてもらえなかった。それを書くに当たっていろいろと調べなくてはならないことがあると言っていたわ。私の知る限り、彼女の作品で実話をモチーフにしたものはなかったはずだから、まだ映像化はされてないはずよ。ネタを温めたまま姿を消したことになるわね」

中神は山中に埋められていた。華英が続ける。

「もっとも香織さんの作品はどれも今ひとつね。話のテンポが悪い。秘蔵のネタを持ち出したとしても、果たして面白い作品が書けたかどうか怪しいものだわ。私も学生時代、実は素人劇団に所属していてシナリオを書いていたから少しは分かるの」

と華英は苦笑した。

中神香織は彼女なりの大きな構想を温めていた。それを作品にしないで自らの意志で姿を消すのは不自然だ。やはり何者かに誘拐拉致されて山中に埋められたと考えるべきだろう。

そして注目すべき点は高円寺さゆり、中神香織、月城葉太郎のつながりである。高円寺の服毒自殺の現場に中神の囓ったチーズが落ちていた。それを調べたのが葉太郎である。三人はいずれも十三年前に亡くなっている。

「中神さんと高円寺さゆりとの間になにかがあったのかしら」

中神が高円寺の自殺の原因となったのか。それとも中神が服毒自殺に見せかけたのか。どちらにしてもその彼女を拉致殺害して山中に埋めた人物は誰で、その動機はなに？

彩女の中でたくさんのクエスチョンマークがグルグルと駆け巡った。

＊＊＊＊＊＊＊＊＊

月城華英の自宅を出てから彩女とこの葉は恵比寿のカフェで小一時間過ごした。

そして午後五時。

彩女たちは広尾にあるマンションの前に立っていた。築二十年ほどだが鉄筋の瀟《しょう》洒《しゃ》なデザインの建物である。エントランスも広く外から見える内装も豪奢《ごうしゃ》である。立地を勘案すれば築浅でないとはいえ庶民には手が届かない分譲物件だろう。建物の裏側を覗くと非常階段が見えた。鉄製の扉には鍵がかかっているが丈が低いので彩女でも乗り越えられそうだ。造りのわりに防犯は手薄な気がした。二十年前の物件は今と比べてセキュリティに対する意識が低かったのかもしれない。

「先生が部屋を買うって設定ですよね」

彩女はこの葉に確認した。

彼女は「そうよ」と応えるもやはり緊張した面持ちである。この物件の情報は緒川優子から仕入れた。恵比寿のカフェから彼女に連絡を取って「高円寺さゆりの自殺現場となった自宅マンションを知りたい」と願い出たのだ。高円寺のファンである緒川はもちろんマンションも部屋も知っていた。今は高円寺の妹が部屋を管理していて、その物件を売りたがっているという。緒川に「現場を見たい」と伝えたら「購入希望を申し出て中を覗かせてもらえばいい」と提案された。彼女の事務所を通して先方に連絡してくれるとのことだった。この葉たちは緒川の厚意に甘えさせてもらうことにした。そして先方は物件の見学を快諾してくれたというわけである。

インターフォンを押すと女性の声がした。この葉が名乗るとエントランスの大きなガラス扉が静かに開いた。ロビーはまるでホテルを思わせる。目的の部屋は三階だ。二人はエレベーターに乗り込んだ。部屋の前に立ってチャイムを押すと華やかな顔立ちの女性が姿を見せた。彼女が高円寺さゆりの妹だろう。表札には松本《まつもと》とある。

女性は松本紀子《のりこ》と名乗った。高円寺さゆりの姓は芸名だという。

「緒川さんのマネージャーさんから伺ってます。この部屋、気に入ってもらえるといいんですけどね。もうご存じだろうから包み隠さずに言うけど曰《いわ》く付き物件よ。高円寺さゆりが服毒自殺した現場。姉はリビングで亡くなったわ。そこよ」

松本は二人をリビングに案内してくれた。豪奢なエントランスからゴージャスな室内を想像していたが、存外にシンプルだった。そう思えるのは北欧製の家具や照明で揃《そろ》えているからで、お金はかかっているという。リビングは二十畳ほどあって広々としている。

「高円寺さゆりの記憶を残そうと思って家具も食器類も生前のままにしてあります。クローゼットには彼女の衣装も揃ってます」

「それなのに売りに出しちゃうんですか」

「私はコスメの会社を経営しているんだけど、いろいろと資金繰りが大変なのよ。だから手放すことにしたってわけ。姉には申し訳ないけど」

松本は残念そうに肩をすくめた。３ＬＤＫの間取りでこのクオリティと立地だ。価格を聞くのが怖いほどである。

「現場にチーズが落ちていたと聞いたんですが……」

彩女はさりげなく質問してみた。

「亡くなる直前に誰かが来ていたみたいね。でもその人は無関係だって刑事さんが言っていたわ」

松本はそれが中神香織であることを知らされていないようだ。警察も自殺と処理しているのでいちいち報告しないのだろう。

「本当に自殺なんですか」

「間違いないわ。私、見たの。姉が毒の入った小瓶をこっそりとキッチンの扉にしまうところ。その扉はご丁寧に鍵が取りつけてあるの。鍵まで掛けちゃって変だなと思っていたわ。まさか毒だなんて夢にも思わなかったから。その鍵も彼女が保管していたのよ」

事件当日、鍵が開けられて毒の小瓶を隠してあった扉が開いていた。高円寺はカップに紅茶を注いでその中に毒を入れて飲んだというわけである。リビングのソファで倒れている彼女を発見したのは海外旅行から帰ってきた妹だ。すぐに救急車を呼んだが死後二日経っていたという。

「自殺の原因は今でも分からないんですか」

今度はこの葉が尋ねた。

「さっぱりよ。自殺なんてあり得ないと思ったけど、それ以上に殺人はあり得ない。あの小瓶の入った扉を開けられるのは姉だけですもの。私だって鍵の隠し場所を知らなかったのよ」

そこまで用心して隠していた毒の在処《ありか》を他人に漏らすとは思えない。鍵まで掛けていたのだ。小瓶から販売者と本人以外の指紋は出てこなかったという。警察が自殺とみなしたのも実に合理的な判断である。問題は自殺の動機だが、これればかりは本人しか知り得ない。

そんなことを考えているうちにこの葉はキッチンに立っていた。彼女は食器棚を見つめている。彩女も近づいた。一つだけ鍵穴のついた扉があった。この中に小瓶を隠していたのだろう。つまみを引っぱってみたが鍵が掛かっているようで開かなかった。

「キッチンも使いやすいでしょう。ちょっと古いけど当時としては最新式だったのよ」

松本はキッチンカウンターを手のひらで撫でながら言った。たしかに広くて使いやすそうなキッチンだ。ヨーロッパ製だろう。小洒落たデザインの調理器具がカウンターの上に並んでいる。購入を決めるなら家具も含めてそれらもサービスでつけてくれるという。

「お姉さんが使っていたカップはどれですか」

この葉は松本に尋ねた。彼女は怪訝《けげん》な顔をしたが食器棚のガラス扉を開くとソーサーに載ったカップを取り出した。

「これよ」

松本はキッチンカウンターの上にそれを置いた。

「マンション買ってくれるなら曰く付きのこれもつけちゃうわよ。高円寺さゆりが服毒自殺に使ったカップだもの。プレミアがつくんじゃないかしら」

と意地悪そうに笑った。なかなか黒いジョークを飛ばす妹である。

「ああ！　これ私も持ってます。『レッドローズの憂鬱』で高円寺さゆりが着ていたワンピースのブランドが出したカップですよね」

そのカップのことは先日の緒川優子との会話でも出てきた。高円寺の着ていたワンピースが映画のヒットで売り切れたので、同じブランドのカップを買ったと言っていた。それも当時は入手困難だったという。カップにもソーサーにも米粒のように小さな赤い花柄がまぶすようにデザインされている。

「これってローラ・ルルーですよね。表参道にもショップがありますよ」

妙齢の女性たちに人気のあるブランドだ。

この葉はカップをじっと見つめていた。なにやら思案気だ。

「先生、どうしました」

彩女が声をかけるとこの葉は我に返ったように顔を上げた。

「い、いえ、懐かしいなあと思ってね」

どうしてもこの物件を売り払いたいのだろう。大幅な値引きを持ち出す松本に
「少し考えさせてほしい」と言い残してこの葉と彩女は辞去した。

帰り道もこの葉はじっと考え込んでいる様子で彩女が声をかけても上の空だった。

そうなったのもローラ・ルルーのカップを見てからだ。

それから間もなく地下鉄に乗るため彩女はこの葉と別れた。

＊＊＊＊＊＊＊＊

世間はゴールデンウィーク後半に突入した。今年は前半が飛び石で、錦織デンタルオフィスも五月三日から六日まで四連休である。

東京駅は旅行客でごった返していた。下りの新幹線は指定席もグリーン席も満席である。

「故郷のある人たちはいいわね。故郷って憧れない？」

と新幹線の到着を待つプラットホームでこの葉が言った。二人とも大きなキャスターバッグを引いている。

「分かりますぅ。私も先生も東京生まれの東京育ちですもんね」

彩女は都内下町生まれでそこで育った。二十五年の人生で東京を出たことがない。もっとも地方から上京してきた友人たちからは東京育ちを羨ましがられる。お互いに無い物ねだりなのである。

「お父さんの命日はどうでした？」

「身内が集まってお墓参りをしてきたわ」

もちろん月城華英や松浦教授も来たという。

やがて新幹線がホームに滑り込んできた。電光掲示板には彩女たちが乗るひかり号が表示されている。扉が開いて二人は車内に乗り込んだ。

「私、グリーン車なんて初めて！」

彩女はゆったりと広めのシートに腰を下ろすと大きく伸びをした。床には足置きまで設置されている。

「先生、本当にいいんですか。新幹線やらホテルやら用意してもらっちゃって」

彩女は女性パーサーからおしぼりを受け取りながら言った。この葉にとってかなりの出費になっているはずだ。

「せっかくのゴールデンウィークにつき合ってもらっちゃってるんだもの。このくらいは当然よ。むしろ申し訳ないと思ってるわ」

「無理やり私が先生の謎解きに押しかけているみたいで……」

「そんなことないよ。あなたがいてくれてとても心強いの。一人で調べようとすると、どうしても気が滅入《めい》っちゃうことが多いからね。それに二人なら旅行しているみたいで楽しいわ」

行き先は浜松《はままつ》市である。中神は華英に「ある事件」の真相を握っていていつかそれをモチーフにした作品を書きたいと言っていた。「ある事件」は中神の生まれ故郷での出来事だという。あれからこの葉と彩女は中神香織のことをいろいろと調べた。彼女の生まれ故郷が静岡県浜松市である。

「今日から三日間、浜松まつりなのよ」

「そうなんですか。だったら混みますかね」

「日本有数のお祭りだからね。百万人以上の観光客が押し寄せてくるそうよ。中田《なかた》島《じま》砂丘の凧《たこ》揚げ合戦が有名ね」

彩女は浜松を訪れるのは初めてだ。浜松といえばうなぎパイとヤマハやスズキといった企業のイメージしかない。

「そんなにすごいんですか！　それはそれで楽しみですね」

とはいえ遊びに行くわけではない。この葉の父親が遺《のこ》した謎を解くための旅なのだ。

「ホテルもキャンセルが入ったから運良く取れたわ。さすがに日帰りでは時間的に厳しいから」

そうこうするうちに新幹線は発車した。グリーン車内の席もほぼ埋まっている。自由席が混雑しているとの車内放送が流れた。車窓に富士山の威容が現れると車内にどよめきが上がった。彩女もスマートフォンで風景を撮影する。それから間もなく静岡駅で停まり、次が浜松駅だった。

「案外、近いですね」

新幹線に乗っていたのは一時間半ほどだ。浜松駅から出ると駅前広場は駅ビルや高層ビル、百貨店、家電量販店といった大型の商業施設に囲まれていた。地方都市とはいえそれなりに発展した街である。駅前の環状のロータリーには各方面に向かうバスが行き来していた。広場は地元の人たちでごった返している。そのうちの多くは法被《はっぴ》姿だった。

繁華街に出るとラッパや笛を鳴り響かせながら練り歩く法被姿の男女で賑《にぎ》わっていた。派手な彫刻が施された御殿屋台《ごてんやたい》が大通りに並んでいる。通りは人々で埋め尽くされて身動きが取れないほどだ。

「すごい熱気ね」

群衆の中をくぐりながら駅からすぐ近くに建つホテルに入ってチェックインの手続きを済ませた。部屋は広めのツインルームである。高層ビルの上層階なので街並みはもちろん、太平洋まで一望できる。ゆっくりとくつろぎたくなる快適な客室だったが、二人は荷物を整理してホテルの外に出た。

「中神さんの実家はどこなんですか」

「西区の西山町というところよ。地図によれば航空自衛隊の近くね」

二人はタクシーに乗り込むと行き先を告げた。

「お客さんたちは凧揚げ合戦を見に来たんじゃないんですか」

初老の運転手は彩女たちに言った。客のほとんどが会場となる中田島砂丘に向かうという。この葉が「友人のうちです」と出任せを言った。

「今日は混むから時間がかかると思うよ」

運転手の言うとおりところどころで屋台の引き回しや練《ね》りが行われて通行止めになっているため道は混雑していた。それでも四十分ほどかけて目的地に到着した。

建物が密集していた中心街に比べるとこの辺りは田畑や空き地が目立ち、古い家屋が点々としている。ビルも少なくいかにも地方都市の郊外といった風景だ。遠くの方でラッパやかけ声は聞こえるが通行人をほとんど見かけない。タクシーの運転手曰く、航空自衛隊が近いから普段は自衛隊機が飛んでいるそうだ。

タクシーを降りると「中神ふとん」と看板の掛かった三階建ての建物の前だった。建物は鉄筋だがそれなりに年季を感じさせる。一階は店舗になっており、長年閑古鳥が鳴いているような店内は、薄暗くて陰気な雰囲気だった。奥のカウンターでは年配の店主が暇そうにスポーツ新聞を読んでいた。

店内に入ると店主はメガネを上げながら、珍しそうな目で彩女たちを見た。さほど広くない店内には布団や枕、シーツといった寝具が積み上げられている。手書きの値段札の文字も乱雑であまり商売熱心ではない様子が窺える。

「こんにちは。中神香織さんのご実家はこちらですか」

この葉が声をかけると店主は眉をひそめた。

「あんたら誰？」

新聞をテーブルに置くと男性はこの葉を見上げた。その瞳には明らかに不審の色が浮かんでいる。この葉は歯科医院の名刺を出して名前を名乗った。

「歯医者さんが妹になんの用なの？」

店主は中神香織の兄らしい。もし中神が生きていれば五十八歳であるが、彼は七十を超えているように見えた。少し年の離れた兄妹なのだろう。

「父が香織さんのかかりつけをしてました」

「あんたのお父さんも歯医者さんだったのかい？　そうか……おかげさんで妹の亡《な》骸《がら》が戻ってきたよ。ありがとう」

店主は立ち上がるとこの葉に向かって深々と頭を下げた。この葉の報告によって檜原村の山中で見つかった白骨体の身元が判明し、遺族に伝えられたのだ。カルテの記録とレントゲンが照合されて、おそらくＤＮＡ鑑定も施されたのだろう。

「お悔やみ申し上げます」

この葉も彩女もお辞儀を返した。

「ささ、そんなところに突っ立ってないで中に入って」

「お邪魔します」

それから店主、中神一樹《かずき》はお茶を淹《い》れてくれた。この葉は今までのいきさつを説明した。彼は黙って耳を傾けていた。

「父も母も娘の行方を知らされないまま三年ほど前に続けて亡くなりました。無念でいっぱいだったと思います。それでもこうやって戻ってきてくれた。両親もこれで成仏できる。それだけで充分だ。妹になにが起こったのか。正直、私は知りたくない。ただ穏やかに余生を過ごしたいだけですよ」

一樹はお茶をすすりながら遠い目をして言った。高円寺の自殺や葉太郎の事故にも関心を向けなかった。

ラッパの音が近づいてくる。窓の外を見ると建物の前で法被姿の若者たちが練りで盛り上がっていた。

「香織も生粋の浜松っ子だから祭り好きでね。上京してからも浜松まつりには必ず帰ってきてたなあ」

一樹は懐かしそうに言った。

「あのぉ、ちょっとお願いしたいことがあるんですが……」

「なんだね？」

「香織さんの遺品を拝見させていただくわけにはいかないでしょうか」

この葉が申し出た。

「妹の遺品なら倉庫にしまってある。いなくなってすぐに引き取ったんだ」

そう言って彼は建物裏にある倉庫から大きめの段ボール一箱を持ってきた。

「中身はノートや原稿用紙ばかりだよ。妹は脚本家だったからね」

箱を開けるとたしかにそのようだった。衣類や家具類は処分してしまったが、生前の両親が娘の作品だけは捨てなかったという。

「妹の生きた証《あかし》だと言ってね」

一樹は淋しそうに微笑んだ。彼自身、去年奥さんを亡くしてここで一人暮らしだという。娘は嫁いで名古屋にいるそうだ。

「香織さんにはお子さんがいたそうですね」

「父親に引き取られたよ。もう十年以上も会ってないなあ。顔も忘れちゃったよ。父親も何年か前に病気で亡くなったと聞いたよ」

甥《おい》っ子にはさほど思い入れがないようだ。他人事のような口調だった。

この葉は箱の中のノートを手に取った。ノートやファイルの表紙には通し番号が振ってあった。彼女はそれらを新調するたびに几帳面に番号を打っていたようだ。番号を確認するとすべて揃っている。

開いてみると紙は黄ばんでインクは色褪せている。脚本だけではなく取材したと思われるメモも書き込まれている。ノートやファイル、原稿用紙の他にスクラップブックもあった。そこには資料と思われる新聞記事の切り抜きが貼ってある。

「これをしばらくお借りしてもよろしいでしょうか」

「え、どうして？」

「私、実は脚本家志望なんです」

この葉が願い出ると一樹は「歯医者さんなのに？」と言いつつも快諾してくれた。

＊＊＊＊＊＊＊＊＊

彩女たちは再びタクシーを拾ってホテルに戻った。

「中神さんが高円寺さゆり殺害の犯人だったら辛いですよね」

彩女がこの葉に言うと彼女も小さくうなずいた。彼女は一樹にいきさつを説明する際、あくまで高円寺の服毒自殺として話した。もっとも警察もそう判断しているので一樹はそのまま受け入れている。しかし今回、彩女たちが追っている謎はそれではない。

月城葉太郎の死の真相なのだ。

彼は十三年前、六本木《ろっぽんぎ》にある「モリムラビル」というオフィスビルの階段から転落して亡くなった。警察は階段で足を滑らせたことで起こった、ただの転落事故として処理したが、この葉はそう考えていない。その前日、彼女は父親に誕生日プレゼントとして靴を贈っている。それはソールの滑り止めがしっかりとした製品で、足を滑らせるなんてことは考えられないからだ。ましてやその階段で他に転落事故が起こったことがないという。

この葉は、父親の死が中神香織の死になんらかの形で関与していると考えているようだ。

二人は借りてきた段ボールの中身を検《あらた》めてみることにした。段ボールはタクシーのトランクになんとか収まる大きさだった。中にはノートやファイル、スクラップブックだけでも数十冊入っている。原稿用紙の束も膨大だ。

二人は手分けして目を通してみることにした。

外からは相変わらずラッパや笛の音、威勢の良いかけ声が聞こえてくる。浜松市民は相当に祭り好きのようだ。中神も祭りになると必ず帰省すると言っていた。浜松生まれの血が騒ぐようである。

彩女は資料を読み込んでいた。外はすっかり暗くなっている。時間を惜しんで食事はコンビニで調達してきた。本当は有名うなぎ料理店で食べるつもりが、調べなければならない分量が多すぎる。

さして面白味のないドラマの脚本を読み終えると、彩女はスクラップブックに手を伸ばした。プロットを立てるための資料にしたのだろう。そちらは新聞や雑誌から切り抜いた記事が貼り付けてある。

『少女殺人、これで四件目！』

と見出しが躍っている。彩女はさっそく記事に目を通した。相当に古い記事だ。それもそのはず、日付を確認してみたら一九六六年、つまり四十八年前である。彩女もこの葉も生まれるずっと前である。時代は昭和だ。浜松市西山町の土蔵にて小学三年生の少女の遺体が発見されたとある。遺体に性的暴行の痕跡がなかったことだけでも遺族にとっては救いだろう。他の記事を読むと五人、六人と被害者の数を増やしている。

結局、犯人は数ヶ月の間に浜松航空自衛隊の界隈《かいわい》で七人の少女に手をかけている。犯行現場はすべて地図にマーキングされていた。一通り目を通したが犯人が逮捕された記事は見当たらなかった。スマホを使ってネットで調べてみると迷宮入りしていることが分かった。

当時の雑誌の記事には現場となった土蔵の写真が掲載されていた。外壁が白塗り漆喰《しっくい》で二階建てだ。外観からして相当に古い建物だと分かる。大正時代、もしかすると明治時代かもしれない。そしてこの建物に見覚えがあった。

「先生、この記事」

彩女はスクラップブックをこの葉に差し出した。彼女の表情は目を通すうちに張り詰めていった。

「なにか心当たりがあるんですか?」

彩女が声をかけるとこの葉は「これ見て」と一冊のノートを差し出した。ノートの表紙には32と通し番号が書き込まれていた。

ページをめくると台本の下書きのようだった。

タイトルは『小さな目撃者』。

小説と違って会話と簡単な状況説明しか記されない脚本は読みやすい。小一時間で読み終わることができた。

問題はその内容だ。


主人公は少女である。名前はカオル。年齢は十歳だから小学生だ。

カオルは小説家を夢見る空想好きな女の子。そんな彼女が勉強部屋から外を眺めていると大きな麻の袋を抱えた青年が土蔵に入っていく。

知らない顔だ。その麻の袋の中身が動いているような気がした。

外に出てこっそりと蔵の中を覗こうとするも地面に置いてあった瓶を倒して音を立ててしまった。青年に見つかることを怖れたカオルはすぐさまその場を離れて、自分の部屋に戻る。そこから父親の双眼鏡を使って土蔵を覗いた。音を立てた瓶の位置には青年が立っている。どうやら気づかれなかったようだ。やがて青年もその場から去って行った。

麻の袋の中身はなんだったのだろう。動いていたから犬やネコだろうか。いや、もう少し大きかったような。

まさか……。

そこでカオルは、はたと思いつく。ここ最近、近所で起きている殺人事件。畑、河原《かわら》、草むらと三人の少女の遺体が発見されている。カオルは怖気《おぞけ》立った。怖くて見たことを誰にも言えなかった。土蔵に近づく勇気もなかった。

そして三日後。

件《くだん》の土蔵から少女の遺体が発見されて大騒ぎになった。カオルは犯人の顔を見ている。知らない青年だがその顔は克明に脳裏に刻まれている。忘れられない顔だ。しかしカオルはそのことを誰にも言わなかった。恐ろしかったのだ。あの男は悪魔だ、魔人だ。他人に話せば自分も殺される。そう信じて疑わなかった。

そして月日が経った。カオルは地元の高校を卒業すると上京する。高校時代は演劇部だったこともあって、東京でも劇団に所属する。演技の傍ら、物を書くのが好きな彼女はシナリオの勉強もしていた。やがて彼女は年上の男性と出会って恋をする。相手は法歯学教室に身を置く、歯科医師である——。

「この歯科医師って先生のお父さんですよね」

彩女はこの葉に言った。主人公のカオルは明らかに香織だ。「華英さんの言っていた中神香織の握っている事件の真相って、これのことじゃないですかね」

この葉は鋭い目つきを向けてうなずいた。

中神は四十八年前の迷宮入り事件の犯人の顔を知っている!?

彩女はさらに台本の続きに目を通した。しばらくは歯科医師との恋愛模様が描かれているが、やがて二人は別れることになる。カオルの女優デビューがきっかけだ。これも華英から聞いた話と一致する。

しかし話はそこで途切れていた。それから後ろのページが破り取られているのだ。他のノートを確認してみたが物語の続きは見当たらなかった。

「ここからどう展開していったのかな」

その後ヒロインがどうなったのか、とても気になる。

「彼女はきっと犯人と再会したのよ」

「だから殺された？」

この葉は静かにうなずいた。いや、それだけではない。彼女の恋人だった歯科医師、月城葉太郎にもそのことが伝わっていたかもしれない。もしそうなら犯人は口封じのために葉太郎も殺した？

彩女の思考が伝わったのかこの葉の表情が険しくなった。

「夜が明けたら現場を確認に行きましょう」

彼女はそう言うとベッドに入っていった。

＊＊＊＊＊＊＊

興奮したせいかほとんど一睡もできなかった。この葉も同じようだ。目の下にはうっすらと隈《くま》ができている。髪の毛も撥ねて肌つやもすぐれない。二人はホテルのレストランで朝食を摂るとノートやファイルのいくつかをコンビニでコピーしたあと、段ボールの中にきれいに詰め込んだ。それを抱えてタクシーに乗り込む。

中神ふとん店は今日も開いていた。相変わらず閑古鳥が鳴いているようだ。しかし彩女たちが顔を覗かせると店主の中神一樹は嬉しそうに迎え入れてくれた。彩女たちは段ボールを返却する。

「いやあ、東京の人はキレイだよなあ」

普段、若い女性と話す機会がないから楽しいという。

「香織さんの部屋を拝見したいのですが」

「香織の部屋かい？　そんなものを見てどうするんだい」

「プロの脚本家の部屋って興味があるんですぅ」

この葉が手を合わせながら甘えた声で言った。らしくない彼女に彩女は笑いをこらえる。一樹は目尻を下げながら、

「三階だよ。今では物置になっちゃってるけど」

と彩女たちを部屋まで案内してくれた。襖《ふすま》を開けると六畳の和室だ。店の商品であるふとんが所狭しと詰め込まれていた。

彩女とこの葉はさっそく部屋の窓を開けて外を眺めてみた。

「あの土蔵ですよ！　ここからはっきり見えますね」

土蔵は雑木林に囲まれていて道路からは見えないようになっているが、ここは三階なので見通すことができる。五十メートルほど離れているだろうか。脚本でカオルは双眼鏡で覗いたとある。それなら青年の顔も視認できたはずである。

「あんたらあの土蔵のことを知ってるのかい？」

「い、いえ……古い建物だなあって。ずっと昔からあるんですか」

彩女は笑顔でごまかした。

「私が生まれるずっと前からあるらしい。雑木林に囲まれているから人目につかないこともあってとんでもないことが起こったんだ」

一樹は四十八年前の事件の話をした。土蔵で殺されたのは一樹の同級生の妹だったという。

「俺も疑われていたみたいで何度も刑事たちがやって来てはアリバイを聞かれた。結局犯人は分からず終《じま》いで迷宮入りだよ。あんときは香織も怖がっていたなあ。小学校の小娘だから無理もないが」

と笑う。彼は妹の書いた脚本を読んでいないようだ。

「七人もの少女の命を奪ったんだ。今もどこかであんな恐ろしいことをした犯人がのうのうと生活していると思うと鳥肌が立つね」

一樹は土蔵を眺めながら吐き捨てるように言った。

「もう一つ聞きたいことがあります」

この葉が言うと彼は「どうぞ」と促した。

「この段ボールの中身を見た人って私たち以外にいますか」

「ええっと……ああ、いたね。これが届いた直後だったから十三年前だな。映画会社の人が権利の問題で確認したいからとわざわざここまでやって来て調べに来てたみたいだ」

「どんな人か覚えてますか」

「いやあ、私は直接立ち会ってないんだよ。応対したのは亡くなった妻だったからね。先方は一人で来ていたと言ってたよ」

と一樹は肩をすくめた。

＊＊＊＊＊＊＊＊

二人を乗せた新幹線は東京駅に到着した。バッグを引きながら駅構内の通路を歩く。

「高橋さん、ありがとう。あなたのおかげで楽しい旅行ができたわ」

「私こそ。いろいろと出費させてしまって申し訳ありません。役に立てましたか」

「もちろんよ。とにかく思い切って出向いてみてよかったわ。いろいろと分かったこともあるし」

中神香織の書き残した未発表の脚本は大きな収穫だったと思う。

「それで……これからどうするんですか」

「父が亡くなったビルについてもう一度調べてみようと思うの」

「私も手伝いましょうか」

「ううん。これは私一人で大丈夫。昨夜は眠れなかったでしょう。残りの連休はゆっくりするといいわ。そうしないと連休明けの仕事が大変よ」

「そうですね」

彩女は欠伸《あくび》を噛み殺しながら言った。たしかに疲れがたまっているようで体が鉛のように重い。しばらくベッドの中に潜り込んでいたい気分だ。連休が明けるまでに気力と体力を養っておかなければならない。

「じゃあ、今日はこれで。お疲れさまね」

「先生」

彩女は手を振りながら離れていくこの葉を呼び止めた。彼女は立ち止まると振り返って眩《まぶ》しそうな瞳で彩女を見つめた。

「絶対に謎を解きましょうね！」

「もちろんよ！」

この葉はにっこりと微笑むとガッツポーズを送った。

＊＊＊＊＊＊＊

五月七日。

今年は振替休日も重なってカレンダーでは昨日まで休日だった。連休明けの職場は戦場並みの忙しさだ。連休中に痛みや不具合に悩んだ患者が押し寄せてくる。こういうのは実に不思議なものでゴールデンウィークや年末年始など休みを狙いすましたかのように症状が出てくる。詰め物が外れたり痛みが出てくるのは決まって連休中だ。

その日の午前中は診療に忙殺された。六つの個室はフル稼働でスタッフも総動員だ。クタクタになって倒れそうな状態でやっと昼休みを迎えた。

「先生、あれからどうでした。いろいろ調べたんでしょう」

スタッフルームで一人静かに読書をしているこの葉に声をかけた。

「え、ええ……。取り立てて手がかりは見つからなかったわ」

彼女はよそよそしい態度で読書を続けようとする。

「どうしちゃったんですか」

「ごめんなさい」

突然、本を閉じてテーブルに置くと頭を下げた。あれからペンダントも外したままだ。

「いったいどういう……」

なにがどうなったのか分からない。言葉が続かなかった。

「もう、父の謎解きは止めようと思うの。ほら、こんなことしても父が帰ってくるわけじゃないでしょう。あなたにも随分迷惑をかけちゃったしね。あの歯型の主が分かっただけでも充分よ。父の謎かけの答えをきちんと出したんだもの」

「どうして急にそんなことを言うんですか？」

「あなたには申し訳ないけど、そういうことなのよ。本当にごめんなさい」

この葉はほんのりと微笑んだ。

「私が気に入らないことでもしましたか」

「そんなことあるわけないじゃない。あなたはよくやってくれたわ。本当に感謝してる。ありがとう」

彩女は哀しい気持ちになった。ここまで来て納得なんてできるはずがない。しかしこの葉が手を引くと主張している以上、彩女はそれを認めるしかない。謎解きを継続させる理由などないのだ。

この葉は強い意志を込めたような眼差しを彩女に向けていた。彼女の言う理由と真意とは食い違っているような気がした。たとえそうであったとしても彩女に立ち入る権利などない。

「そうですか……ちょっと残念だな」

彩女は努めて明るく振る舞った。この葉が安堵したように頰を緩める。

「先生との謎解き、楽しかったです」

「私もよ。同じ職場のスタッフとしてこれからもよろしくね」

この葉は彩女の肩をポンと叩くと読みかけの本を持って離れていった。

彩女は失恋に似た失意を覚えていた。

＊＊＊＊＊＊＊＊

事件は次の日に起こった。

開院前から錦織デンタルオフィスは騒然としていた。院長の朝礼にこの葉の姿がなかった。無断欠勤だ。

「月城先生に限って、無断欠勤なんてあり得ません」

たまきが早苗に訴えた。それは彼女だけでなくここにいる全員が分かっていることだ。電話をしてもつながらない。しかし午前中の患者は待合室に待機している。

連休明けの二日目ということもあって普段より来院者数は多いはずだ。

「高橋さん。月城先生のことはあなたにお願いします。彼女の自宅に様子を見に行って下さい」

「は、はいっ！」

電話に出られないということは急病で動けなくなっているかもしれない。そうだったら大変だ。

「分かったらすぐに連絡してね」

たまきが心配そうに言った。彩女はうなずくと着替えをして医院を飛び出した。

この葉のマンションは神宮前なので医院からさほど遠くない。彩女は胸騒ぎがして居ても立ってもいられず表参道の通りを駆けだした。

途中、見たことのある花柄を外壁一杯にちりばめたファッションビルが目に入った。彩女は足を止めた。ローラ・ルルーのショップだ。ショーウィンドウには高円寺さゆりのマンションのキッチンで見たカップが置いてあった。それは赤いバラと赤いチューリップの柄でワンセットだ。欲しいのは赤いバラ柄だけなのに、セット売りは抱き合わせ商法だと、この葉と緒川優子が話していたことを思い出す。

そこで彩女の頭の中にクエスチョンマークが点灯した。高円寺のキッチンで見たカップ。この葉はそれを見て妙に思案気だった。なにを考えていたのだろう……。

急がなくては！

彩女は頭を振ると思考を中断させて走り出した。まずはこの葉だ。

彼女のマンションは神宮前二丁目にあるトルコ大使館のすぐ近くだった。父親が生前、投資目的で購入したマンションだと聞いていたが四階建てのシンプルな造りの物件だった。それでも立地が良いだけにそれなりの価値があるだろう。エントランスではちょうど管理人が掃除をしていた。彩女は彼に声をかけて事情を説明した。

「分かりました。そういうことなら確認してみましょう」

管理人は合い鍵を取って来て彩女と一緒にこの葉の部屋に向かった。部屋は三階の角にある。管理人は合い鍵で扉を開けた。この葉の名前を呼びかけながら二人して中に入ったが不在だった。

「昨日は月城先生を見かけませんでしたか」

「いやあ、見かけてないですね。私も夜の九時になると帰ってしまうものですから」

初老の管理人は申し訳なさそうに言った。つまり彼女は帰宅していない可能性が高い。

昨日のことを思い出す。仕事が終わってこの葉は着替えるとさっさと医院を出て行った。謎解きの終了を一方的に告げられて、なんとなく声をかけづらくなっていた彩女は淋しい気持ちで彼女の背中を見送った。しかし今思えば、あのフォーマルなワンピースは誰かと待ち合わせをしていたのではないか。昨日の彼女の眼差しを思い出す。謎解きの中止の真意はもっと別にあるような気がした。これ以上詮索するなと訴えているように思えた。

もしかして……。

彼女は真相を摑んだのではないか。

きっとそれはとても危険なことで彩女を巻き込みたくなかった。

今一度、考えを巡らせてみる。

どうして中神は埋められたのか。彼女は浜松で起きた少女殺人事件の犯人の顔を見ている、そしてその犯人と大人になってから再会したに違いない。そのくだりがあの脚本から消えていた。ページが破り取られていたのだ。それも犯人の仕業ではないか。十三年前に浜松の実家を訪ねてきたという男が怪しい。映画関係者を騙《かた》って彼女の部屋に入り込み脚本のページを処分したと考えられる。

そして元恋人の失踪によってなんらかの形で真相を突き止めたこの葉の父親も事故を装って殺された。

上京した中神は犯人と再会したとき、どのように接触したのだろう。

もしかすると……中神は過去をネタに犯人を脅迫していたかもしれない。

また彼女の歯型のついたチーズが高円寺さゆりのリビングに落ちていた。同じ芸能界の人間として交友があったのかもしれない。葉太郎はチーズの歯型を見て中神がなんらかの形で高円寺殺害に関与したと考えたのだろうか。

そうだ！

ローラ・ルルーのカップが頭に浮かんできた。先ほどショップでそのカップを見かけたとき思い出したことがあった。小さな赤い花柄を点々とちりばめたデザイン。高円寺さゆりのキッチンで彼女の妹が取り出したカップはたしかにローラ・ルルーだったが、赤い花柄でもそれはチューリップのデザインだった。彩女はチューリップが好きなのでその柄のことは印象に残っている。

しかし今思えばおかしな話である。

高円寺の出世作は『レッドローズの憂鬱』で、彼女はローラ・ルルーの赤いバラ柄のワンピースを纏《まと》っていた。当然、愛用するカップだってバラ柄のはずである。

しかし服毒に使ったのは同じ赤色でもチューリップ柄のカップだ。死を覚悟した人間ならば人生最後に使うカップだってこだわるはずだ。彼女の場合、間違いなく赤いバラ柄を選ぶだろう。なのにそうなっていなかった。

この葉はそこに違和感を覚えてあんな思案気な表情をしたのではないか。

これはいったいどういうことだろう。

彩女の脳裏にひとつの推理が浮かぶ。

高円寺さゆりは自殺ではなかった。むしろ彼女はその毒を相手に飲ませようとしていたのではないか。その相手が中神香織だとしたら……。

高円寺は客用に出す赤いチューリップ柄のカップに毒入りの紅茶を淹れた。レッドローズの主演女優である自分はもちろん赤いバラ柄である。カップをリビングのテーブルに置く。

「ありがとう」

チーズを囓りながら中神が礼を言う。

「あら、ミルクを忘れたわね」

高円寺はそう言って席を立ったのかもしれない。

中神も紅茶に毒が盛られているとは夢にも思ってない。そこで華英の言葉を思い出す。この葉が中神香織の人となりを尋ねたときだ。

――バラが好きだったわね。服もバッグもバラのデザインだったわ。ここに遊びに来るときもいつもバラの花束を持ってきてくれた。

そんな彼女は自分のカップがチューリップ柄であることに気づく。悪気はなかったと思う。彼女は勝手にカップを入れ替えたのだ。柄は小さいし同じ赤なのでぱっと見は似通っている。高円寺は当時四十代半ば。年齢的に老眼が始まっていたのかもしれない。ミルクを持ってリビングに戻ってきた高円寺はカップが入れ替えられたことに気づかない。彼女はそのまま毒入りの紅茶を口に含んで息絶えてしまった。

そのときの中神の驚きはいかばかりか想像もできない。

問題はこのあとだ。その中神も山中に埋められてしまうのである。そもそも高円寺はどうして中神を殺そうとしていたのか。考えられる可能性。それは中神に脅迫されていた浜松事件の犯人が高円寺にそうするよう命じた。中神を自宅におびき寄せ毒の入った紅茶を飲ませる。その毒も高円寺本人に用意させる。発覚したとき彼女に全責任を負わせるためだ。

高円寺はキャリアは長いが、注目されてきたとはいえ立ち位置的にはスターダム一歩手前である。あと一つ大きなチャンスをものにできれば一気にトップに上りつめることができる。そのチャンスを目の前にちらつかせれば、中神を毒殺するくらいのことを引き受けるかもしれない。プロは役のためならなんでもすると最近聞いたばかりだ。信じたくはないが、あの緒川優子だってここまで来るのになにをしてきたか分からない。それほどまでに芸能界とは厳しい世界に違いない。

彩女は管理人に頭を下げると、明治神宮前駅の方に向かって駆け出した。

＊＊＊＊＊＊＊

二十分後、彩女は六本木のある不動産会社にいた。カウンターを挟んで前園《まえぞの》という中年の社員と向き合っている。彩女が用件を伝えると彼は「歯医者さんのお知り合いですか」と言った。

「歯医者さんというのは月城この葉先生ですね」

と尋ねたら彼は素直に首肯した。この葉も同じ用件で二日前にここを訪れたそうだ。

「十三年前、六本木のモリムラビルに入居していた会社を教えてほしい」

それがこの葉の用件だったという。モリムラビルは十三年前に月城葉太郎が階段で転落死したビルである。彩女も同じことを尋ねた。

「そんなことを調べる義理なんてないんですけどね。私、美人の女医さんに弱いんですよ」

前園はヘラヘラと笑いながら言った。そして彩女にも当時の資料を見せてくれた。

「特別ですからね」

彼は声を潜めながら片目をつぶった。

「ありがとうございます。ぜひ当院に治療を受けに来てください」

「いやあ、歯医者は苦手だから」

そんなやりとりもそこそこに彩女は資料を眺めた。建物は八階建てで築三十五年の古い物件だ。写真で見る限り、街でよく見かけるタイプの小規模な建物である。二階から八階がオフィスとなっており各フロア一軒ずつの入居だ。急峻な階段があり、そこで転落死が起きたことは前園も彩女も触れなかった。入居していたオフィスの職種はさまざまである。

人材派遣、法律事務所、会計事務所、商社、出版社、映画製作会社、ＩＴベンチャー。

それぞれ聞いたことがない会社名が並んでいる。歯科医師の葉太郎には縁の遠い会社ばかりのはずだ。

どうして彼がこのビルに立ち寄ったのか。

彩女は「鶴亀《つるかめ》シネマ」という名前に注目した。映画製作会社である。中神が脚本家であったことと関係があるのではないか。

それからさらに二十分後、彩女は鶴亀シネマの扉を叩いていた。赤坂七丁目の奥まった路地に立つ築浅の雑居ビル三階。ここに移動するまでの間に、たまきにはこの葉が在宅していないこと、引き続き心当たりを調べてみると伝えてある。院長も承知してくれた。

応対してくれたのは鶴亀シネマの専務で大石《おおいし》というネズミのような出っ歯が特徴的な男性だった。鶴亀シネマは五年ほど前に六本木のモリムラビルからこちらに転居したという。今まで手がけてきた作品のポスターがオフィスの壁を埋め尽くしている。

大石は「二日前にこの葉が訪ねてきた」と言った。

「月城先生とはどんな話をされたんですか」

「『バビロンの殺意』という映画のポスターですよ。ほら、あれ」

大石は壁のポスターの一枚を指さした。数名の刑事役の俳優たちの凜々しい顔が並んでいる。何人かは知っている役者がいた。「タイトルの真下に地図があるでしよう。それについて尋ねられました」

「この星印はなんですか？」

タイトル直下に広げられている東京都内を示した地図にはいくつかの星印がマーキングされている。それらは星座のように線でつながれていた。

「作中での殺害現場をマーキングしたものらしいですよ。映画では捜査会議での掲示物に使われてました」

椅子から立ち上がった彩女は地図に顔を近づけて目を凝らす。

頭の中に電気が弾けるような痛痒《つうよう》を覚えた。動悸が激しくなる。

この形、私はたしかに見たことがある。それも最近だ。

彩女は胸を押さえて星の数を数えた。七つ。

そういうことだったのか！

いてもたってもいられず彩女は建物から路地に飛び出した。

高層ビルで切り取られた真っ青な空を見上げながら息を吐く。彩女はスマホを取り出した。

この葉が危ない！

平嶺刑事の番号を捜す。スクロールがもどかしい。

「高橋さん」

そのとき背後から聞き覚えのある男性の声がした。振り返ろうとした瞬間、体中が痺《しび》れて全身の力が抜けた。口元に濡れたハンカチが押し当てられる。薬品の刺激のある臭いとともに、あっという間に意識が遠のいた。

＊＊＊＊＊＊＊

どのくらい気を失っていたのだろう。

目を開くと薄暗い部屋だった。窓もない。倉庫だろうか。シャッターが見える。天井も壁も鉄骨がむき出しでところどころ鎖が巻かれていた。車二台ほどのスペースだ。部屋の片隅にはタイヤが積まれていた。彩女は椅子に腰掛けていた。しかし手足が動かせない。手は肘かけ、足首は椅子の脚にロープで固定されている。体も背もたれに縛りつけられていた。顔を横に向けると同じようにされている女性の姿があった。

この葉だ。

「せ、先生っ！」

声をかけるも彼女は苦しそうにうなるだけだった。

「誰か助けてえっ！」

彩女は声を張り上げた。室内に声が反響する。しかし外からはなにも聞こえてこない。

「無駄だよ。声を上げても誰も助けに来ない」

突然、背後から男性の声がした。気絶する寸前にかけられた声と同じだ。それも聞き覚えがある。振り返ったときに体が痺れたのはスタンガンによる高圧電流だろう。動けなくなったところでクスリを嗅がされて気を失った。彩女は声のした方を振り返らなかった。男性の顔を見ない方がいいような気がしたからだ。

「君たちのことはずっと見張っていた。浜松に行ったよな。西山町だ」

彩女は深呼吸をした。落ち着け、落ち着け。パニックになってはダメだ。時間を稼いで逃げ出す方法を考えるんだ。

この葉はうつろな瞳で顔を上げた。彩女を認めると泣きそうな顔で唇を噛んだ。

「どうして高橋さんが……」

「いいんです、先生。私が勝手にやったことですから」

彩女は小声で言った。そして、

「行きましたよ、西山町。スマホで先ほど調べました。あなた、浜松市出身だったんですね」

と今度は背後の男に声を向けた。その男こそ、七人もの少女の命を奪った浜松事件の犯人だろう。四十八年前、十歳だった中神香織に犯行を目撃された。そして月日が経ち、二人は東京にて再会する。

「彼女は映画監督になっていたあなたに接触して自分の書いた脚本を読ませたんですよね。それを読んだあなたはきっとビックリしたでしょう。『小さな目撃者』というタイトルはあなたを描いた物語ですから。いや、脚本というより脅迫状ですよね」

背後から聞こえてくる呼吸が荒くなった。しかし彩女は続ける。

「あなたは従うしかなかった。彼女の書いた脚本をダメ出しせずに映画化する。過去の秘密を守るために映画監督のプライドを捨てて中神の作品を撮り続けた。しかし世間の評価は下がるばかりで立場も悪くなる一方だ。危機感を覚えたあなたは高円寺さゆりに目をつけた。大作主演のチャンスを与える代わりに中神を殺すよう高円寺に持ちかける。トップスターを夢見ていた彼女はあなたの条件を受け入れたのよ」

高円寺は新作に関して話があるからと中神を自宅に招いた。新作はまだ極秘だから マスコミに嗅ぎつけられると困るなどと偽って、人目につかないよう裏口の非常階段から上がってくるよう指示したのだろう。そうすることでエントランスの防犯カメラには映らない。

高円寺は紅茶とチーズで中神を持てなした。彼女は紅茶を飲む前にチーズを囓った。

しかし予期せぬハプニングが起こってしまう。中神がカップを勝手に入れ替えてしまったのだ。それに気づかず高円寺は毒入りの紅茶を飲んでしまう。

「片が付いたころだろうと思って部屋に入っていくとソファに女が倒れている。もう一人の女は私に背中を向けて立っていた。二人は背格好が似ているからな。マヌケにも私は立っている女がてっきり高円寺だと思い込んで声をかけた。『ごくろうさん。よくやってくれた。これで今度のヒロインは君に決定だ』とね」

彩女のすぐ後ろに立つ男が言った。

そのあとの修羅場は容易に想像がつく。男の真意を知って激高した中神と揉み合いになった。もはや殺すしかない。男はその場で中神を絞め殺した。そのはずみで床に落ちた食べかけのチーズには気づかなかった。

すぐに毒の入ってない方のカップを洗って片づけると、中神の死体を裏口から車に運んで檜原村の山中に埋めた。高円寺さゆりのパソコンには毒薬の取引情報が残っている。小瓶はキッチンにあり彼女の指紋が付着している。状況から警察は自殺と判断するだろうと考えた。

そして念のために中神の実家に赴いて脚本の下書きのページを破って除いた。ノートごと排除しなかったのはノートには通し番号が打ってあったので、あとで足りないことに家族が気づくことを嫌ったからか。

「ただ、懸念もあった。床に落ちたチーズよ。あなたは遺留品のことを警察の知り合いに聞かされるなどして後で知ったのね。チーズには中神の歯型がついている。よりによってそれが彼女の元恋人である法歯学のエキスパートに渡ってしまった。そして彼はその歯型の特徴から中神を特定する。おそらく『小さな目撃者』の話も犯人を伏せた形で彼女から聞かされていたんでしょう。それらさまざまな手がかりを元に彼は私たちと同じように推理を働かせてあなたにたどり着いたのよ」

彼とはもちろんこの葉の父親である。謎かけが好きだっただけに、それこそ一を聞いて十を知るような娘以上の洞察力の持ち主だったに違いない。きっと、現場の写真を見て、カップの柄にも気づいたはずだ。

「当然、彼はあなたに詰め寄った。場所はモリムラビルよ。当時あなたはそこに入居している鶴亀シネマで仕事をしていたから出入りがあった。彼があなたのところに押しかけたのね。そしてあなたは彼を階段から突き落として口を封じたのよ」

「これは信じてもらいたいんだが殺すつもりはなかった。いきなり押しかけて来られて動揺して、思わず突き落としてしまったんだ。打ち所が悪かったんだよ」

それは本当なのかもしれない。殺意があるなら刃物を使うなどもっと確実な手段に出ただろう。どちらにしても口封じにはなった。

「私は彼の歯科医院に火をつけた。中神のカルテもレントゲンも、あらゆる手がかりをすべて焼き払おうと思ったんだ」

「まさかチーズの歯型が鋳造されているとは思わなかったのね。そしてその手がかりは娘に引き継がれることになった」

彼にとってさらに不幸なことに中神のカルテが焼け残ってしまった。

「それから私はずっと娘を気にかけていた。ピアニストを夢見ていた彼女が歯科医師になると聞いたとき嫌な予感がしたんだ。それは父親の死の真相を突き止めるためじゃないかとね」

そんな彼の直感は的中していた。この葉は葉太郎の不合理な死に方に疑問を抱いていた。父親は殺されたのではないか。そしてこのペンダントに真相が隠されているのではないか。それを突き止めるためには、父親と同じ歯科医師になるしかない。そしてその選択は間違っていなかった。

「彼女が例のペンダントを肌身離さず持ち歩いているのは知っていた。私はこれでも臆病者の小心者でね。気になることは調べずにはいられない。そうしないと怖くて夜も眠れないんだ。私は彼女の勤務する歯科医院に足繁《あししげ》く通って探りを入れた。先日は敢《あ》えて事件の話を持ちかけてあんたらの反応を窺ってみた。それから東医歯大の法歯学教室に出入りするあんたらを見て私は警戒心を強めたんだ。そのあとすぐに浜松に向かったな。もちろん私もあとをつけたよ。そこであんたら二人が一気に真相に迫ったことが分かった。私としても黙っているわけにはいかなくなったというわけだ」

「私たちをどうするつもりなの」

彩女は声を震わせた。

「それは聞かない方がいい。だが教えてやろう。お二人の推理はほぼ正解、実に見事なもんだ。四十八年前の事件まで暴かれるとは思わなかった」

「その事件の真犯人がまさか著名な映画監督になるとは、当時十歳だった中神香織さんは考えもしなかったでしょうね。汐田まつげん監督」

彩女は男の名前を呼んだ。汐田は二人の前に立つと降参と言わんばかりに両手を挙げた。

「最後に一つ聞きたい。真犯人が私であると確信した根拠はなんだ？」

「あなたが監督した『バビロンの殺意』、十四年前の作品よ。制作は鶴亀シネマ。ポスターに示されている地図上にマーキングされた星座の形。あれは四十八年前の浜松で起きた事件とまったく同じだった」

ポスターの地図は東京都内の地図だったが星座の形状は同じだった。この葉も数日前には見切っていたのだ。そこで鶴亀シネマに赴いて詳細を確認した。彩女はさらに続けた。

「脚本を担当した中神さんはそれとなく手がかりを残しておいたのね。自分の身になにか起きたとき元恋人である月城先生のお父さんが気づいてくれると信じていたのよ。そして彼女の思い通り、先生のお父さんはそのサインを見逃さなかった。浜松事件と同じ星座が描かれている映画の監督はずっと中神さんを重用してきた。彼女が監督を脅迫したからこそじゃないか。つまり浜松事件の真犯人であり中神さんに手をかけたのはあなただ。先生のお父さんはそう詰め寄ったのよ」

それが十三年前、鶴亀シネマの入っていたモリムラビル。動揺した汐田は月城葉太郎を階段から突き落としてしまう。

「中神があのポスターの地図にそんなヒントを残していたとは迂闊《うかつ》だった。今初めて知ったよ。それにしてもそこに気づいて真相を見抜くとはさすがの親子だな」

汐田は心底感心した口吻《こうふん》だ。

「あなたが父を殺したのね」

この葉は突きさすような鋭い視線を監督に向けている。

「父娘《おやこ》を手にかけることになるとは因果なことだ。ましてやあんたは私の歯を治療してくれた先生だ。実に哀しいよ」

口では憐《あわ》れみを覗かせているが、四十八年前に七人の少女を殺している。いや、表に出てないだけでそれ以上に殺しているだろう。その狂気も現在進行形に違いない。彼は犯罪史上に残るシリアルキラーなのだ。

「月城先生。そろそろペンダントの隠し場所を教えてもらおうか。意地を張ってもいいことないぞ」

この葉は唇に力を入れている。何度も殴られたのだろう、頬が紫色に腫れている。ペンダントはどこかに隠したようだ。昨日も身につけていなかった。

「彩女ちゃんもいずれ処分するつもりだったさ。なのにどうして今、リスクを冒してまでここに連れてきたと思う？　君に気持ちよく話をしてもらうためさ」

汐田が近づいてきた。首筋に冷たい指先が触れる。すぐにその指が彩女の首にまとわりついた。力がかかると息苦しくなる。

「や、止めなさいよ！」

この葉が叫んだ。彼女の顔が歪《ゆが》んで見える。

「だったらペンダントの隠し場所を言いなさい。そうしないと君より先に彩女ちゃんを殺すことになる」

「分かったわ！　教えるから止めて」

首にかかる力がふわりと弱まった。彩女は咳をまき散らしながら呼吸を貪《むさぼ》った。

「チャンスは一回だぞ。嘘をつけば二人とも苦しめて殺すからな」

「私のバッグの中よ」

この葉は顎先を向けて、蓋が開いた状態で床に転がっている黒のハンドバッグを示した。昨日スタッフルームで見かけたバッグだ。誰のものかと思っていたがこの葉のだった。彼女が普段愛用しているバッグと違う。

「いいかげんなことを言うな。すでに中身を確認してある。そんなものは入ってなかったぞ」

そう言いながら汐田は再び彩女の首に手をかけようとした。

「内布に細工がしてあるの！　その中に入っているわ」

この葉が叫ぶように応えた。

汐田は彩女から離れるとバッグを手にとって中身を覗き込んだ。そしておもむろに内布を引きちぎる。

「こんなところに隠していたのか。気づかなかったよ」

汐田は中から金属を取りだした。間違いなく齧ったチーズを象ったペンダントだ。

「お願い……。私はどうなってもいいから彼女だけは助けてあげて」

この葉が泣きそうな声で汐田にすがった。彼はこの葉を見下ろしながらにやついている。

「このことは誰にもしゃべらないって高橋には約束させます。私は自殺したということでいいでしょう？　この場で遺書も書くしあなたの見ている前でちゃんと死にますから……だから彼女だけは見逃してあげて。お願いします」

この葉は何度も「お願いします」とつぶやきながら頭を下げた。

「せ、先生……」

彩女の視界が熱くじわりと滲《にじ》んだ。この葉が彩女に向き直った。

「高橋さん……巻き込んでしまって本当にごめんなさい。私が謎解きなんて持ちかけなければこんなことにならなかったわ」

「先生、そんなこと言わないでください。私が好きこのんで首を突っ込んだんですから」

昨日の時点でこの葉は真相を看破していたのだ。彩女を危険に巻き込むまいと謎解きの終了を告げた。昨夜、この葉は単身で汐田のもとに乗り込んで真相を突きつけた。それで拉致されたのだろう。

「もう一つ聞きたいことがある。先生、あんた先ほど言ったよな。もし口封じされても真相が明るみに出るよう手を打ってある、だから自分を殺しても無駄なことだと。それについても答えてもらおうか。彩女ちゃんをどうするかはあんたの誠意次第だな」

それについては聞いていない。彩女がここに連れてこられる前のやりとりだろう。この葉もこの葉でこういう事態を想定して保険をかけていたのだ。しかし彩女を人質にされてそのアドバンテージも潰《つい》えるというわけらしい。彩女は自分の無力さに唇を噛んだ。

「分かったわ！　私のブログよ。そこに真相を書いた記事が時間指定でアップされるように設定したの」

「君のブログは開設当時からチェックしていたよ」

錦織デンタルオフィスが運営するサイトにこの葉のブログがリンクされている。歯科医師としての彼女の日常が書かれていてあくまでも医院のＰＲ目的である。更新も週に一回程度のどちらかといえばたわいもない内容だ。

「私が殺されても明日の夜には記事が自動的にアップされるように設定してあるわ。それを解除するにはブログの管理画面にログインするしかない。もちろんＩＤとパスワードが必要よ」

汐田はスマホを取り出すとログイン画面を表示させてこの葉に向けた。

「ＩＤとパスワードを教えなさい」

この葉は素直にいくつかのアルファベットを口にした。汐田がそれを打ち込むと画面に記事が表示されたようだ。しばらくの間、彼はそれを読んだ。

「なるほどね。真相のすべてが実名でバッチリと書いてある。明日の夜、これを読んだ人間が警察に通報してくれるというわけか。さすがは先生、こういうことにもぬかりがない。それでは遠慮なく削除させてもらう」

汐田が画面を向ける。記事欄は空白になっていた。この葉は悔しそうに顔を歪めた。

「あなたの要求に応えたわ。高橋さんを解放してやって」

「さすがにそれはできない相談だ。彼女が警察に駆け込めば私は一巻の終わりじゃないか」

汐田が首を横に振った。彩女の下腹部がぎゅっと縮こまる。

「高橋さん、このことは全部忘れて。汐田監督のことはなにも知らない。そして私はただの自殺。あなたはここで私の死体を発見した。いいわね」

「そ、そんな……」

言葉が出てこない。熱い涙でこの葉の顔がかすんで見える。

「高橋さん！　そうするしかないの」

この葉は死ぬことを怖れていない強い眼差しと毅然《きぜん》とした口調だった。なのに彩女は死ぬ勇気も殺される覚悟も持てなかった。ただただ恐怖に支配されてこの葉に向かってキツツキのようにうなずくことしかできなかった。

「これはこれは、麗《うるわ》しき友情だな。それでも申し訳ないが彩女ちゃんを見逃すなんてリスクを冒すわけにはいかんよ」

「誠意は示したはずよ。ペンダントの在処《ありか》もパスワードも教えたでしょう！」

縛られた体を乗り出そうとするこの葉に汐田は淋しげなため息をついた。しかし瞳はギラギラと鋭い光を放っていた。

「彩女ちゃんを見逃す約束まではしていないよ。ただ先生には敬意を表して二人とも苦しまずに逝かせてあげよう。本来ならじっくりと時間をかけて楽しむんだけどな」

彩女の恐怖はピークに達した。もう冷静でいられない。

「止めてぇ！　誰か助けてぇ！」

声を振り絞って叫んだ。同時に手足に力を入れるがびくともしない。それでも声を張り上げた。

「人気《ひとけ》のない場所だ。いくら叫んでも無駄だよ。そろそろ終わりにさせてもらう」

汐田がこの葉に近づいた。先にこの葉の首に手を回した。

「人を殺すのは実に四年ぶりだよ。これでも欲望を抑えている方なんだ。やりすぎると足がつくからな」

汐田がニヤリとした。やはりこの男は他でも殺人を重ねていた。この葉は観念したのか瞳を閉じたまま抵抗する様子もない。

「大変申し訳ないが殺したあとはバラバラに解体させてもらうよ。死体はなにかとかさばるからね」

「ちょっと止めなさいよ！　止めろってば！」

彩女は不気味な笑い声を立てる汐田に向かって喚き散らした。

もうダメだ……と思ったそのときだった！

爆発するような轟音《ごうおん》とともに室内が一気に明るくなった。

彩女は吹き飛ばされる勢いで椅子ごと床に転がった。なにが起こったのか分からない。

視界の片隅で細身のシルエットが見えた。汐田ではない。彼はでっぷりした体型だ。もちろんこの葉でもない。彼女も目の前に転がっている。

それから間もなく彩女の意識は薄れていった。

＊＊＊＊＊＊＊＊

錦織デンタルオフィスの待合室は午前中から予約患者で埋まっていた。

3番ユニットにはベージュの小洒落たジャケットを羽織った古谷陽炎が腰掛けて

いた。沁《し》みるとか違和感があるなどなにかと理由をつけていまだに通院を続けている。

「こんにちは」

彩女はそっと彼の背後に近づいて声をかけた。彼は首だけで振り返ると彩女の顔を見てほのかに微笑んだ。

「顔色は良いみたいだ」

「ええ、おかげさまで」

「仕事は今日から？」

「はい。私も月城先生も一週間のお休みをいただきました」

「もう大丈夫なの」

彩女はしっかりとうなずいた。多分、大丈夫。

「こうしてここで働いていられるのも古谷さんのおかげです」

「礼なんていらないさ……」

会話の途中でこの葉が入ってきた。

「先生、古谷陽炎さんです」

彩女は陽炎のカルテを差し出した。彼女はそれを受け取るとユニットの前に回り込んで彼と向き合った。

「先生、元気そうでなにより」

陽炎は右手をあげながら映画俳優のように右の口角をつり上げた。

「古谷さん、本当にありがとうございました」

この葉は彼に向かって深々と頭を下げた。彩女も慌てて彼の前に移動するとこの葉に倣って頭を下げた。

「止めてくれよ、そんなこと。たまたま通りかかっただけなんだ」

陽炎は首を横に振りながら照れたような笑みを浮かべた。

「たまたま……ですか？」

この葉が目を細めた。

彩女は一週間前の出来事を思い浮かべる。

汐田まつげんがこの葉の首を絞めているところに異変が起こった。轟音とともにこちらに向かって大きな影が突っ込んできたのだ。彩女たちが汐田に監禁されていた場所は古い倉庫だった。大きな影とは自動車で、鉄製のシャッターを突き破って飛び込んできたのだ。

彩女も衝撃で椅子ごと床に転がった。顔を上げると細身のシルエットが目に入った。しかし記憶はそこで途切れている。次に気がついたのは病室のベッドだった。院長の早苗をはじめ、たまきや古手川ら医院のスタッフがベッドを取り囲み心配そうな顔で彩女を見つめていた。

それから刑事の平嶺もやって来て事情を聞かれた。代わりに彩女の知らない事情を説明してくれた。

彩女たちを窮地から救ってくれたのは——陽炎だった。

最後に見えた細身のシルエットは彼だったのだ。陽炎は近所を走っていた車を止めると運転手を強引に引きずり下ろして運転席に乗り込んだ。そしてそのまま倉庫の入り口に突っ込んだという。もちろんその日は彼も現行犯逮捕されて警察で取り調べを受けた。一晩留置されたようだ。

「実はあなたが最後の切り札だったんです」

「俺が?」

この葉に向かって陽炎は目を丸くした。

「いつもあなたの視線を感じてましたよ。この前も、南青山のカフェで私を遠目で眺めていたでしょう。ちゃんと気づいていましたよ」

「気づかないふりをしていたのかよ」

「その日だけじゃない。今までにも何度も何度もありましたよね」

「マジかよ」

陽炎はバツの悪そうな顔をしながら頭を掻いた。どうやら彼はこの葉をつけ回していたらしい。命の恩人ではあるがストーカーだ。

「だからきっとあなたがなんとかしてくれると信じてました。それにしては遅かったじゃないですか」

「正直に言うよ。あの日、朝一番で医院に行ったら受付の女の子が電話をしながらなにやらうろたえていた。それから彼女が電話を片手に『月城先生と連絡が取れない』と他のスタッフに言っているのが聞こえたんだ。そのあとすぐだったよ。高橋さんが血相変えて医院を出て行ったのは。先生になにか良からぬことが起こったんじゃないかと察した俺はそのまま高橋さんのあとをつけたんだ」

やがて陽炎は汐田まつげんが彩女を拉致するところを目撃する。汐田はひと目のない場所を選んで決行したようだが、そっとあとを尾行してきた陽炎の存在に気づかなかったらしい。汐田は意識を失ったままの彩女をワンボックスカーに放り込むとその場を立ち去った。陽炎はすぐにタクシーを拾うとワンボックスのあとを距離を置いてつけた。やがて汐田は郊外にある閉鎖された工場の敷地に車を乗り入れた。周囲は寂れていて昼間でも人気がほとんどなかった。ワンボックスは敷地内にいくつか建つ倉庫の一つに駐《と》まった。そして彩女を中に運び込んだというわけである。

「肝心なときに私を監視してくれてなかったんですね」

と、この葉。

「いくらなんでも一日二十四時間態勢は無理だよ。もしそうだったら高橋さんが拉致される前に救出していたさ。なにはともあれ遅くなって申し訳ない。警察にも通報したんだけど、道中で起きた交通事故の渋滞に巻きこまれたらしくて到着が遅れたんだ。だからああするしかなかった」

今度は陽炎の方が頭を下げた。

「謝る必要なんてありませんよ。私はむしろ感謝しているんですから」

「それならいいんだ」

「でも実は陽炎さんも私に感謝してますよね」

「え?」

陽炎が目を白黒させた。彩女もこの葉の言っている意味が分からなかった。

「あなたが私に入れ込んでいる理由ですよ。あなたはただのストーカーじゃない。そうでしょう?」

陽炎がただのストーカーでなければなんだというのか。しかし彼は神妙な顔でこの葉を見つめている。

「陽炎さん、あなたはある真相を突き止めるために私の医院に通い、私に探りを入れながら情報を集めた。ですよね?」

陽炎は観念したように両手を虚空に投げ出すと投げやりな口調で「降参だ」と言

った。

「それは失踪したお母さんのことですよね」

「さすがは先生だな。そこまで分かっているんだ」

陽炎は参ったといった様子で額をペチペチと叩いた。

「ちょ、ちょっと待ってください！　私にはなにがなんだかさっぱりですよ」

彩女は二人の間に割って入って訴えた。二人は顔を見合わせるともったいぶった笑みを浮かべる。

「教えてくださいよぉ。ずるいじゃないですか、二人だけなんて……」

そこではたと思い出したことがあった。

「そう言えば……中神香織には子供がいたんですよね？」

そのことは彼女の故郷、浜松市の実家である布団屋の店主・中神一樹に訊いた。彼は香織の実兄である。

この葉が大きくうなずいている。カルテで陽炎の年齢を確認する。

「もしかして……陽炎さんのお母さんって中神香織さんなんですかっ!?」

「案外、鋭いんだな」

陽炎が肩をすくめた。

「でしょう。彼女、なかなかの名探偵さんよ。歯科衛生士にしておくにはもったいないくらい」

この葉がカラカラと笑った。

「中神香織さんが陽炎さんのお母さんって本当ですか⁉」

「本当さ。十三年前、母が姿を消して間もなく月城葉太郎、つまり先生のお父さんが訪ねてきたんだ」

「私の父が？」

今度はこの葉が驚いた顔を向けた。

「そしてこう言ったんだ。『君のお母さんは誰かに殺されたかもしれない。心当たりがないか？』とね」

陽炎が髪を掻き上げながら続ける。

「俺は心当たりなんてないからそう答えたさ。そして母が殺されたとする根拠を問い質《ただ》した。すると先生は変な形をした金属を俺に見せたんだ。それがなんなのか聞いたら俺の母親の歯型だという。どうして先生がそんなものを持っているのか、そもそもどうしてそれが母の歯型だと分かるのか不思議に思っていたんだ。ずっとあとで知って納得したんだけど、先生のお父さんと俺の母は恋仲の時期があったんだよ。母の古い友人から聞いたんだ」

彩女も月城華英から聞いたので知っている。

「それはともかく、先生は母が誰かに殺されたと強く確信しているようだった。帰り際に『必ず犯人を突き止める』と力強く言い残したよ。とはいえ殺人どころかまだ死体も見つかっていなかったから俺は半信半疑だったんだ。ところがそれから間もなくだったよ。先生が亡くなったことを知ったのは。真相を突き止めたから犯人に殺されたんじゃないかとちらりと思ったさ。だけど警察は単なる転落事故だというし、そもそも母親が殺されたということも先生の見込み違いかもしれない。俺はもう忘れることにした。それから間もなく父親を病気で亡くした俺は親戚に引き取られて新しい人生を歩んでいかなくてはならなかったからね」

身の上話を語る陽炎はどこか淋しげだった。彼はさらに続けた。

「それから年月が流れて、たまたま通院した歯科医院の女性ドクターが月城という名前だった。月城なんてそうそうある名前じゃないからさ、調べたよ。はたしてその女性は月城葉太郎先生のお嬢さんだった。正直、先生には惹かれたよ。珍しく一目惚《ひとめぼ》れだ。だからカフェで見かけたときは胸が高鳴った。だけどそこで見たんだ。先生のペンダントを。先生はじっと見つめながら輪郭を指でなぞっていた。俺はすぐに思い出したんだ。それは先生のお父さんが俺に見せてくれたものだってね。それを見つめる先生はゾッとするほど怖い目をしていた。とても声をかけられなかったよ。そこで悟ったんだ。先生も謎を探っている。お父さんを、そして俺の母親を殺した犯人を追っているとね。先生なら真相を突き止めることができるかもしれない。そう思った俺は陰ながら力になろうと考えた。その日からだよ、俺が先生のストーカーになったのは」

陽炎はうがい用コップに入った水を一気に飲み干した。

「窮地を救ってくれたんですから、充分すぎるほどに力になってくれましたよ。すべての謎が解けて私も過去の呪縛から解放されました」

この葉はほんのりと微笑んだ。しかしその顔はまだ少しやつれが残っている。

取り調べで汐田まつげんは過去の犯行の自供を始めているという。犯罪史上に残る凶悪な犯行だとニュースやワイドショーで報じられていた。陽炎が助けてくれなかったらどうなっていたかと思うと背筋が寒くなってくる。

「先生のおかげで俺も解放されたよ。感謝してる」

「そうですか。それはよかったです」

「解放されたのは先生の言う過去の呪縛じゃないよ」

彩女とこの葉は「え？」と声を重ねた。

「なにから解放されたんですか」

この葉が小さな顔を傾けた。

「痛みだよ、歯の痛み。今、水を口に含んだけど全然沁みなかった」

陽炎は指先で自分の右頬をつついた。

「それはよかったです。知覚過敏症が完治したんですね」

「そういうことになるかな。だけど淋しくなるな」

陽炎は大きくため息をつくとユニットからぴょこんと立ち上がった。

「今日からスイーツをたくさん食べて虫歯になるからさ。そのときはまた治療をお願いするよ」

「古谷さんみたいな人がいてくれないと歯医者がつぶれてしまいます」

「俺って歯医者さん思いだろ」

三人の笑い声が3番に流れた。

「先生、今度聞かせてくれよ」

「なにをですか?」

「十八番《おはこ》だよ。ショパンピアノ協奏曲第一番」

「喜んで」

陽炎が出て行くと彩女はすぐに器具の片づけに入った。のんびりしているひまはない。次の患者が首を長くして待っている。今日もラストまで予約患者でいっぱいだ。


（了）

解　説

関根 亨
（評論家・編集者）

この解説をお読みのあなたがたの中で、歯医者さんへ行くのが得意という方はあまりおられないだろう。

「歯が痛む」とあなたが頬を押さえるようになると、医院へ予約を入れる。待合室に入れば、あの歯科治療独特の音が聞こえてくるではないか。歯を削るエアタービンの高鳴り、口中の唾液や水を吸い取るバキューム吸引。

音を聞くと「ああ、来てしまった」という〝予告〟気分になることうけあいである。

治療に入れば（当たり前だが）口を開けさせられ、麻酔注射のチクリとした痛みもあるし、その後眼前に迫るドリル。次第にサスペンス感すらもあふれてくる。

担当医が白衣を着た異性で、マスクをしたその眼があなたを覗《のぞ》きこみ、体が近づいたりすると、ちょっとぞくぞくする感覚も抱くのではないか。これまた別の意味でサスペンスフルと感じてしまいそうだ。

『歯科女探偵《シカジョ》』は、現役歯科医による本邦初の歯科《デンタル》本格ミステリである。

表参道の錦織デンタルオフィスは場所柄、芸能人やセレブ患者も多い。当院のドクターは二人。院長でもある錦織早苗は、美形にして体格もよく、姉御肌的な性格を有し、歯科衛生士の高橋彩女を始めスタッフたちの信頼も厚い。

もう一人のドクターは月城この葉。色白の肌に、清楚《せいそ》で物静か。休憩時間も一人で読書をして過ごすことが多い。もちろん歯科医としてのこの葉の腕はハイレベルで、治療を終えた芸能人の笑顔が見栄えよくなることは確実。院長の早苗を凌駕《りょうが》しているのではないかと彩女が考えるほどである。

この葉の能力が及ぶのは、患者の口中ばかりではない。些細《ささい》な患者の不定愁訴を聞いただけで、その内面まで理解してしまうという洞察力に優れている。男の浮気も見抜いてしまうので、彩女に対し、恋愛も長続きしないと打ち明ける。

そんな彼女の真実の姿を、男性患者は知るよしもない。この葉がことに男性患者に人気があるのは、腕ばかりではなかった。歯科ユニットという空間内で、彼らの顔に当たる、推定Fカップのバスト。治療後にマスクを取った時のほほえみ。

注意していただきたいのは、いつも静かなこの葉の過去や、首にしているペンダントなど、後から重要な意味をもってくるので、読者のあなたも巧みな伏線をぜひ〝診断〟していただきたい。

本作冒頭、錦織デンタルオフィスでの治療風景も早速の読みどころである。解説者が先に触れた素人《しろうと》感覚丸出しの歯科イメージが、専門家の筆力をもって、印象を新たにされているからだ。

歯科治療は、われわれが思う以上にテクニカルであり、そこがミステリのもつ論理明快性と親和する。著者の面目躍如《やくじょ》たるところであろう。

著者略歴にもある通り、七尾与史も歯科医師である。二〇一〇年に『このミステリーがすごい！』大賞隠し玉を受賞してからは、開業医と執筆を両立させ、二〇一七年現在は執筆中心の生活を送っている。

デビュー作から数えると、文庫化を除き二六作品が刊行されているが（一七年六月現在）、意外にも、七尾自身が歯科医にスポットを当てたのは、本作が初めてなのである。

ミステリジャンルの中でも医療物が大きな一角を占めていることは論をまたない。岩木一麻、岡井崇、海堂尊、霧村悠康、久坂部羊、仙川環、知念実希人――ざっと考えても名だたる作家名があがってくる。

内科、外科、産科、救急という各医療分野を統《す》べる、俊秀の書き手の中にあって七尾は「歯科」という独自にして唯一の立ち位置を生かし、月城この葉という女性歯科医師を探偵役にすえたのである。

語り手を、衛生士の高橋彩女に設定したところも精妙だ。

衛生士という歯科医の補助をつとめながら同時に、名探偵の助手役ともなる彩女はまた、この葉の内面を類推し、読者目線で推理思考の補助線を引くことになる。あたかも虫歯を削った後に詰め物を充塡《じゅうてん》するかのように。

『歯科女探偵』は症例A、症例B、症例Cと、大きく三話構成となっている。各事件はこの葉らの推理でいったん終結を見せる。しかしそこは既刊作で、何度も読者の裏をかいてきた七尾のこと、先にも触れたこの葉のペンダントなどの伏線を、各話から各話、次々と畳みかけてくる。

全三話の進行過程では、幾重ものデンタルにしてロジカルな技術が施され、第三話最後に至って見事な歯並び——解決の姿を見せてくれるだろう。

第一話「症例A　追われる女優」は、来院した有名女優の緒川優子をめぐる事件である。緒川は、錦織デンタルオフィスに来ることはマネージャーの戸塚には内緒にしていたのだが、あっさりとばれてしまった。戸塚は同院に押しかけてきたが、患者のプライバシーを守る早苗院長に拒絶されてしまう。

緒川の治療は無事に開始されたが、彼女はこの葉と彩女に、自分が常に戸塚に追われていて、どこにいても居場所を突き止められると不思議がる。スマホの探知アプリやなんらかの発信器が仕掛けられた可能性を考え、スマホ機器類もバッグも衣服も新品にしたが、効果がなかったという。

戸塚はまさか、超能力で緒川の居場所を追いかけたわけでもあるまいが。この葉は、彼女の治療を終えると即座に「謎が解けちゃったかもしれません」と言い出す……。

第一話は全体の序盤戦で、この葉の知見と、デンタル分野でしかできないトリックを開示した。まずは、この葉の手際の良さと、事件解明を行う舞台設定の華やかさが、本作に彩りを添えている。

第二話「症例B　密室の心療内科医」は、完全密室の歯科治療個室で起きた毒物注入事件。不可能犯罪は、表参道のケヤキ並木が窓から見えるさわやかな個室で発生したのだ。

彩女が交際中の心療内科医・飯田橋は錦織デンタルオフィスに何度か通っている。飯田橋は仕事柄、患者に自殺された過去をもつ。また岩手県に勤務していた折り、かの震災に遭遇し、津波の被害を目の当たりにしたという経験もあった。

だが飯田橋を治療したこの葉はすかさず、飯田橋の浮気、いや独身者ですらないとの疑惑を彩女に打ち明ける。

次の飯田橋の治療機会に、奇妙な出来事が同院で頻発する。エアコンが故障し、九月の院内は暑く、治療各室の小窓を開けざるを得なかったこと。さらには、別の治療個室で発生したささいなアクシデントのため、彩女が飯田橋一人を治療個室に残したまま離室せざるを得なくなった事態だ。

彩女が再び飯田橋の治療室に戻ると、昏倒《こんとう》している彼を発見。一命をとりとめた飯田橋だが、原宿署刑事の捜査では、猛毒を注入されたという結論だった。

注入源は、治療室内から発見された吹き矢によるものであることは間違いないが、一体それはどこから飛んで来たのか。

当日院内にいた医師、衛生士、技工士、患者ら合わせて十数人のうち、犯行時に飯田橋の治療室に侵入できた者はいなそうだ。だとすれば、現場は完全密室で犯人の姿も出入りも存在しないことになる……。

事件はいったん収束したかに見えながら、この葉はエアコンの故障という事実から、もう一段階奥に潜む、真実の窓を全開した。

第二話は、密室という本格推理の王道を行き、なおかつ歯科治療室が犯行現場という、オリジナリティーある設定だ。

犯人の動機については、詳細は触れられぬが、医療ミステリ分野でしかあり得ない独創性を持っている。広義には社会派といっても差し支《つか》えない奥深さだろう。

第三話「症例C　推理する女性歯科医」では、この葉の元に白骨体の顎骨《がっこつ》写真が持ち込まれる。死後十年以上は経過した状態ながらこの葉は、顎骨の身元を三十代から四十代の女性、しかも芸能関係者である可能性が高いとまで見抜いてしまう。

歯科医とミステリの関係では、遺体の身元判別もあげられる。治療痕や顎骨の形状などから、遺体の身元特定に従事する歯科医のエピソードは、多く聞かれるところだ。

その顎骨判別に先立って、七尾ミステリらしい精緻な事実関係が配置されている。来院した緒川優子が目標とする女優が、十数年前に服毒自殺していたこと。第二話に続き問題視された、この葉の父の事故死。そしてこの葉がいつも身に着けているペンダントのいわれである。

第三話の紹介はここまでにしたい。過去の女優たちの事件が、この葉の父とどう関わっていたのか。また現在のこの葉とのつながりは――。

読者のあなたは、しかとあらゆる記述に目を止めながら読み進めていただきたい。思わぬ事実の絡みが結末へ向け収斂《しゅうれん》し、歯科医ならぬ真犯人の邪悪なマスクをこの葉がはぎ取る瞬間を、目の当たりにするだろう。

最終第三話までに至り、結末の意外性＋歯科医《デンタル》独創性＋医療ミステリ本領という、三位一体を著者が形成したことが明白になる。

本作に興味を持たれた方は、著者の本格ミステリ的な既刊作にもご注目いただきたい。

『僕は沈没ホテルで殺される』（幻冬舎文庫）では、バンコクでとぐろを巻くバックパッカー連中の間で怪死事件が連続する。ハッカー系電脳オタク、還暦のフリーライター、ゲテモノ常食者、大麻フリーク、劇画スナイパー気取り……無為徒食《むいとしょく》社会に沈没してしまった人間の間で連続する刺殺、銃殺。安宿に集う彼らの中に犯人がいるはずだが、被害者のパソコンを壊したり、犯行後も巧みに姿を消すなど、とても沈没した人間とは思えない巧妙さを見せる。上層階級が登場することが多い本格の世界だが、そことは真逆な人間関係内で、犯人探しの行程が始まる。

「ミステリー×サスペンス×ラブ×ファンタジー」と銘打たれた『僕はもう憑《つ》かれたよ』（宝島社文庫）。女性カフェ店員の誕生日の深夜に見知らぬ男が訪ねてくるが、その男はなぜか自分のあだ名や好物の飲料まで知っていた。一方その男は、歯科材料を扱う会社の営業だったが、身に覚えのない行動を自分が取っているという疑念にとらわれていた。男女お互いが、クロスする非現実的な事象を解き明かす過程を味わいたい。

『ヴィヴィアンの読書会』（PHP文芸文庫）は、アガサ・クリスティー『そして誰もいなくなった』へ挑戦したかのような趣向だ。人気女性作家の死後一年、彼女を偲《しの》ぶ読書会にファンなどが招待された。開始早々、参加者一同は毒入り紅茶を飲まされる。女性作家を殺した真犯人を突き止めれば、解毒剤を渡される、という、タイムリミッツサスペンス色も加味されている。

七尾与史といえば、エッジの利いた登場人物に、予断を許さない特異なシチュエーションのミステリ&サスペンス、〈死亡フラグ〉（宝島社文庫）や〈ドS刑事《デカ》〉（幻冬舎）各シリーズが知られている。だがその既刊作からはまだまだ、本格推理の水脈が幾筋もあふれ出てくるのだ。

＊本作品はフィクションです。登場する人物、医院、教育機関、団体その他は実在のものと一切関係ありません。（編集部）

二〇一五年七月
実業之日本社刊

実業之日本社文庫　最新刊

七尾与史
歯科女探偵
スタッフ全員が女性のデンタルオフィスで働く美人歯科医&衛生士が、日常の謎や殺人事件に挑む。現役医師が描く歯科医療ミステリー。（解説・関根亨）
な41

西村京太郎
十津川警部　八月十四日夜の殺人
十年ごとに起きる「八月十五日の殺人」の真相とは！　謎を解く鍵は終戦記念日にある？　知られざる歴史の闇に十津川警部が挑む！（解説・郷原 宏）
に116

南 英男
特命警部　札束
多摩川河川敷のホームレス殺人の裏で謎の大金が動いていた――事件に隠された陰謀とは!?　覆面刑事が闇に葬られた弱者を弔い巨悪を叩くシリーズ最終巻。
み77

森 詠
遠野魔斬剣　走れ、半兵衛〈四〉
神々や魔物が棲む遠野郷で若い娘が大量失踪。半兵衛と同じ流派の酔剣を遣う天狗が悪行を重ねているらしい。天狗退治のため遠野へ向かった半兵衛の運命は!?
も64

芥川龍之介、谷崎潤一郎ほか／末國善己編
文豪エロティカル
文豪の独創的な表現が、想像力をかきたてる。川端康成、太宰治、坂口安吾など、近代文学の流れを作った十人の文豪によるエロティカル小説集。五感を刺激！
ん42

実業之日本社文庫　好評既刊

知念実希人
仮面病棟
拳銃で撃たれた女を連れて、ピエロ男が病院に籠城。怒濤のドンデン返しの連続。一気読み必至の医療サスペンス、文庫書き下ろし！（解説・法月綸太郎）
ち11

知念実希人
時限病棟
目覚めると、ベッドで点滴を受けていた。なぜこんな場所にいるのか？　ピエロからのミッション、ふたつの死の謎…。『仮面病棟』を凌ぐ衝撃、書き下ろし！
ち12

西澤保彦
腕貫探偵
いまどき"腕貫"着用の冴えない市役所職員が、舞い込む事件の謎を次々に解明する痛快ミステリー。安楽椅子探偵に新ヒーロー誕生！（解説・間室道子）
に21

西澤保彦
腕貫探偵、残業中
窓口で市民の悩みや事件を鮮やかに解明する謎の公務員は、オフタイムも事件に見舞われて……。大好評〈腕貫探偵〉シリーズ第2弾！（解説・関口苑生）
に22

西澤保彦
モラトリアム・シアター produced by 腕貫探偵
女子校で相次ぐ事件の鍵は、女性事務員が握っている？　二度読み必至の難解推理、絶好調〈腕貫探偵〉シリーズ初の書き下ろし長編！（解説・森 奈津子）
に23

西澤保彦
必然という名の偶然
探偵・月夜見ひろゑの驚くべき事件解決法とは？〈腕貫探偵〉シリーズでおなじみ"櫃洗市"で起きる珍妙な事件を描く連作ミステリー！（解説・法月綸太郎）
に24